...ANACH DES ...S FRANÇAIS

...OUR L'ANNÉE

...855

OU

...IS DE GARNISON,

PUBLIÉ

...NAIS, IMPRIMEUR-LIBRAIRE

6.ᵉ ANNÉE.

PARIS,
..., Libraire, rue Hautefeuille, 9.

METZ,
..., Imprimeur-Libraire-Éditeur, rue
...es Jardins, 14.

ALMANACHS ET OUVRAGES

QUI SE TROUVENT A LA LIBRAIRIE

DE VERRONNAIS, IMPRIMEUR A METZ,

ET A PARIS, CHEZ COURCIER, RUE HAUTEFEUILLE, 9.

———◦◦◦———

MESSAGER BOITEUX DE LA MOSELLE, 30.ᵉ année, 35 c.
MESSAGER BOITEUX DE METZ, 29.ᵉ année, 25 c.
ALMANACH DE STRASBOURG, en français, 35 c.
   Idem   imprimé en allemand, 40 c.
ALMANACH DU CULTIVATEUR DE FRANCE, pour 1855,
26.ᵉ année, publié par *Verronnais*, 1 vol. in-16, 50 c.
   NOTES HISTORIQUES sur la Vie morale, politique et militaire du général Hoche, par Privat, son aide-de-camp ; avec son
portrait ; 2.ᵉ édition, revue et augmentée de Notes par *Verronnais*
1 vol. in-8.º, 2 fr.
   NOTICE SUR LES DEUX SIÉGES DE METZ de 1444 et 1552,
suivie de la Relation du Simulacre du Siége de cette ville en septembre 1844 ; un vol. in-8.º avec carte, 4 fr.
   STATISTIQUE ou DICTIONNAIRE DES COMMUNES DU
DÉPARTEMENT DE LA MOSELLE, 2 vol. in-8.º de 1150 pages,
avec la Carte du département de la Moselle, publié par *Verronnais*, 10 fr.
   SUPPLÉMENT A LA STATISTIQUE HISTORIQUE, INDUS-
TRIELLE ET COMMERCIALE du département de la Moselle,
1 vol. in-8,º de 425 pages, publié par *Verronnais*, prix
5 fr.
   ANNUAIRE DU DÉPARTEMENT DE LA MOSELLE, pour 1854
contenant les Noms de tous les Fonctionnaires civils et militaires,
des Fabricants, Artisans, Commerçants, 1 vol. in-12, 2 fr. 50 c.
   LA TAILLE DES ARBRES FRUITIERS mise à la portée des
Gens du monde, par *Dufour*, memb. du conseil gén. de la Moselle ;
1 vol. in-18, avec 1 planche représentant 37 figures, 1 fr.
   CULTURE DE LA VIGNE et FABRICATION DU VIN dans
le département de la Moselle, par *Dufour* ; 1 vol. in-18 avec
une planche ; 1 fr. 25 c.
   On trouve à la même librairie, un grand assortiment d'Almanachs
sur carton, pour les bureaux et les comptoirs, ainsi que des Registres crayonnés, tracés, imprimés pour le commerce, les admi-
nistrations, les communes, et les ouvrages suivants :
   Almanachs curieux qui se publient à Paris, Lille, etc.

ALMANACH
DES
MILITAIRES FRANÇAIS
POUR L'ANNÉE
1855
OU
PASSE-TEMPS DE GARNISON
PUBLIÉ
PAR VERRONNAIS, IMPRIMEUR-LIBRAIRE.
6.ᵉ ANNÉE.

50 CENTIMES.

PARIS,
Chez COURCIER, Libraire, rue Hautefeuille, 9.

METZ,
Chez VERRONNAIS, Imprimeur-Libraire-Éditeur, rue des Jardins, 44.

CALENDRIER POUR 1855.

LES QUATRE SAISONS.

On a partagé l'année en quatre saisons, qui commencent toutes à l'une de ces quatre positions remarquables de la terre. Le printemps commence à l'équinoxe du printemps ; l'été, au solstice d'été ; l'automne, à l'équinoxe d'automne ; et l'hiver au solstice d'hiver.

Les saisons ne sont pas d'égale durée :

Le printemps dure environ 92 jours	21 heures	47',		
L'été	—	93	— 13	— 58',
L'automne	—	89	— 16	— 47',
L'hiver	—	89	— 2	— 02'.

Lorsque le soleil deviendra plus voisin de la terre à l'équinoxe du printemps, ce qui arrivera vers l'année 6485 de l'ère vulgaire, les saisons seront à peu près égales. Ensuite la précession des équinoxes continuant toujours, le printemps et l'été deviendront plus courts que l'automne et l'hiver. Alors aussi l'hémisphère central sera plus longtemps échauffé que le nôtre de sept jours.

Le Printemps commencera cette année le 21 Mars, à 4 heures 16 minutes du matin, temps moyen de Paris.

L'Été commencera le 22 Juin, à 0 heure 58 minutes du matin.

L'Automne commencera le 23 Septembre, à 3 h. 9 m. du soir.

L'Hiver commencera le 22 Décembre, à 8 h. 58 min. du matin.

QUATRE-TEMPS.

Les 28 Février, 2 et 3 Mars.   Les 19, 21 et 22 Septembre.
Les 30 Mai, 1 et 2 Juin.   Les 19, 21 et 22 Décembre.

FÊTES MOBILES.

La Septuagésime, le 4 Février.   La PENTECOTE, le 27 mai.
Les Cendres, le 21 Février.   La Trinité, le 3 Juin.
PAQUES, le 8 Avril.   La Fête-Dieu, le 7 Juin.
Les Rogations, 14, 15 et 16 Mai.   Le 1.er Dimanche de l'Avent,
L'ASCENSION, le 17 Mai.   le 2 Décembre.

De l'Épiphanie à la Septuagésime, 4 Dimanches.
De la Pentecôte à l'Avent, 26 Dimanches.

METZ, TYPOGRAPHIE DE VERRONNAIS.

NOMS DES SIGNES DU ZODIAQUE.

Aries, le Bélier.
Taurus, le Taureau.
Gemini, les Gémeaux.
Cancer, l'Ecrevisse.
Leo, le Lion.
Virgo, la Vierge.

Libra, la Balance.
Scorpius, le Scorpion.
Sagittarius, le Sagittaire.
Capricornus, le Capricorne.
Aquarius, le Verseau.
Pisces, les Poissons.

NOMS DES PLANÈTES.

Mercure, Vénus, la Terre, Mars, Jupiter, Saturne, Uranus, Neptune, Cérès, Pallas, Junon, Vesta, Astrée, Hébé, Iris, Flore, Métis, Hygie, Parthénope, Victoria, Égérie, Irène, Eunomia, Psyché, Thétis, Melpomène, Fortuna, Massalia, Lutetia, Calliope. —La Lune est le satellite de la terre.

COMPUT ECCLÉSIASTIQUE.

Nombre d'or en 1855....	13.	Indiction romaine........	13.
Epacte................	XII.	Lettre dominicale	G.
Cycle solaire..........	16.		

CANICULES.

Les *Canicules* commencent toujours le 16 Juillet, et durent six semaines.

ÉCLIPSES DE 1855.

Il y aura cette année quatre Eclipses : deux de soleil et deux de lune.

Le 2 mai, Eclipse totale de Lune, en partie visible à Paris; elle commencera à 2 heures 23 minutes 5 secondes du matin, et finira à 6 heures 4 minutes 9 secondes du matin.

Le 16 mai, éclipse partielle de soleil, invisible à Paris; elle commencera à 0 heure 12 minutes du matin, et finira à 4 heures 8 minutes du matin.

Le 25 octobre, éclipse totale de lune, en partie visible à Paris; elle commencera à 5 heures 55 minutes du matin, et finira à 9 heures 24 minutes du matin.

Le 9 novembre, éclipse partielle de soleil, invisible à Paris; elle commencera à 5 heures 45 minutes du soir, et finira à 9 heures 8 minutes du soir.

JANVIER.

DATES.	JOURS.	SAINTS.	ANNÉES.	BATAILLES, COMBATS, SIÉGES, etc.	NOMS DES GÉNÉRAUX.	ENNEMIS ou PAYS.
1	L.	LaCirconcision	1794	Combat de Machecoul.	Carpentier	Vendé.
2	M.	s. Basile, évêq	1811	Prise de Tortose.	Suchet.	Espagn.
3	M.	ste Geneviève.	1794	Combat de Germesheim.	Hoche.	Alliés.
4	J.	s. Rigobert.	1809	Combat de Cacabelos.	Soult.	Anglais.
5	V.	s. Télesphore.	1799	Bataille d'Ostrocolli.	Macdonald	Napolit.
6	S.	*Epiphanie.*	1793	Combat d'Hockeim.	Custine.	Prusse.
7	*D.*	s. Thomas.	1794	Prise de Creutznach.	Joubert.	Autrich.
8	L.	s. Lucien, p.	1799	Prise de Goëte.	Championt	Autrich.
9	M.	s. Furcy, abbé	1795	Prise d'Amsterdam.	Pichegru.	Ang.-H.
10	M.	s. Paul, ermit.	1797	Siége de Kehl.	Moreau.	Autrich.
11	J.	s. Théodose.	1801	Prise de Bassano.	Moncey.	Autrich.
12	V.	s. Ferjus, év.	1794	Combat d'Ispigny.	Laroche.	Espagn.
13	S.	Bapt. de N.-S.	1797	Prise de Saint-Michel.	Masséna.	Autrich.
14	*D.*	s. Félix de N.	1795	Prise d'Hensden.	Pichegru.	Holland
15	L.	s. Maur, abbé.	1794	Reprise du fort Vauban.	Marchand.	Autrich.
16	M.	s. Guillaume.	1814	Comb. de Molins-del-Rey.	Mesclop.	Ang.-E.
17	M.	s. Antoine, ab.	1812	Combat d'Almagro.	Treilhard.	Espagn.
18	J.	Ch. s. P. à R.	1795	Combat de Grebbé.	Macdonald	Anglais.
19	V.	s. Sulpice.	1799	Combat d'Averda.	Boursier.	Napolit.
20	S.	s. Sébastien.	1810	Combat de St.-Estevan.	Sébastiani.	Espagn.
21	*D.*	ste Agnès, v.	1794	Prise de Dordrech.	Bonneau.	Holland
22	L.	s. Vincent.	1794	Prise de Rotterdam.	Bonneau.	Holland
23	M.	s. Jean l'aum.	1811	Prise d'Olivença.	Soult.	Espagn.
24	M.	s. Babylas.	1807	Combat de Mohringen.	Bernadotte	Russes.
25	J.	Convers. s. P.	1797	Combat de Bassano.	Masséna.	Italiens.
26	V.	ste Paule de R.	1797	Combat de Camponodola.	Masséna.	Italiens.
27	S.	s. Julien, évêq	1797	Combat d'Avio.	Joubert.	Autrich.
28	*D.*	s. Charlemag.	1797	Combat de Mori.	Murat.	Italiens.
29	L.	s. Franç. de S.	1811	Combat de Molina.	Pâris.	Espagn.
30	M.	ste Bathilde.	1853	Mariage de Napoléon III avec la C.se de Théba.		
31	M.	ste Marcelle.	1795	Prise de Roses.	Perignon.	Espagn.

P. L. le 3, à 8 h. 28 m. du matin.　　N. L. le 18, à 8 h. 47 m. du matin.
D. Q. le 11, à 0 h. 23 m. du soir.　　P. Q. le 25, à 1 h. 48 m. du matin.

FÉVRIER.

Dates.	Jours.	SAINTS.	Années.	BATAILLES, COMBATS, SIÉGES, etc.	Noms des GÉNÉRAUX.	Ennemis ou PAYS.
1	J.	s. Ignace, év.	1814	Bombardement d'Anvers.	Carnot.	Anglais.
2	V.	LA CHANDELEUR	1797	Prise de Mantoue.	Augereau.	Autrich.
3	S.	s. Blaise, évêq	1795	Prise de la flotte holland.	Pichegru.	Holland
4	D.	*Septuagésime*.	1812	— de Peniscola.	Severoli.	Espagne
5	L.	ste Agathe, v.	1795	Combat de Luceron.	Biron.	Espagne
6	M.	s. Vaast, év.	1792	Napoléon est nommé capitaine d'artillerie.		
7	M.	s. Romuald.	1810	Combat de Vich.	Suchet.	Espagne
8	J.	s. Jean de Mat.	1807	Bataille d'EYLAU.	Napoléon.	Rus. Pr.
9	V.	ste Appoline.	1799	Combat d'El Arysch.	Regnier.	Mamel.
10	S.	ste Scolastique.	1811	Bataille de GUEBORA.	Mortier.	Espagne
11	D.	*Sexagésime*.	1814	Combat de Montmirail.	Napoléon.	Alliés.
12	L.	ste Eulalie.	1814	Combat de Château-Th.	Napoléon.	Alliés.
13	M.	s. Lésin, s. J.	1799	Combat de Syène.	Desaix.	Mamel.
14	M.	s. Valentin.	1813	Combat de Kalitch.	Regnier.	Russes.
15	J.	s. Faustin, m.	1807	Combat de Narew.	Napoléon.	Russes.
16	V.	ste Julienne.	1794	Prise d'Ogertheim.	Desaix.	Alliés.
17	S.	s. Sylvain.	1799	Combat d'Aboumana.	Friant.	Arabes.
18	D.	*Quinquagés*.	1809	Combat de Maya-Guana.	Ausenac.	Espagn.
19	L.	s. Conrad, er.	1814	Combat de Fontainebleau	Allix.	Alliés.
20	M.	*Mardi-gras*.	1810	Combat de Vique.	Augereau.	Espagn.
21	M.	*Les Cendres*.	1796	Napol. nommé général en chef de l'armée d'Ital.		
22	J.	ste Isabelle, v.	1814	Combat de Mery.	Oudinot.	Russes.
23	V.	s. Mérault.	1807	Combat de Dircham.	Dombrow.	Pruss.
24	S.	s. Mathias.	1795	Prise de Breda.	Darçon.	Holland.
25	D.	*Quadragés*.	1804	Comb. nav. de Semillante	Motard.	Anglais.
26	L.	s. Alexis.	1799	Prise de Caza.	Bonaparte	Turcs.
27	M.	s. Nymphas.	1793	Combat de Buren.	Brune.	Suisses.
28	M.	*Quatre-tems*.	1793	Combat de Colla-Bassa.	Brunet.	Piémon.

P. L. le 2, à 3 h. 51 m. du matin. | N. L. le 16, à 6 h. 57 m. du soir.
D. Q. le 10, à 3 h. 10 m. du matin. | P. Q. le 23, à 5 h. 43 m. du soir.

MARS.

Dates.	Jours.	SAINTS.	Années.	Batailles, Combats, Siéges, etc.	Noms des Généraux.	Ennemis ou Pays.
1	J.	s. Aubin.	1815	Débarquement de Napoléon au golfe Juan.		
2	V.	s. Simplice.	1798	Prise de Fribourg.	Pigeon.	Suisses.
3	S.	ste Cunégonde	1799	Combat de Soubama.	Friant.	Égypte.
4	D.	Reminiscere.	1798	Prise de Gertruydenberg.	Darçan.	Holland
5	L.	s. Casimir.	1798	Combat de Neveneck.	Rampon.	Suisses.
6	M.	ste Colette.	1799	Prise de Jaffa.	Bonaparte.	Egypte.
7	M.	ste Perpétue.	1799	Combat de Coire.	Massena.	Suisses.
8	J.	s. Jean de D.	1814	Prise d'Etouvelle.	Napoléon.	Alliés.
9	V.	ste Françoise.	1796	Mariage de Napoléon et de Joséphine.		
10	S.	Les 40 mart.	1799	Prise de Florence.	Gauthier.	Napolit.
11	D.	Oculi.	1797	Combat de Pavie.	Serrurier.	Autrich.
12	L.	s. Grégoire.	1810	Combat d'el-Puerco.	Foy.	Espag.
13	M.	ste Euphrasie.	1797	Combat de Bellum.	Massena.	Autrich.
14	M.	s.te Mathilde.	1807	Combat de Stralsund.	Bernadotte	Suédois.
15	J.	s. Zacharie.	1799	Combat de Korsoum.	Bonaparte.	Egypt.
16	V.	s. Cyriaque.	1793	Combat de Tirelemont.	Dumourie.	Autrich.
17	S.	ste Gertrude.	1793	Combat de Bingen.	Custine.	Pruss.
18	D.	Lœtare.	1811	Combat de Puelo.	Valletau.	Espagne
19	L.	s. Joseph.	1807	Combat d'Astadt.	Loison.	Prusse.
20	M.	s. Joachim.	1815	Entrée de Napol. à Paris, gouv.t des cent jours.		
21	M.	s. Benoît.	1811	Combat de Campo-Major.	Mortier.	Espag.
22	J.	s. Pôl, év.	1798	Combat de Pellemberg.	Champm.	Autrich.
23	V.	s. Victorien.	1797	Combat de Bixen.	Joubert.	Autrich.
24	S.	s. Gabriel.	1797	Prise de Trieste.	Guyeux.	Autrich.
25	D.	Passion.	1810	Combat d'Etronquillo.	Gazan.	Espagn.
26	L.	s. Ludjet.	1799	Bataille de S.te-Lucie.	Scherer.	Autrich.
27	M.	s. Rupert.	1799	Combat d'Andria.	Boursier.	Napolit.
28	M.	N.-D. des D.	1797	Combat de Millervald.	Joubert.	Autrich.
29	J.	s. Eustache.	1797	Combat de Kalkenfurth.	Joubert.	Autrich.
30	V.	s. Rieule, év.	1793	Combat d'Oberflersheim.	Custine.	Pruss.
31	S.	ste Balbine.	1797	Combat de Selerzing.	Joubert.	Tyrol.

P. L. le 3, à 10 h. 17 m. du soir.   N. L. le 18, à 4 h. 55 m. du matin.
D. Q. le 11, à 2 h. 9 m. du soir.   P. Q. le 25, à 11 h. 33 m. du matin.

AVRIL.

Dates.	Jours.	SAINTS.	Années.	BATAILLES, COMBATS, SIÉGES, etc.	Noms des GÉNÉRAUX.	Ennemis ou PAYS.
1	D.	*Les Rameaux.*	1797	Prise de Laybach.	Bernadotte	Autrich.
2	L.	s. Franc. de P.	1810	Mariage de Napoléon avec Marie-Louise.		
3	M.	s. Richard, év.	1797	Combat de Kundernach.	Bonaparte.	Autrich.
4	M.	s. Ambroise.	1797	Combat de Kalberg.	Schramm.	Pruss.
5	J.	*Sainte-Cène.*	1799	Combat de Bradia.	Morand.	Arabes.
6	V.	*Vend.–Saint.*	1794	Combat d'Hendaye.	Fregeville.	Espagn.
7	S.	s. Hégésippe.	1797	Combat de Botzen.	Joubert.	Autrich.
8	D.	PAQUES.	1794	Prise d'Oneille.	Dumerb.on	Piémont
9	L.	s.te Godeberte	1796	Combat de Voltri.	Cervonii.	Autrich.
10	M.	s. Africain.	1794	Combat de Monteilla.	Dagobert.	Espagn.
11	M.	s. Léon.	1796	Combat de Montelesimo.	Rampon.	Piémont
12	J.	s. Jules.	1799	Combat de Suffet.	Murat.	Égypte.
13	V.	s. Marcellin.	1796	Combat de Cossaria.	Bonaparte.	Autrich.
14	S.	s. Tiburce.	1823	Prise de Guetaria.	Bourck.	Espagn.
15	D.	*Quasimodo.*	1794	Combat de Tiferdange.	Charbonn.	Alliés.
16	L.	s. Fructueux.	1794	Combat de Ponte-di-Nava.	Massena.	Autrich.
17	M.	s. Anicet.	1794	Combat d'Unkermunde.	Mortier.	Suédois.
18	M.	s. Parfait.	1823	Combat de Logreno.	Vitrée.	Espagn.
19	J.	s. Elphège.	1823	Prise du fort Pancorbo.	Oudinot.	Espagn.
20	V.	s.te Hildegonde	1797	Bataille de Diersheim.	Moreau.	Autrich.
21	S.	s. Anselme.	1823	Prise de Roses.	Moncey.	Espagn.
22	D.	s. Opportune.	1823	Prise de Burgos.	Vallin.	Espagn.
23	L.	s. Georges.	1809	Prise de Ratisbonne.	Napoléon.	Autrich.
24	M.	s. Léger.	1794	Combat de Bascara.	Pérignon.	Espagn.
25	M.	s. Marc. *Abst.*	1823	Prise de Figuières.	Marmgoné	Espagn.
26	J.	s. Clet, pape.	1823	Entrée à Sarragosse.	Molitor.	Espagn.
27	V.	s. Polycarpe.	1800	Prise du Caire.	Bonaparte.	Égypte.
28	S.	s. Vital, mart.	1794	Bataille du Tech.	Dugommie	Espagn.
29	D.	s. Robert.	1794	Bataille de Mœscreon.	Moreau.	Autrich.
30	L.	s.te Cath. de S.	1794	Bataille des Albères.	Dugommie	Espagn.

P. L. le 2, à 2 h. 38 m. du soir.   N. L. le 16, à 3 h. 14 m. du soir.
D. Q. le 9, à 9 h. 46 m. du soir.   P. Q. le 24, à 6 h. 6 m. du matin.

MAI.

DATES.	JOURS.	SAINTS.	ANNÉES.	BATAILLES, COMBATS, SIÉGES, etc.	NOMS DES GÉNÉRAUX.	ENNEMIS OU PAYS.
1	M.	s. Jacq. s. Ph.	1809	Combat de Reid.	Oudinot.	Autrich.
2	M.	s. Athanase.	1809	Combat d'Amarante.	Soult.	Portug.
3	J.	Inv. s.te Croix.	1800	Combat de Figuières.	Baraguay.	Espagn.
4	V.	s.te Monique.	1798	Départ de Bonaparte pour l'Égypte.		
5	S.	ste Valdrée.	1821	Mort de Napol. à 6 h. 11 m. du s. (51 ans et 8 m.)		
6	D.	s. Jean P.-L.	1823	Prise de Vich.	Donnadieu	Espagn.
7	L.	s. Stanislas.	1796	Passage du Pô.	Bonaparte.	Autrich.
8	M.	s. Désiré, év.	1809	Bataille de Pavie.	Eugène B.	Autrich.
9	M.	Transl. s. Nic.	1796	Armistice entre le duc de Parme et la Rép. fr.		
10	J.	s. Gordien.	1811	Évacuation d'Almeida.	Masséna.	Espagne
11	V.	s. Gengoulf.	1794	Combat de Courtray.	Macdonald	Autrich.
12	S.	s. Nérée.	1809	Entrée des Français à Vienne en Autriche.		
13	D.	s. Servais.	1807	Combat de Wiskowo.	Le Marrois	Russes.
14	L.	Les Rogations	1809	Combat d'Alcantara.	Victor.	Anglais.
15	M.	ste Sophie.	1796	Prise de Milan.	Bonaparte.	Italie.
16	M.	s. Honoré.	1809	Combat du mont Kitta.	Marmont.	Autrich.
17	J.	ASCENSION	1809	Réunion des Etats romains à l'Empire français.		
18	V.	s. Félix.	1804	Napoléon proclamé empereur et déclaré héréd.		
19	S.	s. Célestin.	1798	Bonaparte s'embarque à Toulon pour l'Egypte		
20	D.	s. Bernardin.	1810	Combat de Varollo.	Lechi.	Autrich.
21	L.	s. Constantin.	1809	Bataille d'Esling.	Napoléon.	Autrich.
22	M.	ste Julie, v.	1800	Combat de Clavières.	Thureau.	Russes.
23	M.	s. Didier, év.	1794	Combat de Schifferstadt.	Michaud.	Allem.
24	J.	s.te Jeanne.	1800	Combat de Bregentz.	Lecourbe.	Holland.
25	V.	s.te Madeleine	1823	Combat de Vich.	Salperwick	Espagn.
26	S.	s. Philippe. v.j	1800	Combat de Chiusella.	Lannes.	Autrich.
27	D.	PENTECÔTE	1807	Prise de Dantzick.	Lefèbvre.	Rus. Pr.
28	L.	s. Germain.	1800	Combat du pont du Var.	Suchet.	Autrich.
29	M.	s. Maximin.	1798	Prise de Cosseïr.	Belliard.	Égypt.
30	M.	Quatre-Tems.	1796	Combat de Borgetto.	Bonaparte	Autrich.
31	J.	s.te Pétronille.	1793	Prise de Furnes.	Richardot.	Autrich.

P. L. le 2, à 4 h. 13 m. du matin.   P. Q. le 24, à 0 h. 12 m. du matin.
D. Q. le 9, à 3 h. 11 m. du matin.   P. L. le 31, à 2 h. 57 m. du soir.
N. L. le 16, à 2 h. 23 m. du matin.

JUIN.

Dates.	Jours.	SAINTS.	Années.	Batailles, Combats, Siéges, etc.	Noms des Généraux.	Ennemis ou pays.
1	v.	s. Pamphile.	1813	Combat de Neukirchen.	Lauriston.	Autrich.
2	s.	s. Pothin, év.	1799	Combat de Geschenen.	Lecourbe.	Autrich.
3	D.	Trinité.	1796	Prise de Verone.	Bonaparte.	Autrich.
4	L.	s. Quirin, év.	1796	Combat de Mantoue.	Lannes.	Autrich.
5	M.	s. Boniface.	1806	Louis Bonaparte créé roi de Hollande.		
6	M.	s. Claude, év.	1808	J.h Bon. créé roi d'Espag., et Murat, roi de Nap.		
7	J.	Fête–Dieu.	1793	Combat de Habergi.	Eugène.	Pruss.
8	v.	s. Médard, év.	1810	Prise de Méquinenza.	Suchet.	Espagn.
9	s.	sta Pélagie.	1807	Combat de Gustadt.	Murat.	Pruss.
10	D.	s. Landry, év.	1807	Combat d'Heilsberg.	Napoléon.	Pruss.
11	L.	s. Barnabé.	1793	Bataille de Maubeuge.	Jourdan.	Autrich.
12	M.	s. Basilide.	1798	Prise de Malte.	Bonaparte.	Anglais.
13	M.	s. Ant. de P.	1823	Prise de Cordoue.	Molitor.	Espagne
14	J.	Oct. F.-D.	1807	Bataille de Friedland.	Napoléon.	Autr.-R.
15	v.	s. Modeste.	1796	Combat de Wetzlar.	Lefèvre.	Autrich.
16	s.	s. Ferroy.	1799	P. de l'île S.t-Vincent.	De Ruma.	Anglais.
17	D.	s. Avit, abbé.	1800	Passage du Mincio.	Bonaparte.	Autrich.
18	L.	ste Marine.	1809	Bataille de Belchita.	Suchet.	Espagne
19	M.	s. Gerv. s. Pr.	1800	Bataille d'Hochstedt.	Moreau.	Autrich.
20	M.	s. Silvère, p.	1794	Combat de l'Étoile.	Lemoine.	Espagne
21	J.	s. Louis de G.	1800	Combat de Nordlingen.	Menard.	Autrich.
22	v.	s. Paulin.	1815	2.e Abdicat. de Napoléon.		
23	s.	s Audry.	1794	Combat de la Croix.	Muller.	Espagne
24	D.	Nat. de s. J.-B.	1796	Passage du Rhin.	Moreau.	Autrich.
25	L.	Tr. de s. Eloi.	1807	Entrevue des 2 Empereurs à Tilsitt sur un radeau sur le Niémen.		
26	M.	s. Philippe.	1794	2.e bataille de Fleurus.	Jourdan.	Belgique
27	M.	ste Pôme.	1796	Combat d'Appenwich.	Décamp.	Autrich.
28	J.	s. Irénée, év.	1796	Combat sur la Rechen.	S.te Susan.	Autrich.
29	v.	s. Pierre. s. P	1815	Départ de Napoléon pour Rochefort.		
30	s.	Com. s. Paul.	1796	Combat sur la Sieg.	Ney.	Autrich.

D. Q. le 7, à 7 h. 57 m. du matin. | P. Q. le 22, à 5 h. 1 m. du soir.
N. L. le 14, à 2 h. 38 m. du soir. | P. L. le 29, à 11 h. 23 m. du soir.

JUILLET.

Jours.	Dates.	SAINTS.	Années.	Batailles, Combats, Siéges, etc.	NOMS DES GÉNÉRAUX.	Ennemis ou PAYS.
1	D.	s. Thiébault.	1794	Prise d'Ostende.	Pichegru.	Holland.
2	L.	*Visit. N.-D.*	1795	Combat de San–Bernado.	Kellerm.	Aust.-S.
3	M.	s. Anatole, é.	1794	Combat d'Hochstadt.	Méchand.	Autrich.
4	M.	Tr. s. Martin	1796	Combat de Salzberg.	Ney.	Autrich.
5	J.	ste Zoé, mart.	1830	Prise d'Alger.	Bourmont.	Arabes.
6	V.	s. Tranquillin.	1801	Combat nav. d'Algésiras.	Linois.	Anglais.
7	S.	s. Aubierge.	1823	Entrée en Murcie.	Molitor.	Espagn.
8	D.	s. Kilien, év.	1793	Combat d'Ost–Capelle.	Habert.	Autrich.
9	L.	ste Anatolie.	1823	Comb. de Molins-del-Rey.	La R. Aym	Espagn.
10	M.	ste Félicité.	1795	Prise de Bruxelles.	Jourdau.	Autrich.
11	M.	Tr. s. Benoît.	1796	Combat de Friedberg.	Kléber.	Autrich.
12	J.	Tr. s. Pierre.	1811	Combat de Khanoti.	Vaudois.	Russes.
13	V.	s. Anaclet.	1823	Prise du fort de Lorca.	Bonnemain	Espagne
14	S.	s. Bonaventur.	1794	Combat de Flatzberg.	Moreau.	Autrich.
15	D.	s. Henri, em.	1823	Prise de Saint-Marcy.	Bourck.	Espagne
16	L.	s. Livier, mar.	1793	Combat de Serre.	Deflers.	Espagne
17	M.	s. Alexis.	1808	Prise de Bilbao.	Moncey.	Espagne
18	M.	s. Thomas d'A.	1796	Prise de Stuttgard.	Gouv.-St-C	Autrich.
19	J.	s. Vinc. de P	1794	Combat de Tirlemont.	Jourdan.	Autrich.
20	V.	ste Marguerite.	1796	Combat de Canstadt.	Taponier.	Alliés.
21	S.	s. Victor, mar.	1793	Combat de S.t-Georges.	Beauharn.	Autrich.
22	D.	ste Madelaine.	1796	Combat de Gemanden.	Mortier.	Autrich.
23	L.	ste Apollinaire	1793	Combat d'Irun.	Dugomm.	Espagne
24	M.	ste Glossinde.	1794	Combat de Bastan.	Muller.	Espagne
25	M.	s. Jacq, s. Ch	1799	Bataille d'Aboukir.	Bonaparte.	Mamel.
26	J.	ste Anne.	1809	Bat. de Santo-Domingo.	Victor.	An.-Por
27	V.	s. Pantaléon.	1794	Prise d'Anvers.	Pichegru.	Anglais.
28	S.	s. Frominien.	1794	Prise de Catzand.	Moreau.	Holland
29	D.	s. Loup.	1799	Combat de Valterden.	Loizon.	Autrich.
30	L.	s. Abdon.	1809	Prise de l'île du Danube.	Gudin.	Autrich.
31	M.	s. Ignace de L.	1812	Combat de Jocoubovo.	Oudinot.	Russes.

D. Q. le 6, à 1 h. 57 m. du soir. | P. Q. le 22, à 7 h. 59 m. du matin.
N. L. le 14, à 4 h. 10 m. du matin. | P. L. le 29, à 6 h. 30 m. du matin.

AOUT.

Dates.	Jours.	SAINTS.	Années.	BATAILLES, COMBATS, SIÉGES, etc.	Noms des généraux.	Ennemis ou pays.
1	m.	s. Pierre-és-L.	1796	Combat de Brescia.	Augereau.	Autrich.
2	J.	s. Etienne, p.	1802	Bonaparte proclamé consul à vie.		
3	v.	Inv. s. Etienne	1796	Combat d'Aalen.	G. S.-Cyr.	Autrich.
4	s.	s. Dominique.	1796	Combat de Govardo.	Herbin.	Autrich.
5	D.	ste Marie-ès-N.	1796	Combat de Giengen.	Saint-Cyr.	Autrich.
6	L.	Transfig. N.-S.	1796	Combat d'Altendorff.	Kléber.	Autrich.
7	m.	s. Donat, év.	1796	Combat de Rednitz.	Kléber.	Autrich.
8	m.	s. Justin.	1796	Combat de Neresheim.	Lecourbe.	Autrich.
9	J.	s. Romain.	1809	Combat sous Tolède.	Victor.	Espagne
10	v.	s. Laurent.	1798	Combat de Mansourah.	Vial.	Mamel.
11	s.	ste Suzanne.	1815	Départ de Napoléon pour Sainte-Hélène.		
12	D.	ste Claire.	1798	Combat de Remerich.	Fugières.	Égypte.
13	L.	s. Hyppol.	1793	Bataille de St.-Michel.	Desfourn.	Espagne
14	m.	s. Evrard. v.j.	1823	Prise de l'île Verte.	Drouot.	Espagne
15	m.	ASSOMPT.	1769	Naissance de Napoléon à Ajaccio (Corse).		
		(s. NAPOLEON.	1799	Combat dans les Alpes.	Champion.	Espagne
16	J.	s. Roch.	1799	Combat d'Ober-Alp.	Lecourbe.	Autrich.
17	v.	s. Mammès.	1796	Bataille de Sulzbach.	Jourdan.	Autrich.
18	s.	ste Hélène.	1796	Combat d'Amberg.	Jourdan.	Autrich.
19	D.	s. Louis, évêq	1812	Combat de Volontina.	Ney.	Russes.
20	L.	s. Bernard.	1813	Combat de Helle.	Macdonald	Russes.
21	m.	s. Privat.	1792	Combat de Lannoy.	Lafayette.	Autrich.
22	m.	s. Symphorien	1799	Bonaparte quitte l'Égypte qu'il laisse à Kléber.		
23	J.	s. Timothée.	1813	Combat de Gross-Beeren.	Oudinot.	Pruss.
24	v.	s. Barthelémy.	1796	Bataille de Friedberg.	Moreau.	Autrich.
25	s.	s. Louis, roi.	1794	Prise du fort l'Écluse.	Moreau.	Holland
26	D.	s. Genès, m.	1793	Toulon livré aux Anglais.		
27	L.	s. Césaire.	1798	Bataille de Castlebar.	Humbert.	Anglais.
28	m.	s. Augustin.	1811	Comb. près de Medellin.	Girard.	Espagn.
29	m.	Décoll. s. Jean	1796	Combat de Bamberg.	Bernadotte	Alliés.
30	J.	s. Fiacre.	1795	Combat du Mont-Genève.	Moulin.	Piémont
31	v.	s. Ovide.	1801	Evacuation de l'Égypte par les Français.		

D. Q. le 4, à 9 h. 30 m. du soir. | P. Q. le 20, à 8 h. 43 m. du soir.
N. L. le 12, à 7 h. 2 m. du soir. | P. L. le 27, à 1 h. 30 m. du soir.

SEPTEMBRE.

Dates.	Jours.	SAINTS.	Années.	Batailles, Combats, Siéges, etc.	NOMS des Généraux.	Ennemis ou pays.
1	s.	s. Giles, abbé.	1785	Bonaparte est nommé lieutenant d'artillerie.		
2	D.	s. Lazare.	1802	Bonaparte médiateur de la Suisse.		
3	L.	s. Grégoire.	1796	Bataille de Roveredo.	Bonaparte.	Italie.
4	M.	ste Rosalie.	1812	Combat de Grednewo.	Eugène.	Russes.
5	M.	s. Bertin.	1796	Prise du fort Kayserw.	Kléber.	Holland.
6	J.	s. Onésipe.	1793	Combat de Poparinghe.	Houchard.	Coalisés.
7	V.	ste Reine.	1812	Bataille de la Moskowa.	Napoléon.	Russie.
8	s.	*Nativ. N.-D.*	1793	Combat d'Hedschoote.	Houchard.	Coalisés
9	D.	s. Gorgon.	1798	Combat de Straux.	Rchawenb.	Suisse.
10	L.	s. Nicol. de T.	1793	Combat d'Albanette.	Le Doyen.	Autrich.
11	M.	s. Patient, év.	1793	Combat de Turcoing.	Houchard.	Autrich.
12	M.	s. Serdote, év.	1793	Arrivée de Bonaparte au siége de Toulon.		
13	J.	s. Maurille.	1798	Combat de Sombat.	Verdier.	Arabes.
14	V.	Exal. ste Croix	1812	Prise de Moskou.	Napoléon.	Russie.
15	s.	s. Epvre.	1851	L.-N. B. pose la 1.re pierre des halles centrales.		
16	D.	s. Cyprien.	1813	Combat de Beraun.	G. S.t-Cyr.	Alliés.
17	L.	s. Lambert.	1793	Bataille de Peyrestrotes.	D'Aout.	Espagn.
18	M.	s. Jean Chrys.	1794	Prise de Bellegrade.	Dugomm.	Espagne
19	M.	*Quatre-tems.*	1795	C. de Campo di Porto.	Masséna.	Aust.-S.
20	J.	s. Faustin.	1823	P. du fort Santi-Petri.	Esc. franç.	Espagn.
21	V.	s. Mathieu.	1793	Combat de Sterry.	Salingot.	Espagn.
22	s.	s. Maurice.	1794	Combat de Stecken.	Jourdan.	Coalisés
23	D.	ste Thècle, v.	1794	Prise de Crevecœur.	Delmas.	Holland
24	L.	s. Gérard.	1799	Combat d'Airolo.	Gudin.	Autrich.
25	M.	s. Materne.	1795	Combat de Garressio.	Miollis.	Aust.-S.
26	M.	ste Justine, m.	1794	Combat d'Olia.	Charlet.	Espagn.
27	J.	s. Côme, s. D.	1799	Combat d'Ersfeld.	Lecourbe.	Alliés.
28	V.	s. Venceslas.	1813	2.e combat d'Altenbourg	Lefébvre.	Russes.
29	s.	s. Michel.	1812	Combat de Czeriskowo.	Murat.	Russes.
30	D.	s. Jérôme.	1811	Combat de Sénéja.	Palombini	Espagn.

D. Q. le 3, à 8 h. 33 m. du matin. | P. Q. le 19, à 7 h. 10 m. du matin.
N. L. le 11, à 11 h. 1 m. du matin. | P. L. le 25, à 9 h. 35 m. du soir.

OCTOBRE.

DATES.	JOURS.	SAINTS.	ANNÉES.	BATAILLES, COMBATS, SIÉGES, etc.	NOMS DES GÉNÉRAUX.	ENNEMIS ou PAYS.
1	L.	s. Remy, évêq	1812	Combat de Garosen.	Crandjean.	Russes.
2	M.	Les Anges gar.	1794	Bataille d'Aldenhoven.	Jourdan.	Autrich.
3	M.	s. Denis, ar.	1795	Combat de Borghetto.	Victor.	Aust.-S.
4	J.	s. Franc. d'A.	1792	Prise de Worms.	Victor.	Aust.-S.
5	V.	s. Placide.	1795	Anéantissement des sections soulevées.		
6	S.	s. Bruno.	1799	Bataille d'Alkmaer.	Brune.	Angl.-R.
7	D.	s. Marc.	1798	Bataille de Sédiman,	Désaix.	Mamel.
8	L.	ste Brigitte.	1799	Débarq. de Bonap. à Frejus de retour d'Egypte.		
9	M.	s. Denis, évêq.	1805	Combat de Guntzbourg.	Barag. d'H	Autrich.
10	M.	s. Franç. de B.	1813	Combat de Wethau.	Augereau.	Alliés.
11	J.	s. Firmin.	1806	Combat de Gers.	Lasalle.	Pruss.
12	V.	s. Wilfride.	1805	Bataille d'Elchingen.	Napoléon.	Autrich.
13	S.	s. Edouard.	1811	Combat de Saint-Roch.	Semellé.	Espagn.
14	D.	s. Caliste.	1806	Bataille d'Iéua.	Napoléon.	Pr. Sard
15	L.	ste Thérèse.	1813	Napoléon arrive à Sainte-Hélène.		
16	M.	s. Gal, abbé.	1804	Combat de Neresheim.	Murat.	Autrich.
17	M.	s. André, roi.	1840	Les cendres de l'empereur quittent Ste-Hélène.		
18	J.	s. Luc, évang.	1793	Bataille de Worms.	Michaud.	Autrich.
19	V.	s. Pierre d'Al.	1813	Bataille de Leipzick.	Napoléon.	Alliés.
20	S.	s. Seudon.	1806	Prise de Vittemberg.	Davoust.	Pruss.
21	D.	ste Ursule, v.	1792	Prise de Francfort.	Neuvinger	Autrich.
22	L.	s. Mellon.	1812	Retraite de la grande armée, sortie de Moscou.		
23	M.	s. Amon.	1812	Conspiration de Mallet à Paris.		
24	M.	s. Magloire.	1799	Combat de Basco.	G.-S.t-Cyr.	Autrich.
25	J.	s. Crépin. s. C.	1811	Prise de Sagonte.	Suchet.	Espagn.
26	V.	s. Evariste, p.	1799	Combat de Mondovi.	Lemoine.	Autrich.
27	S.	s. Florentin.	1806	Entrée de Napoléon à Berlin.		
28	D.	s. Sim. s. Jude.	1799	Combat de Busolin.	Duhesme.	Autrich.
29	L.	s. Faron.	1806	Prise de Stettin.	Lasalle.	Prusse.
30	M.	s. Lucain.	1813	Bataille de Hanau.	Napoléon.	Bavarois
31	M.	s. Quent. v. j.	1813	Combat de Kuntzig.	Bertrand.	Bavarois

D. Q. le 2, à 11 h. 14 m. du soir.   P. Q. le 18, à 3 h. 47 m. du soir.
N. L. le 11, à 3 h. 53 m. du matin.   P. L. le 25, à 7 h. 36 m. du matin.

NOVEMBRE.

DATES.	JOURS.	SAINTS.	ANNÉES.	BATAILLES, COMBATS, SIÉGES, etc.	NOMS DES GÉNÉRAUX.	ENNEMIS OU PAYS.
1	J.	TOUSSAINT.	1805	Combat de Lintz.	Milhaut.	Autrich.
2	V.	*Les Trépassés*	1812	Combat de Viasma.	Eugène.	Russes.
3	S.	s. Hubert.	1796	Combat de Segonzano.	Vaubois.	Autrich.
4	*D.*	s. Charles B.	1829	Prise de Madagascar.	Gourbeyre	Ovas.
5	L.	s^te Berthilde.	1811	Combat de Barnos.	Semellé.	Espagn.
6	M.	s. Léonard.	1792	Bataille de Jemmapes.	Dumour.	Autrich.
7	M.	s. Ruf, évêq.	1805	Combat de Scharnitz.	Ney.	Autrich.
8	J.	les s^tes Reliq.	1805	Combat de Marienzelle.	Houdelot.	Autrich.
9	V.	s. Mathurin.	1799	18 br. Napol. expulse le conseil des Cinq-Cents.		
10	S.	s. Léon-le-G.	1808	Combat d'Epinosa.	Maison.	Espagne
11	*D.*	s. Martin, év.	1796	Combat de Saint-Martin.	Augereau.	Autrich.
12	L.	s. Réné, évêq.	1796	Combat de Caldiero.	Massena.	Autrich.
13	M.	s. Brice.	1792	Combat d'Anderlecht.	Dumour.	Autrich.
14	M.	s. Maclou, év.	1793	Combat de la Madelaine.	Sarret.	Piémont
15	J.	s. Eugène.	1796	Bataille d'Arcole.	Bonaparte	Autrich
16	V.	s. Edme, ar.	1800	Combat de Hollabrums.	Bonaparte	Russie.
17	S.	s. Aignan, év.	1792	Prise de Malines.	Stengel.	Autrich.
18	*D.*	s^te Aude.	1812	Att. du fort de Burgos.	Dubreton.	Anglais.
19	L.	s^te Elisabeth.	1813	Combat de Saint-Martin.	Marcognet	Italiens.
20	M.	s. Edmond.	1794	B. de la Montagne noire.	Perignon.	Espagn.
21	M.	*Prés. N.-D.*	1796	Combat de Rivoli.	Masséna.	Autrich.
22	J.	s^te Cécile, v.	1795	Combat de Kehl.	Moreau.	Autrich.
23	V.	s. Clément, p.	1795	Bataille de Loano.	Masséna.	Autrich.
24	S.	s. Séverin, s.	1812	Combat de Boresow.	Oudinot.	Russes.
25	*D.*	s^te Catherine.	1812	Bataille de la Bérésina.	Napoléon.	Russes.
26	L.	s. Pierre d'Al.	1795	Combat d'Intropa.	Serrurier.	Aust. S.
27	M.	s. Siméon.	1792	Bataille de Liège.	Dumour.	Autrich.
28	M.	s. Vital.	1794	Combat de Bergara.	Moncey.	Autrich.
29	J.	s. Saturnin.	1810	Combat de Miranda.	Valletaux.	Espagne
30	V.	s. André, ap.	1807	Prise de Lisbonne.	Junot.	Portug.

D. Q. le 1, à 5 h. 26 m. du soir. | P. Q. le 16, à 11 h. 24 m. du soir.
N. L. le 9, à 7 h. 40 m. du soir. | P. L. le 23, à 8 h. 1 m. du soir.

DÉCEMBRE.

Dates.	Jours.	SAINTS.	Années.	BATAILLES, COMBATS, SIÉGES, etc.	NOMS DES GÉNÉRAUX.	ENNEMIS OU PAYS.
1	s.	s. Eloi, évêq.	1795	Combat de Dreulnach.	Jourdan.	Autrich.
2	D.	1er D. Avent.	1852	Louis Bonaparte proclamé empereur des Franç.		
3	L.	ste Constance .	1808	Combat de Retiro.	Villatte.	Aut.-R.
4	M.	ste Barbe, v.	1998	Combat de Civita Castell.	Macdonald	Napolit.
5	M.	s. Sabas, abbé.	1800	Combat de Macaria.	Calvin.	Autrich.
6	J.	s. Nicolas, év.	1798	Combat d'Otricoli.	Mathieu.	Napolit.
7	V.	ste Phare, v.	1794	Combat de Catzelu.	Harriet.	Espagne
8	s.	Conc. N.-D.	1792	Prise d'Aix-la-Chapelle.	Dumour.	Autrich.
9	D.	s. Eucaire.	1795	Combat d'Avensdorff.	Hoche.	Prusse.
10	L.	ste Valère.	1800	Combat d'Attengen.	Barbou.	Alliés.
11	M.	s. Damase, p.	1798	Combat de Cantalupo.	Macdonald	Napolit.
12	M.	s. Daniel.	1800	Combat d'Ingolstadt.	Levasseur.	Alliés.
13	J.	ste Luce, v.	1793	Bataille de Bidassoa.	Muller.	Espagne
14	V.	s. Nicaise, év.	1799	Combat d'Hory.	G.-S.t-Cyr.	Italiens.
15	s.	s. Eusèbe, év.	1840	Entrée des cendres de Napoléon à Paris.		
16	D.	ste Adélaïde.	1800	Combat de Cardelon.	G. S.-Cyr.	Napolit.
17	L.	ste Olympe.	1798	Prise d'Aquila.	Champion	Napolit.
18	M.	s. Gratien.	1792	Combat de Tirlemont.	Jourdan.	Autrich.
19	M.	Quatre-Tems.	1793	Prise de Toulon.	Dugomm.	A.-Esp.
20	J.	ste Pauline.	1800	Combat de Kremsmuster.	Moreau.	Autrich.
21	V.	s. Thomas, ap.	1793	Combat de Haguenau.	Hoche.	Aust.R.
22	s.	s. Ischirion.	1812	Combat de Roncal.	Abbé.	Espagn.
23	D.	ste Victoire.	1798	Prise de Rome.	Champion	Italiens.
24	L.	s. Yves. v. j.	1800	Explosion de la machine infernale.		
25	M.	NOEL.	1809	Combat d'Almunia.	Severoli.	Espagn.
26	M.	s. Etienne.	1793	Bataille de Geisberg.	Hoche.	Aut. Pr.
27	J.	s. Jean, évang.	1801	Traité de paix avec la régence d'Alger.		
28	V.	ss. Innocents.	1793	Comb. du fort S.-André.	Daendels.	Holland
29	s.	s. Trophime.	1810	Combat près Tortose.	Habert.	Espagn.
30	D.	ste Colombe.	1808	Combat de Mancilla.	Soult.	Espagn.
31	L.	s. Sylvestre.	1808	Prise de Léon.	Soult.	Espagn.

D. Q. le 1, à 2 h. 20 m. du soir.
N. L. le 9, à 10 h. 27 m. du matin.
P. Q. le 16, à 7 h. 6 m. du matin.

P. L. le 23, à 10 h. 48 m. du matin.
D. Q. le 31, à 0 h. 13 m. du soir.

NAPOLÉON III,

EMPEREUR DES FRANÇAIS,

Né le 20 Avril 1808,

PROCLAMÉ EMPEREUR LE 2 DÉCEMBRE 1852.

JÉROME NAPOLÉON, Prince français, G. C. ⚜, maréchal de France; né le 15 novembre 1784.

NAPOLÉON JOSEPH, Prince français, G. C. ⚜, ayant droit de porter le titre et l'uniforme de général de division, en vertu du décret du 24 janvier 1853; né le 9 septembre 1822.

MAISON MILITAIRE DE L'EMPEREUR.

Vaillant G. C. ⚜, maréchal de France, grand maréchal du Palais.

Rolin, C. ⚜, gén. de division, adjudant général du Palais.

Aides-de-Camp de l'Empereur.

Comte Roguet, C. ⚜, général de division.
Certain Canrobert, C. ⚜, général de division.
Comte de Goyon, C. ⚜, général de division.
De Cotte, C. ⚜, général de division.
Lannes de Montebello, C. ⚜, général de brigade.
Le Normand de Lourmel, C. ⚜, général de brigade.
Espinasse, O. ⚜, général de brigade.
Vaudrey, C. ⚜, général de brigade honoraire.
De Béville, O. ⚜, colonel du génie, premier préfet du Palais.
Ney (Edgard), O. ⚜, colonel de cavalerie, premier veneur.
Fleury, O. ⚜, colonel de cavalerie, premier écuyer.

Officiers d'Ordonnance de l'Empereur.

Exelmans, &, capitaine de frégate.

De Toulongeon, &, chef d'esc. d'état-major, Commandant des chasses à tir.

Lepic, &, chef d'esc. d'état-maj., M.-des-Logis chef du Palais.

Favé, &, chef d'escadron d'artillerie.

De Méneval, &, chef d'esc. d'artillerie, Préfet du Palais.

De Berckheim, &, capitaine en 1.er d'artillerie.

Petit, capitaine de cavalerie.

Merle, capitaine d'infanterie, Préfet du Palais.

De Tascher de la Pagerie, capitaine d'infanterie de marine, Maréchal-des-Logis du Palais.

Morand (L.-C.-A.), capitaine d'infanterie.

De La Tour d'Auvergne Lauragais, capitaine d'infanterie.

Davillier, lieutenant de cavalerie.

MAISON MILITAIRE DES PRINCES.

Officiers attachés à la personne de S. A. I. le Prince Jérôme Napoléon.

De Ricard, C. &, g. de brig. du c. de rés., 1.er aide de camp.

Renault, O. &, lieut.-col. au corps d'état-maj., aide de camp.

Mariani, O. &, chef d'esc. au corps d'état-maj., aide de camp.

Mallet de Chauny, &, chef d'esc. d'état-maj., aide de camp.

D'Abrantès, &, chef d'escadron d'état-major, aide de camp.

Boyer de Rebeval, capitaine d'inf., officier d'ordonnance.

Duperré, lieutenant de vaisseau, officier d'ordonnance.

Vast Vimeux, capitaine de cavalerie, officier d'ordonnance.

De Waldner, capitaine d'infanterie, officier d'ordonnance.

Officiers attachés à la personne de S. A. I le Prince Napoléon Joseph.

Nesmes Desmarets, O. &, col. d'état-maj., 1.er aide de camp.

Ferri Pisani, &, cap. de 1.re cl. d'état-major, aide de camp.

Roux, &, capitaine d'infanterie, aide de camp.

David, &, lieutenant d'infanterie, officier d'ordonnance.

ÉTATS-MAJORS
DES DIVISIONS MILITAIRES.

ARMÉE DE PARIS.

MACNAN, maréchal de France, commandant en chef.
Mangon-Delalande, colonel, chef d'état-major général.

1.ʳᵉ DIVISION D'INFANTERIE.

MARTIN DE BOURGON, général de division.
Marulaz, général de brigade.
Grésy, général de brigade.
Chapuis, général de brigade.
Courand, général de brigade, commandant en outre le département
    de la Seine et la place de Paris.
Pajol, lieutenant-colonel, chef d'état-major.

2.ᵉ DIVISION D'INFANTERIE.

RENAULT, général de division.
Walsin Esterhazy, général de brigade.
D'Hugues, général de brigade.
Ripert, général de brigade.
Baret de Rouvray, colonel, chef d'état-major.

3.ᵉ DIVISION D'INFANTERIE.

LEVASSEUR, général de division.
Repond, général de brigade.
N......, général de brigade.
Courtois Roussel d'Hurbal, colonel, chef d'état-major.

DIVISION DE CAVALERIE DE RÉSERVE, A VERSAILLES.

KORTE, général de division (de la section de réserve), sénateur.
Féray, général de brigade.
Baron Marion, général de brigade.
Lannes de Montebello, général de brigade.
De Vaudrimey Davout, colonel, chef d'état-major.
Auvity, général de brigade, commandant l'artillerie.
Bouteilloux, général de brigade, commandant le génie.

ARMÉE D'ALGÉRIE.

Comte Randon, général de division, gouverneur général.
Rivet, général de brigade, chef d'état-major général.
Buisson d'Armandy, général de brigade, commandant l'artillerie.
Baron de Chabaud La Tour, général de brig., command. le génie.
Jusuf, général de brigade, commandant les troupes indigènes.

DIVISION D'ALGER.

Camou, général de division, commandant la division à Blidah.
Paté, général de brigade, commandant la subdivision d'Alger.
Bosc, général de brigade, commandant la subdivision d'Aumale.
N.... général de brigade, commandant la subdiv. de Milianah.
N.... général de brigade, commandant la subdivision de Médéah.
Spitzer, lieutenant-colonel, chef d'état-major, à Blidah.
Donop, intendant militaire, à Alger.

DIVISION D'ORAN.

Pelissier, général de division, commandant la division.
Cousin-Montauban, général de brigade, commandant la subdivision
de Tlemcen.
Gastu, général de brigade, commandant la subdivision d'Oran.
De Beaufort d'Hautpoul, général de brigade, commandant la sub-
division de Mostaganem.
N ... commandant la subdivision de Mascara.
Pourcet, lieutenant-colonel, chef d'état-major.
Dufour, intendant militaire, à Oran.

DIVISION DE CONSTANTINE.

De Mac-Mahon, général de division, commandant la division.
De Serre, général de brig., command. la subdiv. de Constantine.
Maissiat, général de brig., commandant la subdivision de Sétif.
Lebrun, lieutenant-colonel, chef d'état-major.
Mallarmé, faisant fonctions d'intendant militaire, à Constantine.

DIVISION D'OCCUPATION EN ITALIE.

Allouveau de Montréal, général de division, comm. la division.
Brunet, général de brigade, commandant la 1.re brigade.
De Pontevès, général de brigade, commandant la 2.e brigade.
Saget, lieutenant-colonel, chef d'état-major.
Pagès, sous-intend. de 1.re classe, chef des services administratifs.

Divisions.	Subdivisions.	NOMS DES GÉNÉRAUX.	GRADES.	RÉSIDENCES.	DÉPARTEMENTS.
1.re		Magnam	M.al de Fra.	Paris	Seine.
	1.re	Courand	gén. de brig.	Id.	Id.
	2.e	Dubreton	Idem	Versailles	Seine-et-Oise.
	3.e	De la Chaise	Idem	Beauvais	Oise.
	4.e	Gado	Idem	Melun	Seine-et-Marne.
	5.e	De Noüe (Armand)	Idem	Troyes	Aube.
	6.e	Dupch	Idem	Auxerre	Yonne.
	7.e	D'Exea	Idem	Orléans	Loiret.
	8.e	Dubern	Idem	Chartres	Eure-et-Loir.
2.e		Comte Gudin	gén. de divis.	Rouen	Seine-Inférieure.
	1.re	De Noüe (Léon-Valérien)	gén. de brig.	Id.	Id.
	2.e	De Géraudon	Idem	Evreux	Eure.
	3.e	Chatry de Lafosse	Idem	Caen	Calvados.
	4.e	Senilhes	Idem	Alençon	Orne.
3.e		Grand	gén. de divis.	Lille	Nord.
	1.re	Baron Fririon	gén. de brig.	Id.	Id.
	2.e	Boyer	Idem	Arras	Pas-de-Calais.
	3.e	D'Anthouard-Vraincourt	Idem	Amiens	Somme.
4.e		Perrot	gén. de divis.	Châlons-s.-Marne	Marne.
	1.re	Richard	gén. de brig.	Id.	Id.
	2.e	De Chaussegros de Lioux	Idem	Laon	Aisnes.
	3.e	Berryer	Idem	Mézières	Ardennes.
5.e		Marey-Monge	gén. de divis.	Metz	Moselle.
	1.re	De Lachevardière de la G.	gén. de brig.	Id.	Id.
	2.e	N	Idem	Verdun	Meuse.
	3.e	Du Poilloué de St.-Mars	Idem	Nancy	Meurthe.
	4.e	Idem	Idem	Épinal	Vosges.

6.e	1.re	Uhrich	gén. de brig.	Id.	Id.
	2.e	Dormoy	Idem	Colmar	Haut-Rhin.
7.e		Vicomte de Bois le Comte	gén. de divis.	Besançon	Doubs.
	1.re	Barbeyrac de St.-Maurice	gén. de brig.	Id.	Id.
	2.e	De Liniers	Idem	Lons-le-Saulnier	Jura.
	3.e	Gagnon	Idem	Dijon	Côte-d'Or.
	4.e et 5.e	De Mirbeck	Idem	Vesoul	H.te-S. H.te-Mar.
		De Castellane	M.al de Fra.	Lyon	Rhône.
		Herbillon	gén. comm.la division d'inf.	Id.	Id.
		Comte Partouneaux	gén. comm.la div. de caval	Id.	Id.
8.e	1.re et 2.e	Mellinet	gén. de brig.	Id.	Rhône et Loire.
	3.e	Sonnet	Idem	Châlons-s.-Saône	Saône-et-Loire.
	4.e	Deshorties de Beaulieu	Idem	Bourg	Ain.
	5.e et 6.e	Bougourd de Lamarre	Idem	Grenoble	Isère et H.tes-Alpes.
	7.e et 8.e	Bertin	Idem	Valence	Drôme. Ardèches.
9.e		De Rostolan	gén. de divis.	Marseille	Bouches-du-Rhône.
	1.re	Faucheux	gén. de brig.	Id.	Id.
	2.e	De la Motterouge	Idem	Toulon	Var.
	3.e	Angenoust	Idem	Digne	Basses-Alpes.
	4.e	Destrémont	Idem	Avignon	Vaucluse.
10.e		De Salles	gén. de divis.	Montpellier	Hérault.
	1.re	De Berthier	gén. de brig.	Id.	Id.
	2.e et 3.e	De Cambray	Idem	Rhodez	Aveyron et Lozère.
	4.e	Walsin Esterhazy	Idem	Nîmes	Gard.

Divi-sions.	Subdi-vi-sions.	NOMS DES GÉNÉRAUX.	GRADES.	RÉSIDENCES.	DÉPARTEMENTS.
11.e	1.re	Baron Duffourc d'Antist.	gén. de divis.	Perpignan.....	Pyrénées–Orient.
	2.e et 3.e	Réunie provisoirement à la div.		Id..........	Id.
		Behaghel	Idem....	Carcassonne.. ..	Ariège et Aude.. ..
12.e	1.re	Reveux............	gén. de divis.	Toulouse.......	Haute-Garonne.
		La Font de Villiers	gén. de brig.	Id.........	Id.
	2.e et 3.e	Bourjade..........	Idem ...	Montauban....	Tarn-et-Gar. et Lot
	4.e	Levaillant (Jean).....	Idem....	Albi	Tarn.
13.e	1.re et 2.e	Poinsignon........	gén. de divis.	Bayonne.......	Basses-Pyrénées.
		Bisson.	gén. de brig.	Id	Id. et Landes.
	3.e	Dupleix..........	Idem...	Auch........	Gers.
	4.e	Courby...........	Idem...	Tarbes	Hautes-Pyrénées.
14.e	1.re	De Tartas.........	gén. de divis.	Bordeaux......	Gironde.
		Bousquet.	gén. de brig	Id	Id.
	2.e	Davesiès de Pontès ..	Idem.. .	La Rochelle....	Charente-Infér.
	3.e	Lemaire..........	Idem. .	Angoulême.....	Charente.
	4.e	Tatareau..........	Idem....	Périgueux	Dordogne.
	5.e	Duchaussoy........	Idem...	Agen.........	Lot-et-Garonne.
15.e	1.re	Guillabert.........	gén. de divis.	Nantes	Loire-Inférieure.
	2.e	Grobon...........	gén. de brig.	Id	Id.
	3.e	D'Angell de Kleinfeld..	Idem....	Angers.......	Maine-et-Loire.
	3.e	Besançon	Idem..	Niort........	Deux-Sèvres.
	3.e	Bernardon	Idem ...	Niort........	Deux-Sèvres.

N°	Légion	Nom	Grade	Résidence	Département
16.°	1.re et 6.e	Baron Guillot	gén. de brig.	Saint-Brieuc	Mayenne. Morbih. C. du N.
	2.e et 4.e	Duval	Idem	Brest	Finistère.
	3.e	Anfrye	Idem	Cherbourg	Manche.
	5.e	Lapeyre	Idem	Bastia	Corse.
17.e	1.re	Talandier	gén. de divis.	Ajaccio	Id.
		Lemyre	gén. de brig.	Tours	Indre-et-Loire.
		Aulas de Courtigis	gén. de divis.	Id.	Id.
18.°	1.re	Cuny	gén. de brig	Au Mans	Sarthe.
	2.e	Beltramin	Idem	Blois	Loire-et-Cher.
	3.e	De Sparre	Idem	Poitiers	Vienne.
	4.e	De Wacquant	Idem	Bourges	Cher.
		De Montemart	gén. de divis.	Id.	Id.
19.e	1.re	De Bousingen	gén. de brig.	Nevers	Nièvre.
	2.e	Ravel	Idem	Moulins	Allier.
	3.e	Jamin	Idem	Châteauroux	Indre.
	4.e	Delhorme	Idem	Clermont-Ferrand	Puy-de-Dôme.
		Pellion	gén. de divis.	Id.	Id.
20.°	1.re	Jacquemin	gén. de brig.	Au Puy	H.te-Loire. Cantal.
	2.e et 3.e	Couston	Idem	Limoges	Haute-Vienne.
		Corbin	gén. de divis.	Id.	Id.
21.e	1.re	De Solliers	gén. de brig.	Gueret	Creuse.
	2.e	Jacquemontdu Donjon	Idem	Tulle	Corrèze.
	3.e	De Leyritz	Idem		

MARÉCHAUX DE FRANCE.

La loi du 4 août 1830 a réglé que le nombre des maréchaux de France est de six au plus en temps de paix, et qu'il pourra être porté à douze en temps de guerre.

Lorsqu'en temps de paix, l'effectif est en excédant du chiffre réglementaire, il peut être fait une promotion sur trois vacances.

Aux termes de l'article 29 de la constitution, les maréchaux de France sont de droit membres du sénat.

S. A. I. le Prince Jérome Napoléon, G. C. 🎖, Gouverneur honoraire de l'hôtel impérial des Invalides (Nomination du 1.er janvier 1850).

Comte Reille (Honoré-Ch.-M.-Jos.), G. C. 🎖. (Nomination du 17 septembre 1847.)

Comte Harispe (J.-Isidore), G. C. 🎖. (Nomination du 11 décembre 1851.)

Vaillant (Jean-Baptiste-Philibert), G. C. 🎖, Ministre de la guerre, Grand-Maréchal du Palais. (Nomination du 11 décembre 1851.)

Leroy de Saint-Arnaud (Arn.-Jacques), G. C. 🎖, commandant en chef l'armée d'Orient, Grand-Écuyer. (Nomination du 2 décembre 1852.)

Magnan (Bernard-Pierre), G. C. 🎖, Commandant en chef de l'armée de Paris et Commandant la 1.re division militaire, Grand-Veneur. (Nomination du 2 décembre 1852).

Comte de Castellane (Esprit-Victor-Élisabeth-Boniface), G. C. 🎖, Commandant en chef l'armée de Lyon et Commandant la 8.e division militaire. (Nomination du 2 décembre 1852.

HISTOIRE VERIDIQUE

DE

TROIS ENFANTS DE PARIS

DEVENUS

MARÉCHAUX DE FRANCE,

RACONTÉE A SES CAMARADES

PAR UN BRIGADIER AU 2.ᵉ CARABINIERS.

Pour lors, mes petits amours de colosses, comme je vous le disais hier et comme j'ai celui de vous le récidiver aujourd'hui, vous avez tort de vous gouailler des Parisiens, d'abord et d'une, parce que, moi qui vous parle, votre brigadier, je suis né à Paris; secundo, c'est-à-dire deuxièmement, parceque c'est là qu'a bien voulu venir au monde Sa Majesté Napoléon III, votre empereur; et que si monsieur son oncle, l'autre, vous savez, n'a pas eu l'avantage d'y naître, ni même celui d'y mourir, par des circonstances trop longues à vous narrer, c'est là du moins qu'il faisait habituellement élection de domicile quand son service ne l'appelait pas à Madrid ou à Moscou. C'est là qu'il avait choisi sa sépulture définitive, quoique les Anglais lui en eussent d'abord donné une provisoire à 5 ou 6,000 lieues d'ici, par suite de contrariétés qu'ils avaient eues ensemble. Mais lui, qui lisait aussi clair dans l'avenir que vous pourriez le faire dans votre théorie, n'en avait tenu compte; il s'était laissé tranquillement enterrer à Sainte-Hélène, bien certain qu'il reviendrait un jour dans ce Paris qu'il avait tant aimé, pour y précéder et y protéger au besoin son neveu de prédilection.

Vous autres Patagons, pour les trois quarts Alsaciens, vous faites peu de cas des Parisiens, parce qu'en général ils ne se piquent pas d'avoir, comme vous, 5 pieds 10 à 11 pouces et qu'ils professent peu de goût pour les tuyaux de poêle et les gilets de flanelle. J'en conviens; mais je vous dis qu'ils ont de ça tout de même au côté gauche, les Parisiens. Je pourrais me contenter de vous le dire, je condescends à vous le prouver : attention !

Paris, sous l'ancien régime, a donné à l'armée : le prince de Condé, Catinat, le prince Eugène de Savoie, l'amiral et le maréchal d'Estrées; sous l'Empire, Augereau, Grouchy et le prince Eugène Beauharnais. Vous jugez que j'en passe qui n'en ont pas moins été de fameux lapins; mais quand on a un million de pays, on ne peut se rappeler tout le monde.

Minute......... J'oubliais de vous mentionner que toutes les fois qu'on prononcera devant vous le nom d'Augereau ou du duc de Castiglione, ce qui est un seul et même personnage, il faut vous redresser d'un bon pouce, si c'est possible, et porter la main au casque ou au képi, suivant la circonstance, attendu que ce duc de Castiglione vous a fait l'honneur de commencer comme moi, par être brigadier au 2.°, et que c'est, je crois, le seul maréchal de France qui soit sorti des carabiniers, en attendant que je le devienne moi-même.

Vous riez, ce qui me ferait croire que vous êtes encore de ces niais qui s'en vont répétant chaque jour à la cantine que pour avancer il faut des protections et rien que des protections, *la course des têtes*, comme ils disent à Saumur. Avec ça qu'il devait en avoir de belles protections, Augereau, fils d'un ouvrier maçon et d'une marchande de pommes! Pour se trouver heureux dans son état, on dit qu'il faut toujours regarder plus bas que soi.... Possible; mais quand on y veut faire son chemin, c'est en haut, toujours en haut qu'il faut porter les yeux et l'esprit..... quand on en a.

Or, il en avait prodigieusement, le roi Louis XVIII, un gros brave homme de roi, à queue poudrée, avec des guêtres de velours et des épaulettes d'or sur un habit bourgeois, et qui succéda en 1814 à Napoléon..... pas au choix celui-là, mais à l'ancienneté. Pour lors, un jour qu'il passait la revue des élèves de Saint-Cyr, à cheval dans sa voiture, pour sa plus grande commodité, et attendu qu'il n'avait pas les jambes aussi bonnes que la tête : « Mes enfants, qu'il leur dit, vous » avez chacun de vous le bâton de maréchal de France dans » la giberne ; c'est à vous de l'en faire sortir. »

Vous vous récriez; vous croyez qu'il leur disait ça pour la blague, histoire de les câliner, et pour les forcer à crier : *Vive le roi*, un peu plus dru qu'ils ne le faisaient... Du tout... c'était la vérité... à preuve que ça s'est réalisé. Savez-vous combien nous avons de maréchaux de France pour le quart d'heure?... Sept, pas davantage. Et sur ces sept maréchaux, trois, les derniers nommés, sont enfants de Paris et tous trois aussi avaient le bâton dans la giberne. Voilà pourquoi, moi Parisien, j'ai profité des quinze jours que mon poulet d'Inde et le major m'ont envoyé passer à l'hôpital, pour lire et relire leur histoire. Puisque vous êtes si gentils, j'ai bien envie de vous la raconter ; vous y verrez comment, de nos jours encore et sans protection, on devient maréchal de France, avec de la tenue, de la conduite et du courage, pourvu toutefois qu'un boulet ne vous arrête pas en route. Mais mon verre est vide, et je cause salé ; versez, camarades ; merci ; à la santé des maréchaux qui sortiront de votre escouade. Vous y êtes, vous autres ; attention, je commence.

D'abord et d'une, le Ministre de la guerre.... A tout seigneur tout honneur. A cela, vous me direz: Pourquoi l'Empereur l'a-t-il fait Ministre de la guerre plutôt que les deux autres? Sans doute qu'il aura eu pour cela des raisons particulières dont il ne m'a pas donné connaissance. Peut-être est-ce tout uniment parce que s'il pouvait faire trois maréchaux le même jour, il ne pouvait nommer qu'un Ministre de la guerre à la fois.

Le Roy de Saint-Arnaud est né à Paris le 20 août 1801. Il avait tant de goût pour le militaire, qu'à peine âgé de dix-sept ans, il entra dans les gardes du corps, compagnie de Grammont. Vous me demanderez ce que c'était que cette arme-là; c'était un bien beau régiment où les simples soldats étaient lieutenants ou sous-lieutenants; les brigadiers, capitaines; les sous-officiers, chefs d'escadrons et colonels; les officiers, généraux; enfin, les capitaines, maréchaux de France; comprenez-vous?

Deux ans dans ce corps équivalaient aux deux années de Saint-Cyr. Saint-Arnaud en sortit pour entrer comme sous-lieutenant dans la légion corse, le 6 mai 1818; puis il passa à celle des Bouches-du-Rhône, le 30 avril 1819; et dans le 49.e de ligne, qu'il quitta le 13 décembre 1827. Faut croire que quelque chose l'embêta dans la manière dont allait le service, car il le quitta tout d'un coup et ne le reprit qu'en février 1831 où il entra, toujours comme sous-lieutenant, au 64.e, pour y passer lieutenant le 9 décembre. C'est là qu'il se fit si bien remarquer dans la guerre de Vendée, que son nom fut cité plusieurs fois dans les rapports, et qu'il attira l'attention du général Bugeaud, qui le choisit pour son officier d'ordonnance. Or, Bugeaud, c'était un dur à cuire qui, pour rien au monde, n'aurait attaché à sa personne un quelqu'un qui aurait eu froid aux yeux.

Mon Saint-Arnaud avait à cœur de réparer le temps perdu; il brûlait d'aller vite, parce qu'il sentait en dedans de lui qu'il devait aller loin. Il demanda donc à passer en Afrique, fameux pays où l'on sème des balles pour y récolter de la graine d'épinards. A peine arrivé à la légion étrangère, il y devint capitaine, le 15 août 1837, et y commanda la garnison de Gigelly, où la fièvre nous tuait plus d'hommes encore que l'ennemi. Toutefois, Saint-Arnaud n'était pas homme à se tenir renfermé dans cette bicoque; il faisait des sorties continuelles et dirigeant une attaque à la baïonnette.

Au mois d'octobre, il se distingua tellement par son élan et sa bravoure à l'assaut de Constantine, qu'il y obtint la croix d'honneur, 11 novembre 1837.

Le 12 mai 1840, Saint-Arnaud se couvrit de gloire et contribua puissamment à l'enlèvement du col de Mouzaïa, l'un des sommets de l'Atlas, défendu par Abd-el-Kader en personne et 6,000 Arabes dont 2,500 réguliers. Le 25 août, il fut nommé chef de bataillon au 18e léger, et passa aux zouaves le 25 mars suivant. Officier de la Légion d'honneur le 17 août 1844, lieutenant-colonel du 53e de ligne le 25 mars 1842, il mérita une place à part dans les rapports des généraux Changarnier et Bugeaud, qui s'y connaissaient, je vous prie de le croire. Vous savez que nous autres carabiniers nous n'allons jamais en Afrique, parce que le soleil de ce pays-là ne comporte ni les grands beaux hommes ni les cuirasses. Je ne vous raconterai donc pas en détail les exploits du colonel Saint-Arnaud; il me suffira de vous dire qu'il avait affaire à des Kabyles, c'est-à-dire à des individus que les Romains n'avaient pu dompter, ni les Turcs. Je ne vous citerai pas davantage toutes les tribus qu'il a soumises, parce que ces braves gens-là ont tous des noms à coucher à la porte.

Il y a cependant un particulier dont je veux vous parler, parce que vous avez pu le voir comme moi à Paris, avenue des Champs-Elysées, logé au rez-de-chaussée dans une belle maison à portier, avec deux sergents de ville et une voiture à sa porte. C'était un nommé Bou-Maza, lequel se fit battre plus de vingt fois par Saint-Arnaud devenu colonel du 52e le 2 octobre 1844, puis du 63e le 29 du même mois, et commandant de la subdivision d'Orléansville. Ce Bou-Maza avait un singulier tempérament, les coups lui allaient; plus il en recevait, plus il en voulait recevoir. Voyant que tel était son caractère, Saint-Arnaud s'entêta de son côté à la chose, et lui en donna cinq ou six fois par semaine, en veux-tu? en voila. Tant et si bien qu'un beau jour Bou-Maza vint lui dire qu'il en avait assez comme cela, lui rendit ses armes, et promit qu'il ne le ferait plus. Saint-Arnaud l'envoya par la diligence Notre-Dame-des-Victoires, à Paris, en récompense de quoi il fut fait maréchal de camp le 3 novembre 1847. Il y avait alors dix-huit mois qu'il était commandeur de la Légion d'honneur.

Nommé successivement commandant de la subdivision de Mostaganem, de celle d'Alger, puis de la province de Constantine, Saint-Arnaud étonna ses amis par les talents qu'il déploya pour l'administration, dont on ne soupçonnait pas qu'il se fût jamais occupé, encourageant l'agriculture et le commerce, faisant naitre partout la confiance et la sécurité. Il en était d'autant plus besoin que ces dernières avaient été profondément ébranlées par la révolte de Zaatcha et de l'Aurès. Il frappa les naturels de ce pays d'une salutaire terreur, et parcourut trois cents lieues de pays en quatre-vingt-dix jours.

Mais ceci n'était rien en comparaison de la fameuse opération qui devait couronner sa carrière militaire en Afrique; vous jugez bien que je veux parler de la soumission de la petite Kabylie. Pour vous faire une idée des obstacles qu'elle présentait, il faut vous figurer un satané pays couvert de montagnes, coupé de ravins ou d'escarpements rocheux, où rien ne ressemblait à une route : pas un plateau de vingt pieds carrés, et pour défendre cela, de grands diables de sauvages trapus, moustachus, barbus, qui jamais n'avaient vu l'étranger dans ce qu'ils appelaient leur patrie, des enragés n'ayant peur de rien, et que le fanatisme religieux rendait encore plus redoutables. Pas l'ombre d'une route, comme je me suis fait l'honneur de vous dire; c'est à la pioche qu'on s'en faisait une la plupart du temps. Quand, à grand'peine, on avait gravi une montagne, on s'apercevait qu'on en aurait infiniment plus à descendre pour grimper sur une seconde, et ainsi de suite. C'était souvent un à un que filaient là dedans 8,000 hommes, 250 chevaux et 1,200 mulets.

Notez qu'outre ses armes, chacun devait porter ses vivres pour plusieurs jours, marmites, bidons, etc., attendu que le pays ne produit pas de boulangers et que les auberges y sont complétement inconnues. Ce tour de force auquel les Romains, les Vandales et les Turcs avaient renoncé, les Français l'accomplirent, grâce à la prudence et à la vigueur de Saint-Arnaud, et cela sous une pluie incessante de balles et contre un ennemi qui ne leur abandonna pas une position, pas un pouce de terrain sans les défendre jusqu'à la dernière extrémité. Après quatre-vingts jours de marche, pendant lesquels il n'avait pas livré moins de vingt-six combats, sans compter les escarmouches, qui n'avaient cessé ni jour, ni nuit, il rentra vainqueur et pacificateur à Constantine le 7 juillet 1851; et je vous réponds que Français et Arabes battirent des mains à son retour. C'est là le plus beau et le plus extraordinaire fait d'armes qui ait jamais illustré notre armée d'Afrique. Vous ne vous étonnerez donc pas qu'il ait valu à Saint-Arnaud le grade de général de division le 10 juillet 1851.

Pour le coup, notre Empereur voulut le voir, et le fit venir à Paris. Il pouvait bien prendre un petit congé; après vingt ans de service en Afrique, pendant lesquels il avait conquis tous ses grades et fait trente campagnes, rien que cela. L'Empereur l'ayant trouvé de son goût, le fit ministre de la guerre le 26 octobre 1851, grand officier de la Légion d'honneur le 10 mai 1852[1], et enfin, maréchal de France le 2 décembre de la même année.

Versez, camarades, versez: A la santé de ce premier enfant de Paris... Merci... Passons à un autre.

————

Bernard-Pierre Magnan est né à Paris le 7 décembre 1791, d'une famille peu aisée.

Vous rappelez-vous, vous autres, que le 14 août, lorsque

[1] Le 23 décembre 1853, M. le maréchal de Saint-Arnaud a été élevé à la dignité de grand-croix de l'ordre impérial de la Légion d'honneur.

nous formions la haie aux Champs-Elysées, le dos tourné à la rue de Chaillot, je vous fis remarquer un grand monsieur sec à cheveux blancs, qui riait, qui pleurait, qui battait des mains, qui gesticulait, qui se démenait, à ce point que vous le prîtes pour un fou? Ce n'était pas un fou le moins du monde, M. Lemercier, ancien chef d'institution, rue des Martyrs, venu là tout exprès pour jouir du triomphe et de la gloire de son ancien élève. Vous sentez qu'à quarante-cinq ans de distance, un maître d'école n'est pas fâché d'apprendre au public qu'il a eu celui de donner des férules à un maréchal de France... à un maréchal de France, qui avait quitté les bancs pour entrer dans une étude de notaire!

Oui, mes agneaux, dans une étude de notaire! Je ne sais s'il aurait eu autant d'avancement dans cette partie-là que dans l'autre. Toujours est-il qu'à l'âge de dix-huit ans, le 7 décembre 1809, il planta là maître Minute et son collègue, et, le sac sur le dos, s'en alla joindre en Espagne le 66.ᵉ de ligne comme engagé volontaire. Vous voyez que sa première étape était de taille.

Arrivé là, il se trouva à bonne école. Il fit sous les maréchaux Ney, Masséna, Marmont et Soult, toutes les campagnes d'Espagne et de Portugal. Tour à tour caporal et sergent, il gagnait un grade à chaque bataille. Sous-lieutenant le 20 juillet 1811, lieutenant le 8 février 1813, il obtenait la croix d'honneur la même année (23 juin). Capitaine le 6 septembre 1813, il fut appelé dans les tirailleurs de la garde impériale, fit sous les ordres de l'Empereur la gigantesque campagne de France, et prit une noble part aux batailles de Guignes, Château-Thierry, Montereau et Craone. Il se couvrit de gloire à cette dernière bataille, où il reçut un biscaïen au bas-ventre, et fut par suite de cette bataille nommé officier de la Légion-d'honneur le 17 mars 1814; et lui, enfant de Paris, qui n'était pas rentré dans la capitale depuis cinq ans, fit partie de cette poignée de braves qui multiplièrent pour sa défense d'héroïques et inutiles efforts! Il avait été nommé adjudant-major le 12 janvier 1814.

Je n'ai pas besoin de vous dire qu'aux Cent-Jours il rejoignit Napoléon. Il fit, en qualité de capitaine adjudant-major au 4.ᵉ de tirailleurs de la garde, la funeste mais glorieuse campagne de Waterloo, et je tiens d'un vieux sergent de son régiment que s'il ne se fit pas tuer ce jour-là, ce ne fut certes pas sa faute. Le 12 août 1815, il fut licencié comme tant d'autres et renvoyé dans ses foyers; il était au reste bien temps qu'il se reposât un peu, après de si rudes étapes.

Le maréchal Gouvion Saint-Cyr, qui se repentait sans doute de ne pas y avoir assisté, à Waterloo, n'en appréciait pas moins les braves qui en étaient revenus. Aussi, dès qu'il s'occupa d'organiser la nouvelle garde royale, s'empressa-t-il d'y appeler Magnan comme capitaine adjudant-major au 6.ᵉ régiment d'infanterie (23 octobre 1815), grade qu'il échangea, le 6 décembre 1817, contre celui de chef de bataillon au 54.ᵉ de ligne.

Officier de la Légion d'honneur et chef de bataillon à 26 ans, huit ans après être parti le sac au dos, c'était un assez joli chemin, n'est-ce pas? Le 29 novembre 1822 Magnan fut nommé lieutenant-colonel du 60.ᵉ de ligne.

L'année suivante s'ouvrit la petite guerre d'Espagne et, quoique les occasions de s'y distinguer ne fussent pas aussi communes que dans la première, Magnan trouva moyen de se faire mettre deux fois à l'ordre du jour de l'armée. Ce qui fit qu'on le nomma chevalier de Saint-Louis, une espèce de Légion d'honneur d'autrefois, où il n'entrait que des capitaines les trois quarts du temps; mais où on n'admettait ni pioupoux ni porteurs de sardines. Il reçut aussi la croix de Saint-Ferdinand d'Espagne.

Après une nouvelle pause de cinq ans, Magnan, nommé colonel du 49.ᵉ de ligne le 21 septembre 1827, fit partie de la première expédition d'Afrique en 1830. Bien que le drapeau de la France fût d'une couleur assez pâle à cette époque, ce n'en était pas moins le drapeau de la France et, comme tel, Magnan le porta haut et ferme. Il se couvrit de gloire à la bataille de Staouëli et dans les combats qui furent livrés pendant vingt-deux jours et vingt-deux nuits sous les murs de Bône.

Vous n'êtes pas sans savoir que les Belges sont un petit peuple très-aimable, qui, pour s'éviter la peine de rien inventer, fait état de copier tout ce qui se fait en France.

Or, en juillet 1830, les Parisiens ayant mis en congé illimité les Bourbons qui les embêtaient considérablement, les Belges, en septembre, chassèrent les Hollandais qui ne les embêtaient pas moins. Seulement, comme ils n'étaient pas forts sur l'article, ils prièrent les Français de leur donner un coup de main, et Louis-Philippe leur prêta 50,000 bons lapins sous la conduite du maréchal Gérard, encore un vieux de la vieille, qui n'était manchot que d'un œil. Les Belges admirant la manière dont ces gaillards-là avaient mené les affaires, voulurent en garder chez eux quelques-uns des meilleurs pour tâcher d'en avoir de la graine.

Parmi ceux-ci se trouvait mon Magnan, qui commanda successivement une brigade de la 1.re division, le corps d'avantgarde et enfin la 6.e division, ce qui ne l'empêcha pas d'être nommé en France maréchal de camp le 31 décembre 1835. Il avait été nommé commandeur de la Légion d'honneur le 15 novembre 1833.

Après avoir accompli avec grand honneur cette mission en Belgique il demanda à rentrer en France et fut nommé successivement commandant d'une brigade dans les Pyrénées, puis du département du Nord le 30 juin 1839, fonctions qu'il conserva pendant six autres années, qui furent peut-être les plus heureuses et les plus douces de sa vie.

Nommé enfin au grade de lieutenant général le 20 octobre 1845, il fut employé les deux années suivantes à l'inspection en Afrique et en France.

Aussitôt après la révolution de février, le gouvernement provisoire l'envoya commander la 17.e division, en Corse, le 3 mars 1848; puis il l'appela au commandement de la 5.e division d'infanterie de l'armée des Alpes, laquelle se fit immédiatement remarquer par sa belle tenue et son admirable discipline. C'est à la tête de cette division que le général Magnan, appelé au secours de Paris par Cavaignac, y arriva le 7 juillet, ayant parcouru cent vingt lieues en sept jours par une chaleur étouffante et sans avoir laissé en arrière un seul homme! Pour peu que vous ayez changé seulement deux ou trois fois de garnison, vous devez comprendre tout ce qu'il y a d'extraordinaire dans une pareille marche.

Cela ne fut pas seulement admiré à Paris, cela fut mis à l'ordre du jour dans toute l'Europe, si bien que le général Magnan était à peine revenu dans les Alpes avec sa division, que le roi Charles-Albert lui offrit le commandement en chef de son armée. C'était flatteur, n'est-ce pas? Toutefois, il refusa, croyant que son épée était nécessaire alors au service de son pays. Il n'y perdit rien, car ce fut lui que le maréchal Bugeaud choisit pour le remplacer dans le commandement provisoire de l'armée des Alpes.

Il occupait depuis un mois à peine ce poste honorable lorsqu'éclata la terrible insurrection de Lyon, où il accourut se ranger sous les ordres du général Gemeau. C'est toujours une chose affreuse, mes amis, que la guerre civile, et le plus tôt qu'on en a fini est le mieux. En cinq heures Magnan s'empara de toutes les positions des insurgés, positions dont quelques années avant on avait mis sept jours à les débusquer. Il est vrai qu'il n'y alla pas de main morte, qu'en cinq heures il ne tira pas moins de six cents coups de canon sur les barricades, et qu'il y paya si bien de sa personne, qu'ils eut son cheval tué sous lui de deux coups de feu. Maintenant, si on le fit grand officier de la Légion d'honneur le 25 juin 1849 pour avoir pacifié en cinq heures la seconde ville de l'empire, vous m'avouerez qu'il ne l'avait pas volé.

Le 15 juillet 1851, il fut appelé au commandement en chef de l'armée de Paris.

Je ne vous raconterai pas sa conduite au 2 décembre à Paris, parce que vous en avez été témoins comme moi. Encore une malheureuse affaire contre des concitoyens égarés, mais qui du moins fut aussi promptement terminée. Vous savez que si Magnan fut le premier à vous donner l'exemple du courage avant l'action, il fut aussi le premier à retenir votre chaleureux dévouement dès que le triomphe de l'ordre eut été suffisamment assuré. Il reçut la grand'croix de la Légion d'honneur le 11 décembre 1851.

Aujourd'hui maréchal de France, Magnan commande en chef l'armée de Paris, de cette ville où il est né, d'où il est parti soldat, et qu'en 1814 il défendait comme simple capitaine. Il me semble que c'est là une belle carrière, de beaux services, des titres glorieux à l'amour du soldat, à l'estime du pays.

A sa santé donc ; versez, brigadier... Merci. Maintenant au dernier des bons, j'ai fini.

———

Esprit-Victor-Elisabeth-Boniface, comte de Castellane, est né à Paris le 21 mars 1788, il est par conséquent le doyen de nos trois maréchaux. Quoiqu'il eût sur les deux autres l'avantage d'une naissance illustre et que son père, déjà maréchal de camp, soit devenu depuis membre de l'Assemblée constituante, préfet de l'Empire, lieutenant général et pair de France, ce fut néanmoins en qualité de simple soldat qu'à l'âge de seize ans, le 2 décembre 1804, il s'engagea au 5e léger. Deux ans après, devenu sous-lieutenant à la suite du 7e régiment de dragons, passé au 24e de même arme le 2 mars 1806, il fit avec distinction les campagnes de 1806 et de 1807, à Naples et en Italie, et devint successivement aide de camp des généraux Mouton et de Narbonne. Envoyé à l'armée d'Espagne en 1808, lieutenant le 29 janvier de cette année, il passa en Allemagne en 1809. Sa brillante conduite aux batailles d'Abensberg, d'Eckmühl, de Ratisbonne, d'Essling et de Wagram lui valut la croix de chevalier de la Légion d'honneur le 18 juillet 1809 et le grade de capitaine le 18 février 1810.

Son avancement ne fut pas aussi rapide que sa naissance aurait pu le faire présager ; lui-même nous apprend que lors de la désastreuse retraite de Russie, commandant d'un esca-

dron dont il était le seul survivant, il fit partie d'une poignée
d'officiers qui, le fusil à la main, se groupèrent autour du
maréchal Ney à l'extrême arrière-garde.

C'était là, mes amis, plus que de la bravoure ; c'était un acte
du plus sublime dévouement ; sans cette poignée d'hommes-
là, la France aurait perdu 40,000 soldats de plus. L'empereur
ne pouvait laisser sans récompense une si belle conduite ;
aussi le 21 juin 1813 nomma-t-il Castellane colonel-major
du 1.er régiment des gardes d'honneur : il était chef d'escadron
depuis le 3 octobre 1812.

Vous me demanderez peut-être ce que c'était que ce corps.
Les gardes d'honneur étaient des beaux fils, des gants-jaunes de
l'époque, des enfants de gens riches, qui, pour ne pas servir,
s'étaient déjà acheté un, deux et même jusqu'à trois rempla-
çants. Comme il en avait besoin, l'Empereur les prit tout de
même. Seulement, il fut censé qu'ils s'engageaient tous volontairement ; et on leur accorda de plus le privilége de s'habiller,
de s'équiper et de se monter à leurs frais, politesse à laquelle
ils se montrèrent on ne peut plus sensibles. Tant qu'ils battirent le pavé de Paris avec leur grand bancal, c'était bien la
plus fameuse troupe de chenapans qui se puisse imaginer ;
et quand ils en sortirent, il y en avait les deux tiers sur la liste
du chirurgien. Eh bien ! à peine eurent-ils rejoint l'armée,
que ce ne fut plus cela ; ils se firent remarquer entre les
plus braves et frappèrent d'admiration les plus vieux soldats.
Si bien qu'à Montmirail les grenadiers de la vieille, devant le
front desquels ils passaient pour exécuter une charge à fond
de train, leur présentèrent les armes en s'écriant « Bravo, les
gardes d'honneur ! »

Vous comprenez qu'il avait fallu de bons officiers supérieurs
pour métamorphoser ainsi ces parisiens.

Lors de la réorganisation de l'armée, Castellane, fait officier
de la Légion d'honneur le 24 octobre 1814 et chevalier de
Saint-Louis le 14 novembre, fut nommé colonel des hussards
du Bas-Rhin ; un beau régiment et un beau colonel que cela
faisait, je vous en réponds. C'était un diable enragé pour l'ac-

tivité, toujours sur le dos de ses hommes, à les inspecter, à les surveiller, à les exercer. Au milieu de la nuit, il faisait sonner le boute-selle; et en avant une petite promenade de quatre ou cinq heures à travers la campagne, sans s'occuper des accidents de terrain; quand il se présentait une montagne, on la gravissait au galop; une rivière... on la passait à la nage. Puis, le colonel achetait quelques pièces de vin qu'il faisait défoncer, les hommes buvaient pour se sécher et rentraient en ville frais comme des roses. Année commune, Castellane dépensait pour son régiment dix fois le montant de sa solde; aussi ses hommes étaient-ils ficelés que c'était un plaisir, et sa musique ne le cédait-elle que de bien peu à celle de MM. les gardes du corps.

Mais une dépense qui lui fit infiniment plus d'honneur, parce qu'elle avait un objet beaucoup plus utile, c'est qu'au mois de juin 1818, il fit venir à ses frais un instituteur de Paris et fonda dans son régiment, alors à Pontivy, la première école d'enseignement mutuel qui ait existé dans l'armée. Quatre-vingts sous-officiers, soldats et enfants de troupe reçurent à la fois le bienfait de l'instruction; et quand ces quatre-vingts-là furent assez forts ils firent place à d'autres, en sorte qu'en moins de deux ans tout le régiment sut lire et écrire. Castellane se l'était mis dans la tête et il y avait réussi.

Commandant de la Légion d'honneur le 1er août 1821, il fut nommé le 14 août 1822 colonel des hussards de la garde avec rang de maréchal de camp du même jour. Il se distingua dans la campagne d'Espagne à la tête de ce régiment, devint maréchal de camp titulaire le 5 janvier 1824, et fut employé à l'inspection générale de la cavalerie. Et un rude inspecteur que c'était, je vous en réponds!

Il devint lieutenant général le 9 janvier 1833, après avoir commandé une brigade dans la campagne de Belgique, et fut nommé grand officier de la Légion d'honneur le 30 avril 1836.

Au mois de décembre 1837, il prit en Afrique le commandement de la province de Bône et de Constantine; mais il ne le garda que quelques mois, forcé qu'il fut de venir occuper à la chambre des pairs le siége où il avait été appelé le 5 octobre.

Les discussions politiques ne sont pas notre fait ; mais ce que je dois vous dire, c'est que le général comte de Castellane ne laissa pas échapper une seule occasion de parler dans l'intérêt de l'armée : tantôt se plaignant de la qualité et de l'insuffisance de la ration du soldat, tantôt s'efforçant de faire augmenter la solde des officiers inférieurs et des sous-officiers, tantôt faisant voter par acclamation une pension extraordinaire à la veuve du brave colonel Combes.

Commandant de la 21e division militaire en 1838, il eut l'honneur de recevoir à Perpignan la reine douairière d'Espagne et il le fit avec une magnificence de si bon goût, que, sur l'invitation des généraux espagnols, il passa quelques jours après à Barcelone, où il reçut de ceux-ci l'accueil le plus distingué. Il fut élevé à la dignité de grand-croix de la Légion d'honneur le 22 avril 1847.

Il commandait la 14e division militaire à Rouen, lorsqu'après la révolution de février, un décret du gouvernement provisoire l'admit brutalement à faire valoir ses droits à la retraite; il avait alors à peine soixante ans d'âge et comptait déjà quarante-trois ans de service et quatorze ans de grade. C'était assez mortifiant pour un homme qui se sentait encore capable de rendre de si bons et de si utiles services. Il le leur fit bien voir; loin de se plaindre et de s'amuser à bouder, quand éclata l'effroyable émeute de juin, il prit un fusil et, pendant quatre jours, il se fit remarquer par son activité et son courage dans les rangs de la 1re légion de la garde nationale de Paris.

Dès que l'ordre fut assez rétabli pour qu'on pût rapporter le décret du gouvernement provisoire, Castellane, remis en activité, fut appelé successivement au commandement supérieur des 14e et 15e divisions (Bordeaux), et à celui des 5e et 6e (Lyon et Besançon). Au mois d'août 1851, lors du débordement du Rhône, on le vit nuit et jour aux Brotteaux, sur le quai d'Albert, encourageant et dirigeant les travailleurs civils et militaires.

Il avait su inspirer aux Lyonnais une idée de son courage et de son énergie, capable de désarmer les plus malintention-

nés. Je ne vous en citerai qu'un exemple : Un troupier quelconque ayant été par hasard se faire faire le poil chez un
barbier de la Croix-Rousse, celui-ci se permit, pendant
l'opération, de lui dire avec un geste de rasoir : « Si je tenais
» à votre place ce gueux de Castellanne, ce n'est pas la barbe
» que je lui couperais. » Le troupier, qui ne trouva pas la
conversation de son goût, en fit son rapport a son capitaine ;
celui-ci au colonel : si bien que la chose arriva hiérarchique-
ment jusqu'au général en chef. Mon Castellane ne dit mot. Le
lendemain il revêt son grand uniforme, son grand cordon
rouge, son chapeau à plumes blanches, sort tout seul de son
hôtel ; et s'en va droit à la boutique indiquée : « Mon bon ami
» dit-il au Figaro sanguinaire, j'ai appris que vous désiriez
» me faire la barbe, et me voilà. Seulement dépêchons-nous,
» je vous prie, je suis un peu pressé. »

Le pauvre diable se prit à trembler de tout son corps, si
bien que le seul danger que courut le général fut d'avoir le
menton comme une taille de boulanger. La chose terminée
tant bien que mal, il se rhabilla le plus tranquillement du
monde, paya grassement le barbier et lui dit en riant : « Tàchez
» donc une autre fois d'avoir la langue moins longue, et de
» ne pas parler de choses que vous n'auriez pas le courage de
» faire. »

Pendant son séjour à Lyon, le maréchal a eu vingt aventures
de ce genre ; aussi, désespérant de lui faire peur, les malin-
tentionnés se sont habitués à trembler dès qu'ils voient le bout
de son nez ou qu'ils entendent seulement prononcer son nom.
C'est la terreur qu'il a su inspirer aux émeutiers qui lui a
permis de rétablir si promptement l'ordre après le 2 décembre
1851, et de le maintenir depuis.

Le 2 décembre 1852 le bâton de maréchal de France lui a
été décerné pour récompenser une carrière si bien et si di-
gnement remplie.

Vous voyez donc bien que celui-là non plus n'a pas volé
son bâton. C'est pourquoi, versez, brigadier, à la santé de
nos trois maréchaux, à la santé de mes illustres compatriotes.

Et maintenant que je vous ai montré ce que savent faire les enfants de Paris, le premier d'entre vous qui se permettra de plaisanter sur leur compte, je l'envoie pour huit jours à la garde d'écurie. Asssez causé, bonsoir.

Extrait de l'*Histoire véridique des Trois Enfants de Paris*, à la librairie de Dumaine, 1854.

RÉHABILITATION

du Maréchal NEY.

E 7 décembre 1853, la statue élevée à la mémoire de l'illustre capitaine, immolé trente-huit ans auparavant aux exigences des puissances, dont les armes n'avaient pourtant obtenu l'entrée de la capitale de la France qu'en vertu d'une convention garantissant les personnes contre toute recherche *de leurs opinions* et *de leur conduite*, cette statue, décrétée comme un hommage rendu à ses services si cruellement récompensés, et aussi comme une réparation de l'arrêt du 6 décembre 1815, a été inaugurée, sur le lieu même où s'était accompli le sacrifice, avec toute la pompe que réclamait une telle solennité.

S. A. I. le prince Napoléon, en costume de général de division, présidait cette cérémonie, à laquelle assistaient les ministres, les grands officiers de la Couronne, les aides-de-camp de l'Empereur, tous les hauts fonctionnaires de l'État et de l'administration, les états-majors de l'armée et de la garde nationale, tous les colonels et officiers supérieurs des corps présents à Paris, ainsi qu'une foule d'étrangers et de personnes de distinction.

VERRONNAIS SC.   J. HUSSENOT DEL.

Une députation des glorieux débris des anciennes phalanges impériales et une députation des habitants de Sarrelouis, lieu de naissance de Michel Ney, assistaient aussi à cette inauguration. Les corps de la garnison de Paris y avaient envoyé chacun un bataillon ou un escadron, musique en tête. L'hôtel impérial des Invalides y était représenté par deux pelotons de ses vieux guerriers, armés de lances aux flammes nationales.

A une heure précise, Mgr. l'archevêque de Paris, entouré d'un clergé nombreux, s'est approché du monument, au pied duquel un drap mortuaire avait été tendu. Il y a récité les prières de l'absoute et a pris place ensuite sur le siége réservé à Sa Grandeur.

A un signal donné, le voile qui couvrait la statue a été enlevé; la musique militaire et les salves de l'artillerie se sont fait entendre.

S. Excel. M. le ministre d'État a donné lecture du décret, daté du 22 mars 1852, qui ouvre au ministre de l'intérieur les crédits nécessaires à la construction du monument.

S. Exc. M. le maréchal de Saint-Arnaud a pris ensuite la parole; d'une voix ferme et fortement accentuée, il a prononcé le discours suivant:

« Messieurs,

» Nous venons accomplir aujourd'hui un grand acte de réparation nationale; nous venons élever une statue au maréchal Ney, à cette même place où, il y a trente-huit ans, le héros tomba victime des discordes civiles et des malheurs de la patrie.

» Cette réparation solennelle était due à la mémoire du prince de la Moskowa; elle était due à ses services et à ses compagnons d'armes; car s'il est un privilège qui appartienne à ces grandes existences liées aux destinées des empires, c'est d'être jugées par leurs services et non par leurs erreurs.

» Leurs services sont à eux; leurs erreurs sont de l'homme et de son temps.

» Vainement des voix éloquentes avaient entrepris l'œuvre de la réhabilitation légale du maréchal Ney: on ne refait pas l'histoire avec des arrêts de justice.

» Le sentiment public ne s'y est jamais mépris ; ce qu'il voulait, c'était la réalité de la réhabilitation.

» Cette réalité, la voici !

» Pressés autour de la statue du maréchal Ney, tenons-le pour réhabilité par un de ces arrêts tels que les rend Celui qui détruit et relève les empires et se réserve, à son heure, par d'éclatants retours, de fixer sur les événements et sur les hommes le jugement de la postérité.

» La France accueillera cet acte réparateur avec un respect mêlé de reconnaissance.

» Soldats ! c'est à vous surtout que j'ai mission de m'adresser aujourd'hui. La gloire du maréchal Ney appartient à la France, mais elle est d'abord le patrimoine de l'armée. Sa vie fut mêlée aux plus beaux souvenirs de notre histoire militaire. Son nom a grandi sous le drapeau, de bataille en bataille, d'Elchingen à la Moskowa.

» L'Allemagne, l'Italie, l'Espagne, la Russie, enfin, ont contemplé sur leurs plus fameux champs de bataille cette noble figure aussi impassible dans le danger que le bronze qui le représente aujourd'hui.

» Suivre le Maréchal Ney dans les détails de sa carrière militaire serait écrire l'histoire de nos plus glorieux succès ; contentons-nous seulement aujourd'hui d'esquisser rapidement les principaux traits de sa vie.

» Né la même année que le grand homme, qui devait être son empereur, son maître et son ami, Michel Ney s'engagea en 1788 comme simple hussard. En 1792, il était sous-lieutenant ; en 96, général de brigade, et à trente ans, en 99, général de division.

» Tous ses grades, il les avait gagnés sur un champ de bataille ; tous, ils avaient été la récompense d'un fait d'armes éclatant ou d'une victoire, et cet homme, déjà illustre dans l'armée, déjà connu et aimé des soldats dont il avait conquis la confiance, aussi simple, aussi modeste qu'habile et vaillant, n'avait d'autre ambition que de servir son pays, et refusait deux fois les grades qu'il avait si bien mérités. Deux fois il ne cédait pour les accepter qu'aux instances et même aux ordres de Kléber et de Bernadote, alors ses chefs immédiats.

» En 1800, à Hohenlinden, cette sœur rivale de Marengo, Ney seconde puissamment les efforts de Moreau.

» Envoyé en 1802 en Suisse comme ministre plénipotentiaire, le guerrier devient pacificateur et fait un traité de paix dont les bases subsistent encore.

» Appelé au camp de Boulogne, son génie s'applique à former le 6.e corps, qui devait bientôt se montrer digne de son chef. L'Empire était créé, et Napoléon I.er, qui connaissait si bien les hommes, choisit pour maréchaux, parmi ses lieutenants qui depuis longtemps repoussaient l'ennemi du sol de la France, ceux qu'il avait jugés les plus habiles et les plus braves. Ney avait conquis son bâton de maréchal comme tous ses grades.

» C'est alors que le génie du guerrier grandit avec sa position et paraît dans tout son lustre.

» Quel est le militaire français dont le cœur n'a pas battu au récit du combat d'Elchingen, qui aurait suffit seul à la gloire d'un homme.

» Elchingen préparait la chute d'Ulm, Elchingen s'attache au nom de Ney.

» Le suivrons-nous dans le Tyrol, à Iéna, où il combat à côté du maréchal Lannes; à Magdebourg, à Eylau, dont il décide la victoire si longtemps disputée, si chèrement achetée?

» Mais, Messieurs, cet homme si bouillant, si impétueux dans l'attaque, voyez-le calme et impassible dans la retraite, donnant par son attitude un éclatant démenti à ceux qui voudraient prétendre que le Français ne sait se battre qu'en marchant en avant.

» Admirez Ney et les soldats qu'il commande; il a fait passer dans tous les cœurs son calme intrépide et sa puissance de résistance; il nous a appris à tous ce que la volonté, l'habileté et l'énergie peuvent obtenir dans les circonstances les plus désespérées.

» En Prusse, à Guenstadt, le 6.e corps ne compte plus que 8,000 hommes. Beningsen, à la tête de 40,000 Russes, se flatte hautement de l'enlever tout entier; mais **Ney** sait rendre tous ses efforts impuissants; il défend le terrain pied à pied, profite de toutes les positions, recule avec calme et lenteur; en trois jours il fait cinq lieues; et toujours attaqué par des forces quintuples des siennes, sans perdre un canon, il rejoint l'armée pour triompher avec elle à Friedland.

» En Espagne, de belles journées l'attendaient encore, et, de 1808 à 1811, il fait l'admiration des Anglais comme des Français.

» En 1812 s'ouvre la campagne de Russie. L'Empereur confie au duc d'Elchingen le commandement du 3.ᵉ corps.

Les victoires de Smolensk, de Valutina, de la Moskowa, complètent la gloire du maréchal Ney; mais c'est au moment où commence nos désastres que le héros se montre tout entier.

» Ney avait enfoncé, détruit les bataillons russes; aujourd'hui il les arrête, il les défie, les force à le contempler avec admiration. Le fusil à la main, sans déposer le bâton du commandement, mêlé aux soldats, qu'il enflamme de son courage, multipliant cette poignée de braves qui grandit sous son regard, il oppose l'habileté, la ténacité de la défense au nombre; il triomphe à l'instant même où l'on croit qu'il va tomber, et à lui la gloire éternelle d'avoir sauvé les débris de l'armée française; bien plus, d'avoir sauvé son honneur!

» La Moskowa avait donné son nom au maréchal Ney le jour d'une victoire; mais, à côté de ce nom glorieux, la postérité, toujours impartiale, en écrit une autre en lettres impérissables la Bérézina!...

» Au milieu de tant d'actions héroïques, savez-vous, soldats, quel est le plus beau titre de gloire du maréchal Ney? C'est cette fermeté inébranlable dans les revers. Tant que durèrent les jours de victoire, le maréchal Ney avait eu des rivaux; il cesse d'en avoir au jour des désastres!

» 1813! 1814! souvenirs pleins de douleur et de gloire. Ney dispute aux masses ennemies le sol qu'il a conquis, et blessé deux fois à Lutzen, à Leipzig, il rentre en France pour présenter encore sa poitrine à l'invasion étrangère.

» Champ-Aubert, Montmirail le retrouvent à côté de l'Empereur, défendant de village en village le sol sacré de la patrie,

» A Waterloo, la fortune refuse tout à son courage, tout, jusqu'à cette mort du soldat qui était due au *Brave des braves*, et qu'il chercha vainement à travers la mitraille.

» Ici, Messieurs, je voudrais pouvoir écarter de ma pensée comme de la vôtre le souvenir des discordes civiles qui, en 1814 et 1815, pesèrent sur la France plus encore peut-être que les armées étrangères.

» Emue des divisions de la patrie, l'âme du maréchal Ney se troubla comme s'était troublée à une autre époque l'âme des Turenne et des Condé.

» Comme eux, il a fait des fautes; plus qu'eux, il les a cruellement expiées.

» Aussi la postérité oubliera cette faiblesse passagère d'un héros, et dira du prince de la Moskowa ce que Bossuet a dit du prince de Condé: « Il parut alors avec je ne sais quoi d'achevé que les malheurs ajoutent aux grandes vertus. »

» C'est ainsi que le nom du maréchal Ney, ennobli par la victoire et consacré par le malheur, est immortel comme celui de ces héros populaires que la tradition transmet d'âge en âge.

» Il entrait sans doute, Messieurs, dans les desseins de la Providence qu'une satisfaction suprême fut donnée aux mânes du maréchal Ney par l'héritier même de l'Empereur.

» Accomplie sous le règne de Napoléon III, cette réparation nationale offre quelque chose de plus touchant pour la famille et de plus saisissant pour la postérité.

» Remercions donc, Messieurs, celui dont la pensée noble et grande a voulu acquitter cette dette de la France, et a permis à l'armée de venir chercher des inspirations militaires au pied de la statue d'un grand capitaine. »

Ce discours a été plusieurs fois interrompu par d'énergiques applaudissements et par les cris de *Vive l'Empereur !*

(Extrait du Moniteur de l'armée).

Nous ajouterons quelques mots au sublime discours de M. le Ministre de la Guerre.

L'hommage public de la reconnaissance dont le Gouvernement a pris l'initiative envers le maréchal Ney, doit inspirer à tous les citoyens bien pensants, le désir de concourir, soit par une œuvre, soit par une offrande, à rendre le monument que l'on destine à perpétuer la mémoire du Héros de la Bérésina, digne des hauts-faits et de l'immense réputation dont Michel Ney a couvert la mère-patrie. Les guerriers tressailliront de bonheur en contemplant sur une des places de la ville de Metz, la statue vénérée de celui que l'immortelle armée qui succomba à Waterloo, avait surnommé le *Brave des Braves*.

Le département de la Moselle qui a vu naître le Prince de la Moskowa, n'est pas resté sourd à l'appel de M. le Comte de l'Empire Malher, son préfet, pour honorer la mémoire du plus vaillant et du plus illustre de ses fils; Metz, la cité bienfaisante et belliqueuse, ajoute encore un nouveau fleuron à la couronne qui ceint sa tête, par les sacrifices qu'elle s'impose pour immortaliser son compatriote.

Une souscription ouverte pour élever une statue au maréchal Ney, a déjà produit plus de 18,000 fr.

Plusieurs départements se sont associé à cette pieuse manifestation, car le maréchal Ney n'est pas seulement un enfant de la Moselle, il est l'illustre et noble fils de la France; la cité guerrière par excellence, était l'emplacement le plus heureux qu'il fût possible de choisir pour un tel monument; la main sur son épée, le regard tourné vers la frontière, l'image du maréchal Ney protégera ses remparts.

L'éditeur de l'*Almanach des Militaires français*, a publié la vie militaire de Michel Ney, avec son portrait; 1 vol. in-8.°, de 80 pages; prix : 1 fr.

TOMBEAU DE NAPOLÉON.

PRÈS avoir examiné les deux cénotaphes de Duroc et de Bertrand, on se trouve en face du péristyle qui conduit à la tombe de Napoléon ; mais, avant d'en franchir les degrés, on s'arrête avec autant de respect que d'admiration devant la sévère et imposante porte en bronze qui en ferme l'entrée, et au-dessus de laquelle on lit, sur une table de marbre noir, ces immortelles paroles de l'Empereur, consignées dans son testament :

JE DÉSIRE QUE MES CENDRES REPOSENT SUR LES BORDS DE LA SEINE, AU MILIEU DE CE PEUPLE FRANÇAIS QUE J'AI TANT AIMÉ.

De chaque côté de cette porte sont adossées contre le soubassement du maître-autel du Dôme, deux colossales statues persiques en bronze, exécutées par Duret. Elles tiennent entre leurs mains sur deux coussins, l'une le globe, l'autre le sceptre et la couronne impériale. Ces deux statues, par leur aspect grandiose et imposant, annoncent la sainteté du lieu où l'on va

VERRONNAIS. SC.

descendre et semblent destinées à la garde silencieuse et éternelle du tombeau qui renferme les restes précieux du plus
grand capitaine des temps modernes.

Cette porte, ainsi qu'on le reconnaît, donne entrée au péris-
tyle obscur qui conduit à la crypte au moyen de marches de
marbre blanc taillées dans des blocs de 25 pieds de longueur.
Cet espace franchi, on se trouve devant la masse imposante
qui renferme le cercueil du captif de Sainte-Hélène.

Mais avant d'approcher de ces restes glorieux, parcourons
la galerie circulaire creusée sous le pavé du Dôme, éclairée
par des lampes funéraires en bronze, suspendues au plafond.

Dans cette galerie, sont placés à la suite les uns des autres
dix bas-reliefs en marbre blanc, résumant pour ainsi dire la
vie de Napoléon.

Telle est la pensée qui a présidé à cet immense travail,
remarquable par sa grandeur et le fini de son exécution.

Dans chacun de ces dix bas-reliefs, Napoléon occupe le
centre de la composition. Des figures symboliques l'accompagnent ; elles servent à rappeler les travaux de sa vie.

Ce n'est pas seulement le guerrier, l'homme des champs de
bataille qu'elles représentent, mais aussi le législateur, le
protecteur de l'agriculture, des arts, du commerce, des sciences
et de l'industrie.

Ces bas-reliefs, composés par Simart et exécutés sous sa direction et sa responsabilité personnelle, par Canut, Petit,
Chambard et Ottin, rappellent :

La pacification des troubles civils,
Le Concordat,
L'Administration,
Le Conseil-d'État,
Le Code,
L'Université,
La Cour des comptes,
Les Encouragements donnés au commerce et à l'industrie.
Les Travaux publics,
La Légion-d'Honneur.

Après avoir fait le tour de cette galerie, on entre dans la crypte en foulant le marbre qui en forme le sol, immense auréole d'un jaune d'or, à travers les rayons de laquelle serpente une couronne de lauriers en mosaïque incrustée. La balustrade, tout en marbre d'Italie, est ornée de simples couronnes sculptées.

Dans les intervalles, on lit les noms immortels de :

Rivoli,
Pyramides,
Marengo,
Austerlitz,
Iéna,
Friedland,
Wagram,
Moskowa.

L'effet de l'auréole est on ne peut plus saisissant et fait ressortir mieux encore la couleur rouge foncé du monolithe qui se dresse au centre dans sa majestueuse simplicité.

Cette masse énorme, que ne charge en rien d'inutiles sculptures, n'a pour ornements que des arrêtes arrondies et des enroulements d'une sévère régularité, a été arrachée au sol de la Finlande, et ce n'est qu'avec des peines, des sacrifices et des fatigues sans nombre que l'on est parvenu à la transporter sur les bords de la Seine ; mais là, toutes les difficultés n'étaient pas surmontées, car ce n'est qu'à l'aide des moyens les plus ingénieux que l'on est parvenu à la tailler, et pour lui donner la forme sépulcrale et le poli qui réflète la lumière du Dôme, ainsi que celle des lampes, il a fallu l'emploi d'une machine à vapeur du plus puissant mécanisme.

Le cercueil a 4 mètres de longeur, 2 mètres de largeur et 4 mètres 50 centimètres de hauteur ; il est formé de quatre blocs distincts, le couvercle, la cuve et deux supports : le tout placé sur un pied de granit vert des Vosges.

Dans le pourtour de la crypte, et faisant face au cercueil, sont placées douze colossales cariatides en marbre blanc.

Ces douze cariatides sculptées par le célèbre Pradier représentent les douze principales victoires de l'Empereur, et semblent placées là comme compagnes silencieuses et immobiles de cette tombe que rien n'égale en grandeur et en magnificence; les yeux s'en séparent-ils un moment pour chercher le ciel qu'apparaissent le Dôme et ses peintures séculaires, exécutées par Lafosse et Jouvenet. On y voit les initiales et symboles de Louis XIV, ainsi que les remarquables sculptures des plus éminents artistes de cette époque glorieuse.

Dans cet asile de la Mort et de la Gloire, tout porte à l'âme, car on dirait que ces magnifiques travaux, exécutés depuis bientôt deux siècles, l'ont été dans le but de servir de couronnement à cette tombe qui résume l'histoire de la grande époque Impériale.

Mais avant de nous éloigner du mausolée, visitons le lieu auquel M. Visconti a donné avec un rare bonheur le nom de reliquaire, asile sombre et mystérieux qui se trouve dans la galerie derrière la crypte en face de l'entrée du tombeau, c'est là que se trouve déposée l'épée que Napoléon portait à Austerlitz, ainsi que les insignes qui décoraient sa poitrine aux jours solennels; on y voit la couronne d'or votée par la ville de Cherbourg, et, de chaque côté, les drapeaux longtemps conservés au Luxembourg, restes glorieux des conquêtes dont les noms sont gravés dans l'hémicycle.

Au fond de ce reliquaire, dont les parois sont revêtues de marbre noir, apparaît la statue de l'Empereur en costume impérial du sacre. Cette statue, qui est en marbre blanc de la plus grande beauté, a 2 mètres 66 centimètres de hauteur. Elle tient dans sa main droite le sceptre surmonté d'un aigle et, dans sa main gauche, le globe terrestre sur lequel se trouve placée une couronne. Exécutée par Simart, cette statue est de plus un admirable travail.

Le public ne pénètre pas dans ce sanctuaire, fermé par une grille en fer et éclairé par une lampe funéraire de la plus grande beauté.

Telle est la description du tombeau de Napoléon I.er, et de ce Dôme qui, à lui seul, est un monument sans rival, aussi

étonnant par sa grandeur que par la hardiesse de ses proportions, et il n'a rien moins fallu que la puissance du génie de
l'architecte académicien chargé de diriger les travaux, pour
surmonter les obstacles que présentait l'accord du tombeau
avec la magnificence de l'édifice qui le renferme.

La loi du 10 juin 1840 ayant ordonné l'exécution du tombeau sous ce Dôme, dans un espace où se trouvaient depuis
des siècles les monuments de Turenne et de Vauban, que l'on
ne pouvait sans sacrilége enlever à la vénération publique,
lorsque, d'un autre côté, il fallait laisser à l'œuvre de Mansard
sa noblesse, son éloquence et son mérite, et élever le tombeau
au niveau du sol, c'eut été à la fois les détruire, écraser les
monuments de Turenne et Vauban et pour ainsi dire complètement masquer l'autel. L'espace qu'il aurait occupé et sa
masse auraient encore troublé l'harmonie de cette belle église.
Il n'était donc point possible de le placer sur le point qui
permet d'en embrasser l'ensemble, de saisir d'un seul coup
d'œil la régularité de ses proportions, l'élégance de ses formes,
la pureté de ses ornements.

M. Visconti, pénétré sans doute d'un profond respect pour
Mansard, n'a pas voulu profaner son œuvre, et c'est mû par
ce sentiment qu'il s'est décidé à l'ouverture d'une crypte.

Les beautés du dehors du Dôme ne le cèdent en rien à
celles du dedans.

Il forme, comme nous l'avons déjà dit, un quadrilatère ré-
gulier qui a 56 mètres en tous sens.

Son portail qui fait l'avant-corps est remarquable par sa
composition d'architecture.

Le soubassement où se trouve l'entrée principale de l'église
est décoré de quatorze colonnes et pilastres garnis de bases
et chapiteaux de l'ordre dorique ; ces colonnes supportent un
riche entablement orné de Triglyphes et Métopes.

La baie d'entrée est garnie d'un chambranle surmonté d'un
attique, orné de consoles et guirlandes. Ce portail forme trois
corps de bâtiments précédés d'un perron composé de quinze
marches. Quinze autres colonnes moins avancées que les pré-

cédentes accompagnent, de part et d'autre, deux niches dans chacune desquelles est une statue de marbre blanc. L'une qui est vers l'Occident représente saint Louis en habit de guerre, ayant sur son manteau la croix dont il s'était revêtu pour la conquête de la Terre-Sainte; il s'appuie d'une main sur un bouclier, et de l'autre, il porte la couronne d'épines. Il a un turban sous ses pieds.

La statue qui est de l'autre côté représente Charlemagne, la couronne de France sur sa tête, et revêtu d'une cuirasse à la romaine; de la main droite il tient une épée, et, de la gauche, il s'appuie sur un globe surmonté d'une croix. Au-dessus de ce globe est un tronçon de palmier, aux pieds du prince est un casque.

Au-dessus de l'entablement dorique s'élève un étage corres-pondant à celui dit du soubassement, et orné d'autant de co-lonnes et pilastres, mais de l'ordre corinthien.

Au-devant des deux pilastres attiques sont quatre figures de femmes, dont les deux qui sont les plus rapprochées du centre représentent la Justice et la Tempérence, et les deux plus éloi-gnées la Prudence et la Force.

L'avant-corps du milieu est terminé par un fronton trian-gulaire, dans le tympan duquel on voit l'écusson des armes de France, et sur le sommet une croix accompagnée de deux fi-gures de femmes assises. L'une représente la Foi, l'autre la Charité.

Quatre autres figures de femmes, élevées de part et d'au-tre sur des acrotères aux côtés du fronton et au-dessus des quatre colonnes des extrémités de l'avant-corps, représentent: l'une la Confiance, l'autre l'Humilité, la troisième la Constance et la quatrième la Magnanimité.

Au-dessous et entre les colonnes sont deux trophées d'église dans des panneaux surmontés d'attiques. Des deux côtés du fronton et un peu au-dessous, dans tout le pourtour de l'église, règne un acrotère ou balustrade de pierre à hauteur d'appui; au-dessous de l'entablement des corniches de second ordre de cet étage, dans les quatre angles du bâtiment, on avait placé quatre groupes, chacun de deux figures, qui représentaient huit docteurs de l'église; savoir : Quatre de l'Eglise latine, et quatre de l'Église grecque.

Ces groupes ont été détruits dans le cours de la révolution.

Les deux faces latérales ont chacune un avant-corps au milieu du bâtiment, où sont des tables saillantes qui portent l'entablement dorique sur lequel s'élève l'acrotère; quatre pilastres servent à porter un grand fronton, dont le milieu est rempli par les armes de France et par différents ornements de sculpture.

Rien ne peut être comparé à la richesse de la façade principale; c'est elle surtout qui fixe l'attention par sa belle ordonnance et par le fini d'une exécution dont toutes les parties répondent parfaitement à la grandeur et à la beauté du Dôme qui s'élève au dessus.

L'élévation géométrale de ce Dôme est décorée de quarante colonnes composites, posées sur un soubassement qui sert de base à l'édifice, pour en faire mieux voir d'en-bas et d'un point de distance proportionné toutes les parties.

Trente-deux de ces colonnes accompagnent huit massifs qui servent de piliers battants au dehors; les huit autres sont accouplées au-devant de quatre trumeaux dans le milieu des quatre axes des quatre faces de ce monument. Deux vitraux sont séparés par ces groupes de colonnes; d'autres vitraux semblables répondent à chaque angle du même carré, entre deux des huit massifs ou piliers battants; ornés de colonnes. Ces douze vitraux, ainsi distribués, sont ornés d'un chambranle, d'une tête de chérubin et couronnés d'une corniche sur laquelle est un vase avec deux anges à côté.

Un attique au-dessus, de l'ordre composite, est décoré de douze croisées plein-cintre; des festons de fleurs attachés à des consoles pendent de part et d'autre sur leurs archivoltes; huit consoles renversées à enroulements, ornées chacune dans le haut d'une tête de chérubin, et qui étaient accompagnées de part et d'autre dans le bas de deux grandes statues, contribuent beaucoup à l'embellissement de cet attique et à la solidité de sa construction.

Les seize grandes statues représentaient un ancien prophète, saint Jean-Baptiste, les douze apôtres, saint Paul et saint Barnabé, apôtres des Gentils.

Ces figures étaient placées de même que les consoles sur des piedestaux, au-dessus de huit grands massifs de l'ordre composite.

Une balustrade de pierre règne à la hauteur de ces piedestaux, sur la corniche du même ordre, pour servir d'appui à une plate-forme découverte, qui environne l'attique au-dehors et qui a son passage sur les consoles.

Pour servir d'amortissement à tous les massifs ornés de guirlandes et de têtes de chérubins dans l'attique, il y a sur la corniches des socles ou acrotères qui portent des candélabres. Derrière ces candélabres s'élève le Dôme ; il est fait en manière de coupe renversées et d'une forme admirable. De lages côtés qui répondent aux massifs de dessous ont, dans leurs intervalles, de grands trophées d'armes en bas-reliefs et, au-dessus, des guirlandes et autres ornements de métal doré d'une grande richesse.

Au milieu de ces trophées sont des lucarnes formées par des casques dont les visières servent à éclairer la charpente intérieure du Dôme.

Au-dessus du cordon et de la gorge d'amortissement de la coupe du Dôme est une campane très-riche, qui s'étend jusqu'à un autre cordon, et à des consoles qui portent une plate-forme circulaire d'où s'élève un campanille ou lanterne, environné d'un balcon de fer, le tout entièrement doré.

Ce campanille qui est tout à jour, a quatre arcades et douze colonnes, dont quatre des plus saillantes sont isolées. Pour juger à peu près de la grandeur des parties les plus élevées de cet édifice, il suffit de savoir que les quatre statues qui couronnaient la lanterne, et qui paraissaient à la vue de moyenne grandeur, avaient cependant 2 mètres 67 centimètres de hauteur.

La naissance de la grande calotte intérieure du Dôme est construite en pierres et continuée en briques.

Au-dessus est une immense et magnifique charpente faite avec un art infini; elle est revêtue de plomb de manière à la garantir des injures du temps.

Tout le pourtour de ce Dôme est garni de dalles de pierres à recouvrement.

On a ménagé, pour l'écoulement des eaux, des conduits dans les noyaux, d'où elles entrent dans' 'aqueduc souterrain et vont se perdre ensuite hors de l'Hôtel.

TESTAMENT
de Pierre-le-Grand,

EMPEREUR DES RUSSIES.

U nom de la très-sainte et indivisible Trinité, nous, Pierre I.ᵉʳ, etc., à tous nos descendants et successeurs au trône et gouvernement de la nation russe.

Le grand Dieu, de qui nous tenons notre existence et notre couronne, nous ayant constamment éclairé de ses lumières et soutenu de son divin appui, me permet de regarder le peuple russe comme appelé, dans l'avenir, à la domination générale de l'Europe. Je fonde cette pensée sur ce que les nations européennes sont arrivées, pour la plupart, à un état de vieillesse voisin de la caducité, ou qu'elles y marchent à grands pas ; il s'ensuit donc qu'elles doivent être facilement et indubitablement conquises par un peuple jeune et neuf, quand ce dernier aura atteint toute sa force et toute sa croissance. Je regarde l'invasion future du pays de l'Occident et de l'Orient par le Nord, comme un mouvement périodique arrêté dans les desseins de la Providence, qui a ainsi régénéré le peuple romain par l'invasion des barbares. Ces émigrations des hommes polaires sont comme le flux du Nil, qui, à certaines époques, vient engraisser de son limon les terres amaigries de l'Egypte. J'ai trouvé la Russie *rivière*, je la laisse *fleuve;* mes successeurs en feront une grande *mer* destinée à fertiliser l'Europe appauvrie, et ses flots déborderont malgré toutes les digues que des mains affaiblies pourront leur opposer, si mes descendants savent en diriger le cours. C'est pourquoi je leur laisse les renseignements suivants; je les recommande à leur attention et à leur observation constante.

I. Entretenir la nation russe dans un état de guerre continuelle, pour tenir le soldat aguerri et toujours en haleine; ne le laisser reposer que pour améliorer les finances de l'Etat; refaire les armées; choisir les moments opportuns pour l'attaque; faire ainsi servir la paix à la guerre, et la guerre à la paix, dans l'intérêt de l'agrandissement et de la prospérité croissante de la Russie.

II. Appeler par tous les moyens possibles, de chez les peuples instruits de l'Europe, des capitaines pendant la guerre, des savants pendant la paix, pour faire profiter la nation russe des avantages des autres pays, sans lui faire rien perdre des siens propres.

III. Prendre part en toute occasion aux affaires et démêlés de l'Europe, et surtout à ceux de l'Allemagne, qui, plus rapprochée, intéresse plus directement.

IV. Diviser la Pologne en y entretenant le trouble et des jalousies continuelles; gagner les puissants à prix d'or; influencer les diètes, les corrompre, afin d'avoir action sur les élections des rois; y faire nommer des partisans, les protéger, y faire entrer les troupes moscovites, et y séjourner jusqu'à l'occasion d'y demeurer tout à fait. Si les puissances voisines opposent des difficultés, les appaiser momentanément en morcelant le pays, jusqu'à ce qu'on puisse reprendre ce qui aura été donné.

V. Prendre le plus qu'on pourra à la Suède, et savoir se

faire attaquer par elle pour avoir prétexte de la subjuguer. Pour cela, l'isoler du Danemarck, et le Danemarck de la Suède, et entretenir avec soin leurs rivalités.

VI. Prendre toujours les épouses des princes russes parmi les princesses d'Allemagne, pour multiplier les alliances de famille, rapprocher les intérêts, et unir d'elle-même l'Allemagne à notre cause en y multipliant notre influence.

VII. Rechercher de préférence l'alliance de l'Angleterre pour le commerce, comme étant la puissance qui a le plus besoin de nous pour sa marine, et qui peut être le plus utile au développement de la nôtre. Echanger nos bois et autres productions contre son or, et établir entre ses marchands, ses matelots et les nôtres, des rapports continuels, qui formeront ceux de ce pays à la navigation et au commerce.

VIII. S'étendre sans relâche vers le Nord, le long de la Baltique, ainsi que vers le Sud, le long de la mer Noire.

IX. Approcher le plus possible de Constantinople et des Indes. Celui qui y régnera sera le vrai souverain du monde. En conséquence susciter des guerres continuelles, tantôt au Turc, tantôt à la Perse; établir des chantiers sur la mer Noire; s'emparer peu à peu de cette mer ainsi que de la Baltique, ce qui est un double point nécessaire à la réussite du projet; hâter la décadence de la Perse; pénétrer jusqu'au golfe Persique; rétablir, si c'est possible, par la Syrie, l'ancien commerce du Levant, et avancer jusqu'aux Indes, qui sont l'entrepôt du monde. Une fois là, on pourra se passer de l'or de l'Angleterre.

X. Rechercher et entretenir avec soin l'alliance de l'Autriche; appuyer en apparence ses idées de royauté future sur l'Allemagne, et exciter contre elle, par dessous main, la jalousie des princes. Tâcher de faire réclamer du secours de la Russie par les uns ou par les autres, et exercer sur le pays une espèce de protection qui prépare la domination future.

XI. Intéresser la maison d'Autriche à chasser le Turc de l'Europe, et neutraliser ses jalousies lors de la conquête de Constantinople, soit en lui suscitant une guerre avec les anciens états de l'Europe, soit en lui donnant une portion de la conquête, qu'on lui reprendra plus tard.

XII. S'attacher à réunir autour de soi tous les Grecs désunis (schismatiques) qui sont répandus soit dans la Hongrie, soit dans la Turquie, soit dans le midi de la Pologne; se faire leur centre, leur appui, et établir d'avance une prédominance universelle par une sorte d'autocratie ou de suprématie sacerdotale: ce seront autant d'amis qu'on aura chez chacun de ses ennemis.

XIII. La Suède démembrée, la Perse vaincue, la Pologne subjuguée, la Turquie conquise, nos armées réunies, la mer Noire et la mer Baltique gardées par nos vaisseaux, il faut d'abord proposer séparément et très-secrètement, d'abord à la cour de Versailles, puis à celle de Vienne, de partager avec elle l'empire de l'univers. Si l'une des deux accepte, ce qui est immanquable, en flattant leur ambition et leur amour-propre, se servir d'elle pour écraser l'autre; puis écraser à son tour celle qui demeurera, en engageant avec elle une lutte qui ne saurait être douteuse, la Russie possédant déjà en propre tout l'Orient et une grande partie de l'Europe.

XIV. Si, ce qui n'est point probable, chacune d'elles refusait l'offre de la Russie, il faudrait savoir leur susciter des querelles et les faire s'épuiser l'une par l'autre. Alors profitant d'un moment décisif, la Russie ferait fondre ses troupes, rassemblées d'avance, sur l'Allemagne, en même temps que deux flottes considérables partiraient, l'une de la mer d'Azof; et l'autre du port d'Archangel, chargées de hordes asiatiques, sous le convoi des flottes armées de la mer Noire et de la mer Baltique; s'avançant par la Méditerranée et par l'Océan, elles inonderaient la France d'un côté, tandis que l'Allemagne le serait de l'autre, et ces deux contrées vaincues, le reste de l'Europe passerait facilement et sans coup férir sous le joug.

Ainsi peut et doit être subjuguée l'Europe!

(Extrait du Moniteur de l'armée).

LA FEMME SOUS-LIEUTENANT.

E 1.er octobre 1853, à deux heures, la reine Christine a visité l'hôtel des Invalides.

Le général de division comte d'Ornano, gouverneur de l'hôtel, prévenu de la visite de S. M., l'attendait à sa descente de voiture, dans la cour d'honneur. Une première voiture était occupée par la reine, le duc de Rianzarès et ses filles; une seconde voiture amenait les personnes de sa suite.

Le général d'Ornano, en grand uniforme, était entouré du général Sauboul et de l'état-major de l'hôtel. Il avait auprès de lui le général de Ricard, envoyé par S. A. I. le prince Jérôme, gouverneur honoraire de l'hôtel, qui n'avait pu venir et qui avait confié à son premier aide-de-camp les clefs du tombeau de l'Empereur, afin que la reine pût le voir dans tous ses détails.

Aux accents de l'orgue, la reine pénétra dans l'église, à l'entrée de laquelle elle fut reçue par le curé et ses deux chapelains; elle se rendit de suite au chœur, et de là, après une pieuse méditation, elle fut conduite au dôme, où repose le tombeau du grand homme.

Nous ne chercherons pas à rendre l'impression profonde que fait éprouver la vue de cet imposant monument. Il faut la ressentir soi-même pour bien s'en rendre compte. Nous dirons seulement qu'après avoir admiré les diverses parties du dôme, chef-d'œuvre d'architecture, on est vivement frappé de l'aspect du tombeau. A la vue de l'entrée de la crypte on se sent pénétré d'un saint recueillement.

La reine, sa famille et les visiteurs de distinction, parmi lesquels on remarquait l'ambassadeur de Naples, le duc de Casegliano et son fils, S. Exc. le maréchal Magnan, la maréchale Magnan et ses filles, furent introduits dans la chapelle Saint-Jérôme. Cette chapelle renferme le cercueil de l'Empereur et ses précieuses reliques, composées du chapeau qu'il portait à Austerlitz, de son épée et du grand collier de la Légion d'Honneur.

De chaque côté est placé un glorieux faisceau de drapeaux pris sur l'ennemi.

Les illustres visiteurs, vivement émus, quittèrent cette chapelle et le monument qu'ils venaient de voir.

Avant son départ de l'hôtel, la reine voulut visiter l'infirmerie, où elle donna des éloges répétés aux soins prévenants et assidus dont sont entourés les malades.

De là, le gouverneur la conduisit au réfectoire des officiers, immense salle où des tables de douze couverts reçoivent les nombreux hôtes de l'hôtel. Le service était prêt pour le dîner, et l'on voyait sur les tables la vaisselle plate dans laquelle sont toujours servis les officiers invalides, depuis que l'Impératrice Marie-Louise en a gratifié l'hôtel.

Dans cette salle, une femme officier-invalide, Mme veuve

Brulon, fut présentée à S. M., qui s'entretint quelques instants avec elle, et qui ne fut pas peu surprise, ainsi que tous les assistants, de l'histoire de sa vie militaire.

Mme Brulon, après avoir perdu son mari au service, s'engagea elle-même sous des habits d'homme, et entra en 1791 dans le 42.ᵉ, devenu depuis le 85.ᵉ de ligne. Elle servit pendant sept années dans ce régiment, qu'elle ne quitta qu'à la suite d'une grave blessure causée par un éclat d'obus. Elle fut admise en l'an VI aux Invalides, où elle demeure depuis cinquante-quatre ans, toujours heureuse de porter son uniforme de sous-lieutenant, et plus fière encore d'en être revêtue, depuis que l'Empereur Napoléon III lui a donné la croix de la Légion d'Honneur, qu'elle a si bien méritée sur les champs de bataille.

Ce récit excita le vif intérêt de la reine, qui le témoigna à Mme Brulon.

Sa Majesté se rendit ensuite à la salle du conseil, où elle vit la série curieuse des portraits de tous les gouverneurs qui se sont succédé depuis la création de l'hôtel.

Elle termina sa visite par la bibliothèque, où elle admira un magnifique missel in-folio, orné de peintures très-remarquables, que l'on conserve avec un soin religieux. Cet ouvrage date de 1676; il est dû à deux invalides qui ont laissé ce monument précieux de leur talent dans ce genre.

Avant de quitter l'hôtel, la reine a témoigné à plusieurs reprises au gouverneur combien elle était satisfaite de tout ce qu'elle avait vu, et combien elle admirait l'ordre et la propreté qui règnent dans toutes les parties de ce magnifique établissement.

(Extrait du Moniteur de l'armée).

Ecoles régimentaires.

LLES sont utiles, nécessaires ; bien suivies et bien dirigées, elles produiraient de bons résultats. Nous n'en sommes plus au temps où l'on ne déclarait ne pas savoir signer, vu sa qualité de gentilhomme. Dans les villes et dans le plus grand nombre des villages, les enfants vont à l'école ; à dix ans, ils savent lire et écrire. C'est un bienfait des institutions nouvelles ; l'ignorance du peuple ne sera plus exploitée à son détriment.

Il est juste que les soldats participent aux progrès de la civilisation. Parmi eux on en voit qui, par leur âge, ou parce qu'ils sont nés dans un pays arriéré, sont privés de cette éducation première qui devient chaque jour plus générale. En guerre, le soldat se sert plus de son sabre que de sa plume ; il faut récompenser les coups de sabre : ils amènent le dénouement. En paix, on ne fait pas son chemin à coups de sabre. Pour être brigadier, il faut savoir lire. Qu'on apprenne donc à lire à tout homme qui mérite de porter des galons. Les notions qu'il recevra à l'école de son régiment le mettront au niveau des connaissances exigées pour le premier grade, et lui donneront la possibilité, peut-être le désir d'en acquérir de plus étendues.

On trouve des opposants aux progrès des lumières. Au dire de quelques-uns, il suffit à un cavalier de savoir faire un bouchon c'est tout ce qu'il faut pour mériter de la patrie. Au pansage, je fais cas d'un bouchon bien tordu, bien coupé ; mais ce n'est pas un titre à un avancement rapide, encore moins à la reconnaissance nationale,

La justice veut que chacun soit à sa place. Si quelque bon sujet rencontre un obstacle sur son passage, on doit l'aider à le franchir. On sert son pays en servant ceux qui lui sont utiles.

Par *École* je n'entends pas une salle sur la porte de laquelle on lit, en gros caractères entourés de traits de plume : *Enseignement mutuel*. De semblables écoles ne manquent pas. L'ordre de travail leur assigne trois ou quatre heures par semaine. Un officier, quelquefois un sous-officier en est chargé ; c'est la seule autorité qu'on y voie. Ce sont des écoles pour ennuyer les hommes, et non pour les instruire. Ils y vont à coups de consigne ; les résultats sont en rapport du motif qui les y conduit.

On peut admettre en principe qu'on apprendra difficilement quelque chose à celui qui ne veut rien savoir : qu'on ne force donc pas la vocation de ceux qui se croient appelés à l'ignorance ; mais qu'on recherche avec soin l'homme qui a le désir de s'instruire ; qu'on sache le faire naître chez celui qui en a la possibilité. Tel, qui n'est aujourd'hui que chasseur ou brigadier, sera plus tard un bon sous-officier, si on sait l'y préparer.

Je ne regarde pas l'enseignement mutuel comme un moyen d'apprendre à lire à tout un régiment ; il doit avoir un but moins général, mais plus utile. C'est là que de bons sujets trouvent le chemin qui peut les conduire à la récompense de leur mérite et de leurs bons services.

Pour ceux qui sont plus avancés, il faut une classe où l'on entende un langage plus élevé. Qu'on n'y admette que des maréchaux-des-logis et quelques brigadiers faits pour aller plus loin. Là, qu'ils apprennent à parler et à écrire en français. La géographie est intéressante, elle ne demande pas d'étude particulière ; trois heures par semaine, et de bonnes cartes, en trois mois on peut en savoir beaucoup. L'arithmétique doit être enseignée aux sous-officiers. A une distribution de fourrages on a souvent besoin des quatre premières règles. Faut-il qu'un maréchal-des-logis compte sur ses doigts ce qui lui revient en foin et en avoine, et ce qu'il donnera à chaque écurie ? Cette manière de calculer est longue, ridicule et peu sûre ; au 19.ᵉ siècle on doit être plus avancé. La faute n'est pas à celui qui n'a rien appris ; le vrai coupable est celui qui a dû faire apprendre.

Quand, par l'appui de quelque vigoureux coup de sabre, un maréchal-des-logis quittera ses galons pour prendre l'épaulette, il ne regrettera pas le temps qu'il aura passé dans une école, si toutefois il ne l'a pas déjà apprécié. Un cuir n'est pas une tache ; l'honneur et la délicatesse font passer sur bien des choses. Mais les qualités de l'âme ne tombent pas sous les yeux, tandis que le cuir frappe l'oreille. De toutes manières, évitons les liaisons dangereuses.

Si, après avoir fourni sa course, un sous-officier quitte le service, l'instruction qu'il aura reçue dans son régiment le mettra en état d'occuper un emploi qu'un ignorant ne pourrait remplir.

Et le temps ? Voilà bien l'objection du paresseux.

Le temps ne manque jamais à l'homme. A la vérité, on trouve parfois, grâce aux détails du service, *des jours remplis plutôt que de longs jours* ; mais, année commune, quel est celui qui ne perd pas au moins quatre heures dans sa journée ? Je dis plus : quel est celui qui, sans compter son service obligé donne deux heures à l'étude de son métier ? De la tête à la queue du régiment, la main sur la conscience, que chacun réponde. Dans tous les grades, même dans la chambrée, on lit des romans ; quelques-uns suivent un régime plus substantiel ; il n'y a que la théorie, le bréviaire du cavalier, qu'on ne prend qu'à son corps défendant. La théorie ne devrait pas être une étude de toute la vie : arrive une époque à laquelle il n'est plus permis de ne pas la savoir. Y revenir pour éclairer sa religion, dissiper un doute, c'est tout ce qu'il en faut pour en avoir les vrais principes toujours présents à la mémoire. Le temps qu'on lui donnait devient libre pour une autre étude. Non, le temps ne manque pas à l'homme qui veut et qui sait l'employer. Quelque laborieux qu'on soit, on a toujours à se reprocher des instants perdus. L'empereur Napoléon I.er, de glorieuse mémoire, a dit dans une école : « *Jeunes gens, travaillez. Une heure perdue est un vol qu'on se fait à soi-même.* »

Le goût de l'étude serait plus vif, plus général , si l'on s'atta-
chait à en prouver l'utilité, si l'on savait rendre l'étude agréable.
Rien n'est plus facile. Les heures du travail sont à choisir, il y
a des saisons qui en offrent plus que d'autres. En hiver, une
salle éclairée, chauffée, attirera ceux qui veulent apprendre.
Des ouvrages bien choisis, traitant d'histoire et de militaire,
un professeur capable, s'attachant à instruire en amusant, tout
cela fera oublier l'ennui d'être sur un banc. Que le chef n'y
soit pas rare; que sa présence devienne un motif d'émulation.

Je voudrais que dans les écoles des sous-officiers on cherchât
tous les moyens d'enseigner l'allemand. C'est une langue classi-
que pour la cavalerie légère. L'allemagne est le pays des coups
de canon. Les hussards et chasseurs devraient tous parler allemand. Si on en vient à passer le Rhin, on ne demanderait pas
en envoyant quatre hommes en reconnaissance : *Qui est-ce qui
parle allemand?*

L'enseignement mutuel n'est pas la seule école à établir; la
salle d'escrime devrait être toujours animée, un vrai feu roulant; c'est encore facile. Une salle bien montée, de bons maîtres
gants, masques, fleurets, sandales; tout en quantité. Des assauts fréquents, des primes pour les tireurs. Que le major,
comme chef des écoles, vienne quelquefois y mettre le fleuret
à la main, d'autres officiers y viendront; les sous-officiers, les
brigadiers voudront les imiter; et, au lieu d'aller boire une
bouteille au cabaret, on viendra pousser une botte.

La salle de danse est plus utile qu'on ne le croit. On n'y fait
pas des Vestris, on y fait des troupiers. C'est là que le soldat
prend ce chic, ce gracieux de caserne, qui n'est pas très-bonne
compagnie, mais qui va bien avec un sabre et des moustaches.
Vivent les garnisons d'Alsace! il y a des bastringues autant
que de brasseries; on y danse tous les dimanches, on s'y bat
quelquefois : tout cela donne la tournure. Le conscrit a bientôt
perdu son air bête.

Rien de ce que je dis n'est de mon invention, l'ordonnance
prescrit des écoles. Généralement on y attache peu d'importance, et puis on y trouve de l'impossibilité. Impossible! c'est

la devise de l'homme sans capacité, sans prévoyance. Il n'y a pas de difficulté dans les petites choses; dans les grandes, il faut s'attacher à la vaincre. Pensez à votre métier; quand viendra le moment d'agir, vous aurez prévu, vous serez en mesure. Qu'on lise le Prince de Ligne, au chapitre *de l'Imposibilité*; il n'en reconnaît pas; il le prouve par des exemples. Il y a deux mots dans notre langue, qui ne sont point à notre usage: *impossible* et *attendre*. L'homme qui croit à l'impossible, celui qui fait attendre, ne sont pas faits pour commander.

A. Longuet, Chef d'escadron.

LE HUSSARD.

ARCEQU'ILS ont une sabretache, une grande pipe et parce qu'ils boivent beaucoup d'eau-de-vie, certains jeunes gens s'imaginent être le type du hussard.

L'habit ne fait pas le moine, dit un proverbe; je m'en appuie pour soutenir mon opinion. Ce n'est pas la sabretache qui constitue le hussard; c'est le caractère de l'homme développé par l'instruction qu'il a recue. Oui, le caractère de l'homme, c'est la première condition. Chacun a ses dispositions naturelles; et tout en se décidant pour l'état militaire; le choix de l'arme est encore important.

Hors de son caractère on ne fait rien de bon.

Le hussard, tel que je le comprends, est né actif. Son corps est robuste, sa santé de fer; son imagination est vive, son coup-d'œil toujours juste. A peine arrivé dans une ville, dans un cantonnement, il doit en connaître les environs jusqu'au moindre sentier c'est ainsi qu'il apprend à lire le terrain, et qu'un obstacle qu'il voit lui indique un autre qu'il ne voit pas. Savoir s'orienter, deviner les communications qui lient un village à une ferme, à un moulin, tout cela est essentiel. Les guides peuvent manquer; l'œil doit y suppléer pendant le jour.

Un vrai hussard doit avoir le génie des langues, et parler comme un indigène celle du pays où il fait la guerre. Qu'il ait de bonnes cartes, et qu'il s'y reconnaisse promptement.

Au lieu de boire beaucoup, qu'il soit sobre; les privations lui seront moins pénibles. D'ailleurs, il est reconnu que l'estomac plein rend la tête vide, et fait éprouver le besoin du repos.

A cheval et toujours à cheval. L'habitude est une seconde nature. Charles XII dormait nu-tête sur une planche par les plus grands froids du nord. Qu'on fasse comme lui, qu'on s'y habitue, qu'on ne s'écoute pas, surtout qu'on aime la gloire, bientôt on ne connaîtra plus d'intempéries.

L'instruction de la cavalerie légère doit être différente de celle des autres cavaleries. Je ne demande pas une autre ordonnance, mais je veux qu'on s'appesantisse sur l'instruction individuelle ; que les écoles du peloton et de l'escadron soient souvent entrecoupées de mouvements particuliers, afin que les hommes apprennent à manier leurs chevaux et leurs armes à toutes les allures, et avec une parfaite assurance. La force du cavalier naît de la confiance qui lui donnent son cheval et ses armes : cette confiance ne lui viendra qu'avec les meilleurs principes et une extrême habitude. Nos chevaux doivent être souples, hardis et adroits. Quand on en sera sûr, qu'on les mette à toutes les allures dans tous les terrains. De la prudence, de la progression, bientôt hommes et chevaux passeront partout sans s'émouvoir.

Je le répète, qu'on revienne souvent au travail individuel. Un cavalier léger peut se trouver seul ou avec peu des siens ; qu'on lui apprenne tous les moyens d'échapper à son ennemi, ou de s'en défaire.

L'instruction des sous-officiers et des brigadiers mérite l'attention. N'oubliez jamais, en nommant un maréchal-des-logis que le premier coup de canon peu lui donner l'épaulette. C'est en voyant les choses de loin, en mettant chacun à sa place, qu'on parvient à avoir des officiers instruits et dignes du rang qu'ils occupent.

Je ne me rappelle pas qui a dit que l'âge détermine l'arme dans laquelle on doit servir. Cette opinion ne me paraît pas juste. L'homme qui a vieilli dans les troupes légères doit en connaître le service, et pouvoir l'enseigner. Le faire changer d'armes, serait se priver de sa longue expérience. Les années ont pu lui faire perdre sa première vigueur ; mais son caractère militaire doit toujours le soutenir. S'il en est autrement, il n'est pas plus propre à une arme qu'à une autre. Dans toutes il y a de la fatigue et des privations. Dans toutes il faut santé, force, énergie, activité.

Ces deux articles sont extraits des *Méditations de Caserne*, par le chef-d'esc. *Longuet* ; 1 v. in-18, Paris, Dénain, Libr. Vivienne, 16.

HISTOIRE DE NAPOLÉON

Contée dans une grange

PAR UN VIEUX SOLDAT.

Quelques renseignements sur les acteurs de cette scène sont nécessaires pour en faire comprendre tout l'intérêt. GOGUELAT, le conteur, est un ancien fantassin de la garde impériale. GONDRIN, auditeur passif, est un des pontonniers qui sont entrés dans la Bérésina pour y enfoncer les chevalets des ponts, lors de la retraite de Moscou, et le seul de son corps qui ait survécu ; il en est resté sourd. Genetas est un vieil officier de cavalerie furtivement introduit dans la grange par M. Benassis, le médecin de campagne. Ils sont cachés tous les deux dans le foin pour entendre le récit des soldats. La veillée y est commencée ; un vieux paysan finit l'histoire populaire de la *Bossue courageuse.*

— Je n'aime point ces histoires-là. Ça me fait peur, dit la Fosseuse. J'aime mieux les aventures de Napoléon.

Ça, c'est vrai, dit le garde champêtre. Voyons, M. Goguelat, racontez-nous l'Empereur.

La veillée est trop avancée, dit le piéton, et je n'aime point a raccourcir les victoires.

— C'est égal, dites tout de même ! Nous les connaissons pour vous les avoir vu dire bien des fois, mais ça fait toujours plaisir à entendre.

— Racontez-nous l'Empereur !... s'écrièrent plusieurs personnes ensemble.

— Vous le voulez : répondit Goguelat ? Eh bien, vous verrez que ça ne signifie rien quand c'est dit au pas de charge. J'aime mieux vous raconter toute une bataille. Voulez-vous Champ-Aubert, où il n'y avait plus de cartouches, et où l'on s'est attaqué tout de même à la baïonnette.

Non ! l'Empereur ! l'Empereur !

Alors le fantassin se leva de dessus sa botte de foin, promena sur l'assemblée ce regard noir, tout chargé de misère, d'événements et de souffrances, qui distingue les soldats. Il prit sa veste par les deux basques du devant, les releva comme s'il s'agissaient de recharger le sac où jadis étaient ses hardes, ses souliers, toute sa fortune ; puis, s'appuyant le corps sur la jambe gauche, il avança la droite, et céda de bonne grâce aux vœux de l'assemblée. Après avoir repoussé ses cheveux gris d'un seul côté de son front pour le recouvrir, il porta la tête vers le ciel, afin de se mettre à la hauteur de l'homme qu'il allait peindre.

— Voyez-vous, mes amis, Napoléon est né en Corse, qu'est une île française, chauffée par le soleil d'Italie, où tout bout comme dans une fournaise, et où l'on se tue les uns aux autres de père en fils à propos de rien ; c'est une idée qu'ils ont. Pour commencer l'extraordinaire de la chose, sa mère, qui était la plus belle femme de son temps, et une finaude, eut la réflexion de le vouer à Dieu, pour le faire échapper à tous les dangers dans son enfance et dans sa vie, parce qu'elle avait vu que le monde était en feu le jour de son accouchement. C'était une prophétie ! Donc, elle demanda que Dieu le protège, à condition que Napoléon rétablira sa sainte religion, qu'était alors par terre. Voilà qu'est convenu, et ça s'est vu.

—Maintenant, suivez-moi bien, et dites-moi si ce que vous allez entendre est naturel ?

Il est sûr et certain qu'un homme qui avait eu l'imagination de faire un pacte secret, pouvait seul être susceptible de passer à travers les lignes, les balles, les décharges de mitraille qui nous emportaient comme des mouches, et qui avaient du respect pour sa tête. J'ai eu la preuve de cela, moi particulièrement à Eylau. Je le vois encore : il monte sur une hauteur, prend sa lorgnette, regarde la bataille, et dit : ça va bien !.. Un de mes intrigans à panaches qui l'embêtait considérablement, et le suivaient partout, même pendant qu'il mangeait, à ce qu'on nous a dit, veut faire le malin, et prend la place de l'Empereur quand il s'en va. Oh ! raflé ! plus de panache ! Vous entendez bien que Napoléon s'était engagé à garder son secret pour lui. Voilà pourquoi tous ceux qui l'accompagnaient, même ses amis particuliers, tombaient comme des noix. Ducroc, Bressières, Lannes, tous hommes forts comme des barres d'acier, et qu'il choisissait à son usage. Enfin, à preuve qu'il était l'enfant de Dieu, fait pour être le père du soldat, c'est qu'on ne l'a jamais vu ni lieutenant, ni capitaine ! Ah ! bien oui ! En chef tout de suite. Il n'avait pas l'air d'avoir plus de vingt-trois ans, qu'il était vieux général, depuis la prise de Toulon, où il a commencé par faire voir aux autres qu'ils n'entendaient rien à manœuvrer les canons. Pour lors, il nous tombe, tout maigrelet, général en chef à l'armée d'Italie, qui manquait de pain, de munitions, de souliers, d'habits ; une pauvre armée nue comme un ver.

—Mes amis, qui dit, nous voilà ensemble. Or, mettez-vous

dans le fanal que d'ici quinze jours vous serez vainqueurs,
babillés à neuf, que vous aurez tous des capotes, de bonnes
guêtres, de fameux souliers; mais, mes enfants, il faut marcher,
pour les aller prendre à Milan, où il y en a.

Et l'on a marché. Le Français était écrassé, plat comme une
punaise; il se redresse. Nous étions trente mille va-nu-pieds
contre quatre-vingt-mille fendans d'Allemands, tous beaux
hommes, bien garnis. Alors Napoléon, qui n'était alors que
Bonaparte, nous souffle je ne sais quoi dans le ventre! Et on
marche la nuit, on marche le jour, on les tape à Montenotte,
on court les rosser à Rivoli, Lodi, Arcole, Millésimo, et on

ne les lâche pas. Le soldat prend goût à être vainqueur. Alors
Napoléon vous enveloppe ces généraux allemands qui ne savent
où se fourrer pour être à leur aise; il les pelote très-bien, leur
chippe quelquefois des dix mille hommes d'un seul coup, en
vous les entourant de quinze cents Français qu'il faisait foisonner
à sa manière. Enfin, leur prend leurs canons, les vivres, argent,
munitions, tout ce qu'ils avaient de bon à prendre; vous les
jette à l'eau, les bat sur les montagnes, les mord dans l'air, les
dévore sur terre, partout. Voilà les troupes qui se remplument,

parce que, voyez-vous, l'Empereur, qu'était aussi un homme d'esprit, se fait bien venir de l'habitant, auquel il dit qu'il est arrivé pour les délivrer. Alors, le pékin nous loge, nous chérit, et les femmes aussi, qu'étaient des femmes très-judicieuses. Fin finale, en ventôse 96, qu'était dans ce temps-là le mois de mars d'aujourd'hui, nous étions acculés dans un coin du pays des marmottes; mais, après la campagne, nous voilà maîtres de l'Italie, comme Napoléon l'avait prédit. Et au mois de mars suivant, en une seule année et deux campagnes, il nous met en vue de Vienne : tout était brossé. Les autres demandaient grâce à genoux ! La paix était conquise.

— Un homme aurait-il pu faire cela? Non. Dieu l'aidait, c'est sûr.

Il se subdivisionnait comme les cinq pains de l'Évangile, commandait la bataille le jour, la préparait la nuit; les sentinelles le voyaient toujours aller et revenir; il ne dormait ni ne mangeait. Pour lors, reconnaissant ces prodiges, le soldat l'adopte pour son père. Et en avant. Les autres, à Paris, voyant cela, se disent : Voilà un pèlerin qui paraît prendre ses mots d'ordre dans le ciel. Il est singulièrement capable de mettre la main sur la France, faut le lâcher sur l'Asie ou l'Amérique, il s'en contentera peut-être ! Ça était écrit pour lui comme pour Jésus-Christ. Et le fait est qu'on lui donne un ordre de faire une action en Égypte. Voilà sa ressemblance avec le fils de Dieu. Ce n'est pas tout. Il rassemble ses meilleurs lapins, ceux qu'il avait endiablés, et leur dit comme ça :

— Mes amis, pour le quart d'heure, on nous donne l'Égypte à manger. Mais nous l'avalerons en deux temps et en deux mouvements, comme nous avons fait de l'Italie. Les simples soldats seront des princes qui auront des terres à eux. En avant......

En avant ! mes amis ! disent les sergents. Et l'on arrive à Toulon, route d'Égypte. Pour lors, les Anglais avaient tous leurs vaisseaux en mer. Mais quard nous nous embarquons, Napoléon nous dit : — Ils ne nous verront pas, et il est bon que vous sachiez dès à présent que votre général a la propriété d'une étoile dans le ciel qui nous guide et nous protège..... Qui fut dit fut fait. En passant sur la mer, nous, nous prenons Malte comme une orange pour le désaltérer de sa soif de victoire, car c'était un homme qui ne pouvait pas être sans rien faire. Nous voilà en Égypte. Bon. Là, autre consigne. Les Égyptiens, voyez-vous, sont des hommes qui, depuis que le monde est monde, ont coutume d'avoir des géants pour souverains, des armées nombreuses comme des fourmis ; parce que c'est un pays de génies et de crocodiles, où l'on a bâti des pyramides grosses comme des montagnes, sous lesquelles ils ont l'imagination de mettre leurs rois pour les conserver frais, chose qui leur plaît généralement. Pour lors, en débarquant, le petit caporal nous dit :

—Mes enfants, les pays que vous allez conquérir tiennent à un tas de dieux qu'il faut respecter, parce que le Français doit être l'ami de tout le monde, et battre les peuples sans les vexer. Mettez-vous dans la coloquinte de ne toucher rien, d'abord ; parce que nous aurons tout après ! Marchez.

Voilà qui va bien. Mais tous ces gens-là, auxquels Napoléon était prédit, sous le nom de Kébir-Bonaberdis, un mot de leur patois, qui veut dire : *le sultan fait feu*, en ont peur comme du diable. Alors le grand-turc, l'Asie, l'Afrique, ont recours à la magie, et nous envoient un démon nommé le Mody, soupçonné d'être descendu du ciel sur un cheval blanc, qui était, comme son maître, incombustible au boulet, et qui tous deux vivaient de l'air du temps. Il y en a qui l'ont vu ; mais moi, je n'ai pas de raisons pour vous en faire certains. C'étaient les puissances de l'Arabie et les Mamelucks qui voulaient faire croire à leurs troupiers que le Mody était capable de les empêcher de mourir à la bataille, sous prétexte qu'il était un ange envoyé pour combattre Napoléon et lui reprendre le sceau de Salomon, un de leurs talismans à eux, qu'ils prétendaient avoir été volé par notre général. Vous entendez bien qu'on leur a fait faire la grimace tout de même.

—Ha ça, dites-moi d'où il avaient su le pacte de Napoléon ? Était-ce naturel ?

Il passait pour certain dans leur esprit qu'il commandait aux génies, et se transportait en un clin d'œil d'un lieu à un autre, comme un oiseau : le fait est qu'il était partout ; enfin, qu'il venait leur enlever une reine, belle comme le jour, pour laquelle il avait offert tous ses trésors et des diamants gros comme des œufs de pigeons : marché que le Mameluck, dont elle était la particulière, quoiqu'il en eût d'autres, avait refusé positivement. Dans ces termes-là, les affaires ne pouvaient s'arranger qu'avec beaucoup de combats. Et c'est ce dont on ne s'est pas fait faute : car il y a eu des coups pour tous le monde. Alors nous nous sommes mis en ligne à Alexandrie, à Giseh et devant les Pyramides.

Il a fallu marcher sous le soleil, dans le sable, où les gens sujets d'avoir la berlue voyaient des eaux dont on ne pouvait pas boire, et de l'ombre que cela faisait suer. Mais nous mangeons le Mameluck à l'ordinaire, et tout plie à la voix de Napoléon, qui s'empare de la haute et basse Égypte, de l'Arabie, enfin jusqu'aux capitales des royaumes qui n'étaient plus, et où il y avait des milliers de statues, les cinq cents diables de la nature, et, chose particulière, une infidélité de lézards. Pendant qu'il était occupé aux affaires de l'intérieur, les Anglais lui brûlent sa flotte à la bataille d'Aboukir : car ils ne savaient quoi s'inventer pour nous contrarier. Mais Napoléon, qui avait l'esprit de l'Orient et de l'Occident, que le pape l'appelait son fils, et le cousin de Mahomet, son cher père, veut se venger de l'Angleterre et lui prendre ses Indes, pour se remplacer de sa flotte. Il allait nous conduire en Asie, par la mer Rouge, dans des pays où il n'y a que des diamants, de l'or, pour faire la paie aux soldats, et des palais pour étapes, lorsque le Mody s'arrange avec la peste, et nous l'envoie pour interrompre nos victoires. Halte! alors tout le monde défile à la parade. Le soldat mourant ne peut pas prendre Saint-Jean-d'Acre, où l'on est entré trois fois avec acharnement. Mais la peste était la plus forte, et il n'y avait pas à dire : mon bel ami! Tout le monde se trouvait très-malade. Napoléon seul était frais comme une rose; toute l'armée l'a vu!

—Autre preuve que rien chez lui n'était naturel.

Les Mamelucks, sachant que nous étions tous dans les ambulances, viennent nous barrer le chemin; mais, avec Napoléon, cette farce-là ne pouvait pas prendre. Donc, il dit à ses damnés, à ceux qui avaient le cuir plus dur que les autres : — « Allez me nettoyer la route. » Or, Junot, qui était un sabreur au premier numéro et son ami véritable, ne prend que mille hommes, et vous a décousu tout de même l'armée d'un pacha, qui avait la prétention de se mettre en travers. Pour lors, nous revenons au Caire, notre quartier-général. Autre histoire. Napoléon absent, la France s'était laissé manger le cœur par les gens de Paris, qui gardaient la solde des troupes, leur masse de linge, leurs habits, leurs vivres, les laissaient crever de faim, et voulaient qu'elles fissent la loi à l'univers, sans s'en inquiéter autrement. C'étaient des imbéciles qui s'amusaient à bavarder, au lieu de mettre la main à la pâte. Et donc nos armées étaient battues, les frontières de la France entamées : l'*homme* n'était plus là. Voyez-vous, je dis l'*homme*, parce que plusieurs l'ont appelé l'*homme*; mais c'était une bêtise, puisqu'il avait une étoile et toutes ses particularités; c'était nous autres qui étions les hommes!..... Il apprend l'histoire de France après sa fameuse bataille d'Aboukir, où sans perdre plus de trois cents hommes,

et avec une seule division , il a vaincu la grande armée des
Turcs , forte de vingt-cinq mille hommes , dont il a bousculé
dans la mer plus d'une grande moitié. Ce fut son dernier coup
de tonnerre en Égypte. Il se dit , voyant tout perdu là-bas :
— « Je suis le sauveur de la France, je le sais , faut que j'y
aille. » Mais comprenez bien que l'armée n'a pas su son départ ,
sans quoi on l'aurait gardé de force pour le faire empereur
d'Orient. Aussi , nous voilà tous tristes , quand nous sommes
sans lui , parce qu'il était notre joie. Lui , laisse son commandement à Kléber , un grand mâtin qu'a descendu la garde, assassiné
par un Egyptien qu'on a fait mourir en lui mettant une baïonnette
dans le derrière, qui est la manière de guillotiner dans ce pays-là;
mais ça fait tant souffrir, qu'un soldat a eu pitié de ce criminel
qui criait la soif; il lui a tendu sa gourde , et aussitôt qu'il y
a bu de l'eau , il a tortillé de l'œil avec un plaisir infini. Mais
ne nous amusons pas à cette bagatelle. Napoléon met le pied
sur une coquille de noix, un petit navire qui s'appelle la *For-
tuné ;* et en un clin d'œil , à la barbe de l'Angleterre , qui le
bloquait avec des vaisseaux de ligne , frégates , et tout ce qui
fesait voile, il débarque en France : car il a toujours le don de
passer les mers en une enjambée.

— Était-ce naturel?

Bah ! aussitôt qu'il est à Fréjus, autant dire qu'il a les pieds
dans Paris. Là, tout le monde l'adore; mais, lui, convoque
le Gouvernement.

— « Qu'avez-vous fait de mes enfants les soldats? qui dit
aux avocats; vous êtes un tas de galapians qui vous fichez du
monde, et faites vos choux gras de la France. Ça n'est pas
juste, et je parle pour tout le monde qu'est pas content ! »

Pour lors, ils veulent babiller et le tuer, mais minute ! Il les
enferme dans leur caserne à paroles , les fait sauter par les
fenêtres, et vous les enrégimente à sa suite, où ils deviennent
muets comme des poissons, souples comme de blagues à tabac.
De ce coup, passe consul, et, comme ce n'était pas lui qui
pouvait douter de l'Être suprême, il remplit alors sa promesse
envers le bon Dieu, qui lui tenait sérieusement parole; lui

rend ses églises, rétablit sa religion : les cloches sonnent pour Dieu et pour lui. Voilà tout le monde content : *primo*, les prêtres qu'il empêche d'être tracassés ; *secondo*, le bourgeois qui fait son commerce sans avoir à craindre le *rapiamus* de la loi ; *tertio*, les nobles, qu'il défend d'être fait mourir, comme on en avait injustement contracté l'habitude. Mais il y avait des ennemis à balayer, et il ne s'endort pas sur la gamelle, parce que, voyez-vous, son œil vous traversait le monde comme une simple tête d'homme. Pour lors il paraît en Italie comme s'il passait la tête par la fenêtre, et son regard suffit : les Autrichiens sont avalés à Marengo comme des goujons par une baleine ! Haouf ! Ici, la victoire française a chanté sa gamme assez haut pour que le monde entier l'entende, et ça a suffi : — « Nous n'en jouons plus, » que disent les Allemands. — « Assez comme ça ! disent les autres. » Total : l'Europe fait la cane, l'Angleterre met les pouces. Paix générale où les rois et les peuples font mine de s'embrasser. C'est là que l'empereur a inventé la Légion-d'Honneur, une bien belle chose, allez.

— « En France, qu'il a dit à Boulogne devant l'armée entière, tout le monde a du courage ! Donc le civil, qui fera des actions d'éclat dans sa patrie, sera sœur du soldat, et le soldat sera son frère, et ils seront unis sous le drapeau de l'honneur. »

Nous autres qui étions là-bas, nous revenons d'Egypte. Tout était changé ! nous l'avions laissé général ; en un rien de temps, nous le retrouvons empereur. Ma foi, la France s'était donnée à lui comme une belle fille à un lancier. Or, quand ça fut fait, à la satisfaction générale, on peut le dire, il y eut une sainte cérémonie, comme il ne s'en était jamais vu sous la calotte des cieux. Le pape et les cardinaux, dans leurs habits d'or et rouges, passent les Alpes exprès pour le sacrer devant l'armée et le peuple, qui battent des mains Il y a une chose que je serais injuste de ne pas vous dire. En Egypte, dans le désert de la Syrie, l'*homme rouge* lui apparut dans la montagne de Moïse pour lui dire : — Ça va bien. Puis,

à Marengo, le soir de la victoire, pour la seconde fois, s'est dressé devant lui, sur ses pieds, l'*homme rouge* qui lui dit :
— « Tu verras le monde à tes genoux, et tu seras empereur des Français, roi d'Italie, maître de la Hollande, souverain de l'Espagne, du Portugal, des provinces illyriennes, protecteur de l'Allemagne, sauveur de la Pologne, premier Aigle de la Légion-d'Honneur, et tout. » Cet *homme rouge*, voyez-vous, c'était son destin, son idée à lui, une manière de piéton qui lui servait, à ce que disent plusieurs, pour communiquer avec son étoile. Moi, je n'ai jamais cru cela ; mais l'*homme rouge* est un fait véritable, et Napoléon en a parlé lui-même, et a dit qu'il lui venait dans les moments durs à passer, et restait au palais des Tuileries, dans les combles. Donc au couronnement, Napoléon l'a vu le soir pour la troisième fois, et ils convinrent de bien des choses.

Puis l'Empereur va à Milan se faire couronner roi d'Italie. Là, commence véritablement le triomphe du soldat. Pour lors, tout ce qui savait lire passe officier. Puis, voilà les pensions, des dotations de duché qui pleuvent, des trésors pour l'état-major qui ne coûtaient rien à la France ; enfin la Légion-d'Honneur fournie de rentes pour les simples soldats, sur lesquelles je touche encore ma pension, enfin, voilà des armées tenues comme il ne s'en était jamais vu. Mais l'Empereur, qui savait qu'il devait être l'empereur de tout le monde, pense aux bourgeois, et leur fait bâtir, suivant leurs idées, des monuments de fée là où il n'y avait pas plus que sur ma main. Une supposition, vous reveniez d'Espagne pour passer à Berlin, eh bien ! vous retrouviez des arches de triomphe avec des simples soldats mis en belle sculpture, ni plus, ni moins que des généraux. Napoléon, en deux ou trois ans, sans mettre d'impôts sur vous autres, remplit ses caves d'or, fait des ponts, des palais, des routes, des savants, des fêtes, des lois, des vaisseaux, des ports, et dépense des millions de milliasse, et tant et tant, qu'on m'a dit qu'il en aurait pu paver la France de pièces de cent sous, si ça avait été sa fantaisie. Alors, quand il se trouve à son aise sur son trône, et si bien le maître de tout, que l'Europe attendait sa permission pour faire quelque chose. Comme il avait quatre frères et trois sœurs, il nous dit, en manière de conversation, à l'ordre du jour :

— « Mes enfants, est-il juste que les parents de votre empereur tendent la main ? Non. Je veux qu'ils soient flambants tout comme moi ! Pour lors, il est de toute nécessité de conquérir un royaume pour chacun d'eux, afin que le Français soit le maître de tout, que les soldats de la garde fassent trembler le monde, et que la France *couche* où elle veut, et qu'on lui dise, comme sur ma monnaie : *Dieu vous protège !...* »

« Convenu ! répond l'armée. On t'ira pêcher des royaumes à la baïonnette. » Ha ! c'est qu'il n'y a pas à reculer, voyez-vous ! Et s'il avait eu dans sa boule de conquérir la lune, il aurait fallu s'arranger pour ça, faire ses sacs et grimper : heureusement, il n'en a pas eu la volonté. Les rois qu'étaient habitués aux douceurs de leurs trônes se font naturellement tirer l'oreille ; et alors en avant, nous autres. Nous marchons, nous allons, et le tremblement recommence avec une solidité générale. Et en a-t-il fait user, dans ce temps-là, des hommes et des souliers ! Alors on se battait à coups de nous si cruellement, que d'autres que les Français s'en seraient fatigués. Mais vous n'ignorez pas que le Français est né philosophe, et un peu plus tôt, un peu plus tard, sait qu'il faut mourir. Aussi, nous mourions tous sans rien dire, parce qu'on avait le plaisir de voir l'Empereur faire ça sur les géographies....

Là, le fantassin décrivit lestement un rond avec son pied sur l'aire de la grange.

Et il disait : — « Ça sera royaume ! » Et c'était un vrai royaume. Quel bon temps ! Les colonels passaient généraux, les généraux maréchaux, les maréchaux rois. Et il y en a encore un qui est debout pour le dire à l'Europe ; enfin, ceux qui savaient lire étaient princes tout de même. Moi qui vous parle, j'ai vu à Paris onze rois et un peuple de princes qui entouraient Napoléon comme les rayons du soleil ! Vous entendez bien que chaque soldat, ayant la chance de chausser un trône, pourvu qu'il en eût le mérite, un caporal de la Garde était

comme une curiosité; on l'admirait passer, que chacun avait
son contingent dans la victoire parfaitement connu dans le
bulletin. Et y en avait-il de ces batailles ! Austerlitz, où l'ar-

mée a manœuvré comme à la parade ; Eylau, où l'on a noyé
les Russes dans un lac comme si Napoléon avait soufflé dessus ; Wagram, où l'on s'est battu trois jours sans broncher ;
enfin, il y en avait autant que de saints dans le calendrier.
Aussi, alors fut-il prouvé que Napoléon possédait dans son
fourreau la véritable épée de Dieu. Alors le soldat avait son
estime et il en fesait son enfant, s'inquiétait si vous aviez des
souliers, du linge, des capotes, du pain, des cartouches; quoiqu'il tînt sa majesté, puisque c'était son métier à lui de régner.
Mais c'est égal ! un sergent et même un soldat pouvait lui dire :
« Mon empereur ! » Comme vous me dites à moi, quelquefois :
« mon bon ami » Et il répondait aux raisons qu'on lui fesait,
couchait dans la neige comme nous autres ; enfin, il avait
presque l'air d'un homme naturel. Moi qui vous parle, je l'ai
vu, les pieds dans la mitraille, pas plus gêné que vous êtes-là,
et mobile, regardant avec sa lorgnette, toujours à son affaire ;

alors nous restions là tranquilles comme Baptiste. Je ne sais pas comment il s'y prenait, mais quand il nous parlait, sa parole nous envoyait comme du feu dans l'estomac; et, pour lui montrer qu'on était ses enfants, incapables de bouder, on allait au pas ordinaire devant des polissons de canons qui gueulaient et vomissaient des régiments de boulets. Enfin, les mourants avaient la chose de se relever pour le saluer et lui crier: — « Vive l'Empereur !.. »

— Etait-ce naturel? auriez-vous fait cela pour un simple homme?

Pour lors, tout son monde établi, l'impératrice Joséphine, qu'était une bonne femme tout de même, ayant la chose tournée à ne pas lui faire d'enfants, il fut obligé de la quitter, quoiqu'il l'aimât considérablement; mais il lui fallait des petits, rapport au Gouvernement. Apprenant cette difficulté, tous les souverains de l'Europe se sont battus à qui lui donnerait une femme. Et il a épousé, qu'on nous a dit, une Autrichienne, qu'était la fille des Césars, un homme ancien, dont on parle partout, et qu'a été à Rome le Napoléon d'autrefois, d'où s'est autorisé l'Empereur d'en prendre l'héritage pour son fils. Donc, après son mariage, qui a été une fête pour le monde entier, et où il a fait grâce au peuple de dix ans d'impositions, qu'on a payés tout de même, parce qu'on n'en a pas tenu compte, sa femme a eu un petit qu'était roi de Rome, une chose qui ne s'était pas encore vue sur la terre, car jamais un enfant n'était né roi, son père vivant !.... Ce jour-là, un ballon est parti de Paris pour le dire à Rome, et ce ballon a fait le chemin en un jour.

— Ha ça, y a-t-il maintenant quelqu'un de vous autres qui me soutiendra que tout ça était naturel? Non, c'était écrit là-haut !

Mais voilà l'Empereur de Russie, qu'était son ami, qui se fâche de ce qu'il n'a pas épousé une Russe, et qui soutient les Anglais, nos ennemis, auxquels on avait toujours empêché l'Empereur d'aller dire deux mots dans leur boutique. Fallait donc en finir avec ces canards-là. Napoléon se fâche et nous dit :

— « Soldats ! vous avez été maîtres dans toutes les capitales de l'Europe ; il reste Moscou, qui s'est allié à l'Angleterre. Or, pour pouvoir conquérir Londres et les Indes qu'est à eux, je trouve définitif d'aller à Moscou. »

Pour lors, assemble la plus grande des armées qui jamais ait traîné ses guêtres sur le globe, et si curieusement bien alignée, qu'en un jour il a passé en revue un million d'hommes !.... — Hourra ! disent les Russes. Et voilà la Russie tout entière, des animaux de cosaques qui s'envolent. C'était pays contre pays, un boulevari général, dont il fallait se garer. Et comme il avait dit *l'homme rouge* à Napoléon : — C'est l'Asie contre l'Europe ! — « Suffit, qu'il dit, je vais me précautionner. » Et voilà fectivement tous les rois qui viennent lécher la main de Napoléon ! L'Autriche, la Prusse, la Bavière, la Saxe, la Pologne, l'Italie, tout est avec nous, nous flatte, et c'était beau ! Les aigles n'ont jamais autant roucoulé qu'à cette parade-là, quelles étaient au-dessus de tous les drapeaux de l'Europe. La Pologne ne se tenait pas de joie, parce que l'Empereur avait idée de la relever ; de là que les Polonais et les Français ont toujours été frères. Enfin, — « A nous la Russie ! » crie l'armée. Nous entrons bien fournis ; nous marchons, marchons : point de Russes. Enfin ! nous trouvons mes mâtins campés à la Moskowa. C'est là que j'ai eu la croix, et j'ai congé de dire que ce fut une sacrée bataille ! l'Empereur était inquiet, il avait vu *l'homme rouge* qui lui dit : — Mon enfant, tu vas plus vite que le pas, les hommes te manqueront, les amis te trahiront. Pour lors, il proposa la paix ; mais avant de la signer : — « Frottons les Russes ! » qui nous dit. — « Tope ! » s'écrie l'armée.—« En avant ! » disent les sergents. Mes souliers étaient usés, mes habits décousus, à force d'avoir trimé dans ces chemins-là qui ne sont pas commodes du tout ! Mais c'est égal ! — « Puisque c'est la fin du tremblement, que je me dis, je veux m'en donner tout mon saoul ! » Nous étions devant le grand ravin : c'étaient les premières places !

Le signal se donne : sept cents pièces d'artillerie commencent une conversation à vous faire sortir le sang par les oreilles.

Là, faut rendre justice à ses ennemis, les Russes se faisaient tuer comme des Français, sans reculer ; nous n'avancions pas. — « En avant ! nous dit-on, voilà l'Empereur ! » C'était vrai. Il passe au galop en nous faisant signe qu'il s'importait beaucoup de prendre la redoute. Il nous anime, nous courons, j'arrive le premier au ravin ! Ah ! mon Dieu ! les lieutenants tombaient, les colonels, les soldats ! c'est égal ! Ça fesait des souliers à ceux qui n'en avaient pas et des épaulettes pour les intrigants qui savaient lire. Victoire ! c'est le cri de la ligne. Par exemple ; ce qui ne s'était jamais vu, il y avait vingt-cinq mille Français par terre. Excusez du peu ! c'était un vrai champ de blé coupé ; au lieu d'épis, mettez des hommes. Nous étions dégrisés, nous autres.

L'homme arrive, on fait le cercle devant lui. Pour lors, il nous câline, car il était aimable, quand il le voulait, à nous faire contenter de vache enragée par une faim de loup ! Alors mon câlin distribue soi-même les croix, salue les morts, puis nous dit : « A Moscou ! » — « Va pour Moscou ! dit l'armée. » Nous prenons Moscou. Voilà-t-il pas que les Russes brûlent leur ville ! Ça a été un feu de paille de deux lieues, qui flambe pendant deux jours. Les édifices tombaient comme des ardoises ; il y avait des pluies de fer et de plomb fondu qui étaient naturellement horribles ; et l'on peut vous le dire, à vous, ce fut l'éclair de nos malheurs. L'Empereur dit : « Assez comme ça ! tous mes soldats y resteraient ! » Nous nous amusons à nous rafraîchir un petit moment, et à se refaire le cadavre, parce qu'on était réellement fatigué beaucoup. Nous emportons une croix d'or qu'était sur le Kremlin, et chaque soldat avait une petite fortune. Mais, en revenant, l'hiver s'avance d'un mois, chose que les savants, qui sont des bêtes, n'ont pas expliquée suffisamment, et le froid nous pince. Plus d'armée, entendez-vous, plus de généraux, plus de sergents même. Pour lors, ce fut le règne de la misère et de la faim, règne où nous étions réellement tous égaux. On ne pensait qu'à revoir la France ; l'on ne se baissait pas pour ramasser son fusil ni son argent ; chacun allait devant lui, arme à vo-

louté, sans se soucier de gloire. Enfin le temps était si mauvais,
que l'Empereur ne voyait plus son étoile: il y avait quelque
chose entre le ciel et lui. Pauvre homme, il était malade de
voir ses aigles à contre-fil de la victoire. Et ça lui en a donné
une sévère, allez! Arrive la Bérézina. Ici, mes amis, l'on peut
vous affirmer, par ce qu'il y a de plus sacré sur l'honneur, que,
depuis qu'il y a des hommes, jamais au grand jamais, ne s'était
vu de pareille fricassée d'armée, de voitures, d'artillerie, dans
de pareilles neiges, sous un ciel pareillement ingrat. Le canon
des fusils vous brûlait les mains, si vous y touchiez, tant il
était froid. C'est là que l'armée a été sauvée par les pontonniers,
qui se sont montrés solides au poste, et où s'est parfaitement
comporté Gondrin, le seul vivant des gens assez entêtés pour
se mettre à l'eau afin de bâtir les ponts sur lesquels l'armée a
passé.

Et, dit-il en montrant Gondrin, qui le regardait avec l'attention particulière aux sourds, c'est un troupier fini, un troupier
d'honneur même, qui mérite vos plus grands égards.

J'ai vu, reprit-il, l'Empereur debout; auprès du pont, im-
mobile, n'ayant point froid.

— Était-ce encore naturel?

— Il regardait la perte de ses trésors, de ses amis, de ses
vieux Égyptiens. Bah! tout y passait, les femmes les fourgons,
l'artillerie, tout était consommé, mangé, ruiné. Les plus courageux gardaient les aigles, parce que les aigles, voyez-vous,
c'était la France, c'était tout vous autres, c'était l'honneur du
civil et du militaire qui devait rester pur, et ne pas baisser la
tête à cause du froid; on ne se réchauffait guère que près de
l'Empereur, puisque quand il était en danger, nous accourions,
gelés, nous qui ne nous arrêtions pas pour tendre la main à
des amis. On dit aussi qu'il pleurait la nuit sur sa pauvre famille de soldats. Il n'y avait que lui et des Français pour se
tirer de là, et l'on s'en est tiré, mais avec des pertes, et de grandes pertes, que je dis! Les alliés avaient mangé nos vivres;
tout commençait à le trahir, comme lui avait dit l'*homme
rouge*.

Les bavards de Paris, qui se taisaient depuis l'établissement de la garde impériale, le croyant mort, trament une conspiration, où on met dedans le préfet de police pour renverser l'Empereur. Il apprend ces choses-là ; ça vous le taquine, et il nous dit quand il est parti :

« Adieu, mes enfants ; gardez les postes, je vais revenir. »

Bah ! ses généraux battent la breloque : car, sans lui, ça n'était plus ça. Les maréchaux se disent des sottises, font des bêtises, et c'était naturel. Napoléon, qui était un bon homme, les avait nourris d'or ; ils devenaient gras à lard qu'ils ne voulaient plus marcher. De là sont venus les malheurs, parce qu'il y en a qui sont restés en garnison sans frotter le dos des ennemis derrière le dos desquels ils étaient, tandis qu'on nous poussait vers la France ; mais l'Empereur nous revient avec des conscrits, et de fameux conscrits, dont il changea le moral parfaitement, et en fit des chiens finis, à mordre quiconque. Malgré notre tenue sévère, voilà que tout est contre nous ; mais l'armée fait encore des prodiges de valeur. Pour lors se donnent des batailles de montagnes, peuples contre peuples, à Dresde, Lutzen, Bautzen !

Souvenez-vous de ça, vous autres, parce que c'est là que le Français a été le plus paticulièrement héroïque.

Nous triomphons toujours ; mais, sur les derrières, ne voilà-t-il pas les Anglais qui font révolter les peuples en leur disant des bêtises. Enfin on se fait jour à travers ces meutes de nations. Partout où l'Empereur paraît, nous débouchons ; parce que, sur terre comme sur mer, là où il disait: « Je veux passer ! » nous passions. Fin finale, nous sommes en France, et il y a plus d'un pauvre fantassin à qui, malgré la dureté du temps, l'air du pays a remis l'âme dans un état satisfaisant. Moi, je puis dire, en mon particulier, que ça m'a rafrafraîchi la vie. Mais à cette heure il s'agit de défendre la France, la patrie, la belle France, enfin ! contre toute l'Europe, qui nous en voulait d'avoir tenté de faire la loi aux Russes, en les poussant dans leurs limites pour qu'ils ne nous mageassent pas, comme c'est l'habitude du nord qui est friand du midi, chose que j'ai entendu dire à plusieurs généraux. Alors l'Empereur voit son beau-père, ses amis qu'il avait assis rois, et ceux auxquels il avait rendu leurs trônes, tous contre lui. Enfin, même des Français et des alliés, qui se tournaient, par ordre supérieur, contre nous dans nos rangs ; comme à la bataille de Leipsick. N'est-ce pas des horreurs dont de simples soldats seraient peu capables ! Ça manquait à sa parole trois fois par jour, et ça se disait des princes ! Alors l'invasion se fait. Partout où notre Empereur montre sa face de lion, l'ennemi recule ; et il a fait dans ce temps-là plus de prodiges en défendant la France qu'il n'en avait fait pour conquérir l'Italie, l'Orient, l'Espagne, l'Europe et la Russie. Pour lors, il veut enterrer tous les étrangers, pour leur apprendre à respecter la France ; et les laisse venir sous Paris, pour les avaler d'un coup, et s'élever au dernier degré du génie par une bataille plus grande que toutes les autres, une mère bataille, enfin ! mais les Parisiens ont peur pour leur peau et pour leur boutique de deux sous ; ils ouvrent leurs portes. Voilà les ragusades qui commencent, l'impératrice qu'on embête, et le drapeau blanc qu'on met aux fenêtres. Enfin ses généraux, qu'il avait fait ses meilleurs amis, l'abandonnent pour les Bourbons, dont jamais ils n'avaient entendu parler. Alors il nous dit adieu à Fontainebleau.

« Soldats !...... »

Je l'entends encore ; nous pleurions tous comme des enfants. Les aigles, les drapeaux étaient inclinés comme pour un enterrement ; car, on peut vous le dire, c'étaient les funérailles de l'empire, et ses armées pimpantes n'étaient plus que des squelettes de soldats. Donc, il nous dit au perron de son château :

« Soldats, nous sommes vaincus par la trahison ; mais nous nous reverrons dans le ciel, la patrie des braves. Défendez mon enfant que je vous confie. Vive Napoléon II ! »

Il avait idée de mourir ; et pour ne pas laisser voir Napoléon vaincu, prend du poison de quoi tuer un régiment, parce que, comme Jésus-Christ avant sa passion, il se croyait abandonné de Dieu et de son talisman ; mais le poison ne lui fait

rien du tout. Autre chose, il se reconnaît immortel. Sûr de
son affaire, et d'être toujours empereur, il va dans une île
pendant quelque temps étudier le tempéramment de ceux-ci,
qui ne manquent pas de faire des bêtises sans fin. Alors il
s'embarque sur la même coquille de noix d'Égypte, passe à
la barbe des vaisseaux anglais, met le pied sur la France, la
France le reconnaît, le coucou s'envole de clocher en clocher,
toute la France crie: Vive l'Empereur! Et par ici l'enthousiasme pour cette merveille des siècles a été solide. Le
Dauphiné s'est très-bien conduit. Et j'ai été particulièrement
satisfait de savoir qu'on y pleurait de joie en revoyant sa re-
dingote grise. Le premier mars, Napoléon débarque avec deux
cents hommes pour conquérir le royaume de France et de
Navarre; et il était le 20 mars à Paris, redevenu l'empire
français, ayant tout balayé, repris sa chère France, et ramassé
ses troupiers en leur disant deux mots: « Me voilà! »

C'est le plus grand miracle qu'a fait Dieu! Avant lui, jamais
un homme avait-il pris d'empire rien qu'en montrant son chapeau? L'on croyait la France abattue? Du tout. A la vue de
l'aigle, une armée nationale se refait, et nous marchons tous à
Waterloo. Pour lors la garde meurt d'un seul coup, et Napoléon, au désespoir, se jette trois fois au devant des canons ennemis à la tête du reste, sans trouver la mort!

Nous avons vu ça, nous autres, voilà la bataille perdue.
Le soir, l'Empereur appelle ses vieux soldats, brûle dans un
champ plein de notre sang ses drapeaux et ses aigles; ces pauvres aigles, toujours victorieuses, qui criaient dans les batailles:
En avant! et qui avaient volé sur toute l'Europe, elles furent
sauvées de l'infamie d'être à l'ennemi. Les trésors de l'Angleterre ne pourraient pas seulement lui donner la queue d'une
aigle. Plus d'aigles. Le reste est connu. L'*homme rouge* passe
aux Bourbons; La France est écrasée, le soldat n'est plus
rien, on le prive de son dû, on le renvoie chez lui pour prendre à sa place des nobles qui ne pouvaient plus marcher, que
ça faisait pitié. L'on s'empare de Napoléon par trahison; les
Anglais le clouent dans une île déserte de la grande mer, sur

un rocher élevé de dix mille pieds au-dessus du monde.

Fin finale, il est obligé de rester là, jusqu'à ce que l'*homme rouge* lui rende son pouvoir, pour le bonheur de la France. Ceux-ci disent qu'il est mort! Eh bien oui, mort; on voit bien qu'ils ne le connaissent pas. Ils répètent c'te bourde-là pour attraper le peuple et le faire tenir tranquille dans leur baraque de gouvernement. Écoutez! La vérité de tout est que ses amis l'ont laissé seul dans ce désert pour satisfaire une prophétie faite sur lui: car j'ai oublié de vous apprendre que son nom de Napoléon veut dire le *lion du désert*.

Et voilà ce qui est vrai comme l'Évangile. Toutes les autres choses que vous entendrez dire sur l'Empereur sont des bêtises qui n'ont pas forme humaine. Parce que, voyez-vous, ce n'est pas à l'enfant d'une femme que Dieu aurait donné le droit de tracer son nom en rouge comme il l'a écrit sur la terre, qui s'en souviendra toujours. Vive Napoléon, père du peuple et des soldats!

— Vive le général Eblé! cria le pontonnier.

— Comment avez-vous fait pour ne pas mourir dans le ravin de la Moskowa! dit une paysanne.

— Est-ce que je sais?....... Nous y sommes entrés un régiment, nous n'y étions debout que cent grenadiers, parce qu'il n'y avait que des fantassins capables de le prendre. L'infanterie, voyez-vous, c'est tout à l'armée!.....

— Fischtre! et la cavalerie, donc! s'écria Genestas, en se laissant couler du haut du foin, et apparaissant avec une rapidité qui fit jeter un cri d'effroi aux plus courageux. Hé, mon ancien, tu oublies les lanciers rouges de Poniatowski, les cuirassiers, les dragons, tout le tremblement! Quand Napoléon, impatient de ne pas voir avancer sa bataille vers la conclusion de la victoire, disait à Murat: « Sire, coupez-moi ça en en deux!....... » Alors là-dessus nous partions d'abord au trot, puis au galop. *Une, deux!* l'armée ennemie était fendue en deux comme une pomme avec un couteau. Une charge de cavalerie, mon vieux, mais c'est une colonne de boulets de canon!.....

— Et les pontonniers ? cria le sourd.

— Ah ! ça, mes enfants, reprit Genestas, tout honteux de sa sortie, en se voyant au milieu d'un cercle silencieux et stupéfait, il n'y a pas d'agents provocateurs ici ! Tenez, voilà pour boire à l'honneur de la France et de *lui*.

— Vive l'Empereur ! crièrent d'une seule voix les gens de la veillée.

— Chut ! enfants ! dit l'officier en s'efforçant de cacher sa profonde douleur. Chut, *il est mort*, en disant : « Gloire, France, bataille ! » Mes enfants, il a dû mourir, lui, mais sa mémoire !.... jamais.

Goguelat fit un signe d'incrédulité ; puis il dit tous bas à ses voisins :

— L'officier est encore au service, et c'est leur consigne de dire au peuple que l'Empereur est mort. Faut pas lui en vouloir, parce que, voyez-vous, un soldat ne connaît que sa consigne !...

En sortant de la grange, Genestas entendit la Fosseuse qui disait :

— Cet officier-là, voyez-vous, est un ami de l'Empereur et de M. Benassis.

Alors tous les gens de la veillée se précipitèrent à la porte, pour le voir encore à la lueur de la lune, et ils l'aperçurent prenant le bras du médecin.

— J'ai fait des bêtises, dit Genestas. Rentrons vite ! Ces aigles, ces canons, ces campagnes, je ne savais plus où j'étais.

— Hé bien, que dites-vous de mon Goguelat, lui demanda Benassis.

— Monsieur, avec des récits comme celui-là, la France aura toujours dans le ventre les quatorze armées de la république, et pourra parfaitement soutenir une petite conversation à coups de canon avec l'Europe !......

En peu de temps, ils atteignirent le logis de M. Benassis, et se trouvèrent bientôt tous deux, seuls, pensifs, de chaque côté de la cheminée du salon, où le foyer mourant jetait encore quelques étincelles.　　　　　　　　　DE BALZAC.

Extrait du Bon-Sens.

L'IMPÉRATRICE EUGÉNIE.

BANQUET DES ANCIENS OFFICIERS
DE L'EMPIRE.

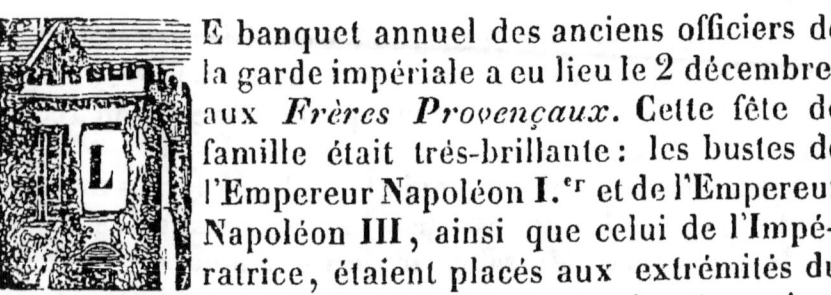

E banquet annuel des anciens officiers de la garde impériale a eu lieu le 2 décembre, aux *Frères Provençaux*. Cette fête de famille était très-brillante : les bustes de l'Empereur Napoléon I.er et de l'Empereur Napoléon III, ainsi que celui de l'Impératrice, étaient placés aux extrémités du salon, entourés de trophées militaires qui présentaient un aspect magnifique. Un grand nombre d'officiers généraux et supérieurs avaient répondu à l'appel des commissaires. La séance était présidée par S. Exc. M. le maréchal Magnan.

MM. les généraux de division Foucher, Aupick, sénateurs ; Lafontaine ; M. le comte Lemercier, le baron de Bourgoing, sénateurs ; les colonels Josnard, Delaborde, Langlois, Jemanouski, et plusieurs officiers de tous grades assistaient à cette réunion de famille, où la plus grande cordialité n'a cessé de régner ; chacun était heureux de revoir un frère d'armes et de resserrer les liens d'une vieille camaraderie.

Au dessert, le premier toast, à la mémoire de l'Empereur Napoléon I.er et à la santé de Napoléon III, a été porté par S. Exc. M. le maréchal Magnan, président, qui s'est exprimé en ces termes :

« Messieurs et chers camarades,

» J'ai l'honneur de vous proposer un toast à la mémoire de l'Empereur Napoléon I.er, au grand homme, l'orgueil et la gloire de la France !

» A la santé de l'Empereur Napoléon III, au prince qui, par son courage et sa sagesse, assurera le bonheur de la France, unique vœu de sa grande âme.

» De même que l'oncle et le neveu ont le même culte dans nos cœurs, confondons aujourd'hui nos regrets et nos espérances. »

Ce toast a été accueilli aux cris répétés de *A Napoléon I.er ! à Napoléon III ! Vive l'Empereur !*

Le général de division Lafontaine a pris la parole et dit :

« Messieurs,

» M. le maréchal Magnan a bien voulu me laisser le soin de compléter son toast en portant celui de l'Impératrice, notre belle et gracieuse souveraine. J'ai l'honneur de vous proposer la santé de S. M. l'Impératrice.

» Puissent Leurs Majestés régner et vivre longtemps pour leur gloire et le bonheur de la France.

« *Vive l'Impératrice !* »

Ce toast a été accueilli très-vivement par l'assemblée, qui a répété plusieurs fois : *Vive l'Empereur ! Vive l'Impératrice !*

Un toast a été porté par le général de division Foucher : A l'armée, à nos braves camarades !

« *Vive l'armée !* »

Un dernier toast a été porté par M. le général de division Aupick, qui s'est exprimé ainsi :

« Messieurs,

» D'autres auraient été plus dignes que moi, par la durée de leurs services dans la garde, de l'honneur de porter un toast à la mémoire de nos camarades. Toutefois, fort de sentiments gravés dans mon cœur, je l'accepte.

» Donc, Messieurs, à la mémoire de nos camarades, morts au champ d'honneur ; à la mémoire de ceux qui, épargnés par le fer et le feu de l'ennemi, ont terminé au foyer domestique leur carrière si riche de nobles souvenirs ; comme toujours, cette année, la liste s'en est accrue ; je ne citerai que le brave général Blancard et l'indomptable maréchal Excelmans. Ce sont des noms qu'on ne saurais oublier. Reportez, Messieurs, à ceux que je ne saurais citer, la part qui leur revient de nos justes regrets; tous ont bien mérité de la patrie. Au gré de leur chef immortel, tour à tour impassibles ou impétueux sous le feu de l'ennemi, ils triomphaient sans jactance, ils n'abusaient pas de la victoire.

» Quand la fortune leur devint contraire, quand, en dépit des plus merveilleuses conceptions du génie de la guerre, il leur fallut ployer sous les coups incessants de l'adversité, on les vit debout, l'arme haute, tant qu'il leur fut permis de combattre pour l'indépendance nationale, et lorsque le destin eut enfin prononcé, d'intrépides soldats qu'ils étaient, ils se firent paisibles citoyens, donnant ainsi l'exemple de la soumission aux lois; plus grands peut-être dans cette noble abnégation de leurs instincts guerriers, dans ce dernier sacrifice fait à la patrie, oui, plus grands qu'ils ne l'avaient jamais été au jour de leurs plus beaux triomphes.

» Honneur, Messieurs, honneur à ces hommes braves, toujours dignes de notre belle et valeureuse France, toujours et partout dignes du grand Empereur!

» Il les connaissait bien, il était digne de se faire l'interprète de leur noble cœur, le soldat intrépide qui, au jour d'un affreux désastre, qui ne fut pas sans gloire, répondait aux sommations hautaines d'un ennemi qu'enivrait sa victoire:

» La garde meurt et ne se rend pas !

» A leur mémoire, Messieurs ! »

Ce toast a été écouté avec un silence religieux; il rappelait d'anciens frères d'armes enlevés trop tôt à l'affection de leurs camarades.

Une quête a été faite pour soulager l'infortune de vieux soldats de la garde. Le produit en a été remis à M. Chouveroux, secrétaire-trésorier.

On s'est séparé en se donnant rendez-vous pour l'année prochaine aux *Frères Provençaux*.

Puisse cette noble association n'avoir pas de nouvelles pertes à déplorer ! CHOUVEROUX.

(*Extrait du Moniteur de l'Armée.*)

Chaloupes canonnières.

O N entend, en marine, par *chaloupes canonnières*, ou plus généralement par *canonnières* (en anglais *gun boat*), de petits navires dont le caractère saillant est de *caler* très-peu et de porter, comme armement, un petit nombre de bouches à feu, à âme longue, d'une grande puissance. Elles sont particulièrement destinées au service des côtes, à protéger certaines rades, les convois, le cabotage; elles servent comme *bâtiments de flottille* dans les descentes et les débarquements de troupes sur une côte ennemie; elles peuvent jouer un rôle très-actif dans le bombardement de certaines places maritimes. Devant aller à la voile, elles sont gréées en brigantin, chasse-marée, lougre ou cutter, suivant leur destination plus spéciale, les dimensions, les formes plus ou moins fines, plus ou moins renflées qui en résultent, et aussi suivant la différence des climats. Quelle que soit leur voilure, elles sont généralement susceptibles d'aller à l'aviron, et sont armées et équipées en conséquence. Elles sont à fonds plats, pour pouvoir s'échouer en arrivant sur une plage et se déchouer aisément au départ. Réunies en flottille, les canonnières constituent une sorte de force navale qui peut merveilleusement s'approprier à la défense et à l'attaque dans une mer étroite et peu profonde. Telle est la mer Baltique, semée d'îlots et de récifs, entre lesquels s'allongent des canaux inaccessibles à des navires d'un fort tonnage. Aussi les canonnières jouissent-elles d'une grande faveur et sont elles devenues l'objet de soins particuliers et d'armements considérables chez les puissances riveraines de cette mer si peu profonde et si bizarrement accidentée. Ainsi, les relevés officiels relatifs au commencement de l'année 1854 nous montrent la Suède possédant 250 chaloupes canonnières ; la Norwège, 136 ; au total, 386 pour Suède et Norwège ; le Danemarck, 42 ; la Russie, 130 environ, nombre qui doit maintenant s'élever à 200 et plus, par suite de la mise en réquisition par le czar et de l'appropriation à ce genre de service d'un certain nombre d'embarcations appartenant pour la plupart au *Yacht-Club de la Neva*. Les chaloupes canonnières suédoises, les seules dont il sera question dans cet article, sont de plusieurs espèces. Les chaloupes ordinaires portent à l'avant un gros obusier en fonte de fer du calibre suédois de 72 (à peu près l'obusier de 80 n.° 1 de la marine française, ou, pour parler plus exactement, un obusier du calibre français de 84 environ) ; à l'arrière, un canon en fer du calibre suédois de 24 (à peu près le 30 n.° 1 français, ou, mieux, un canon du calibre français de 29) ; sur les flancs, 4 petits canons du calibre suédois de 3 ou 4 (calibre français, de 4 et de 5 environ). Les affûts des deux pièces placées à la proue et à la poupe sont montés sur des châssis relevés de l'avant à l'arrière sous une inclinaison d'environ 7° avec l'horizon, tant pour limiter le recul que pour faciliter la mise en batterie. En laissant reposer la queue du châssis sur la quille, on peut se servir de l'obusier de 72 en guise de mortier pour lancer les obus *en bombes*, sous des angles de 23 à 30° au-dessus de l'horizon, circonstance qui permet de tirer un utile parti de ces chaloupes dans les débordements. Quand les chaloupes doivent faire de longues courses ou qu'il y a de la mer, on démonte les deux pièces extrêmes, on les descend au milieu du bâtiment sur la quille même, et l'on peut alors, au moyen d'écoutilles préparées à l'avance, ponter l'avant et l'arrière de la chaloupe. D'autres espèces de chaloupes, dites de débarquement, portent à l'arrière, au lieu du canon de 24, 2 canons de plus petit calibre, équivalant à peu près au 12 n.° 1 de la marine française, et destinés, lors des descentes, à être débarqués, comme pièces de campagne, pour appuyer des troupes ou armer des ouvrages de fortification. Il paraît que l'installation pour transformer les pièces de mer en canons destinés à agir sur terre, est très-ingénieuse : cinq minutes après l'accostage, les deux bouches à feu sont à terre, prêtes à commencer le feu. Bien que ces canonnières, ainsi équipées et chargées, ne calent pas généralement plus de cinq pieds d'eau sous quille, elles sont cependant encore trop grandes pour pouvoir pénétrer dans tous les canaux de cette mer si peu profonde. On s'est donc vu forcé d'en avoir d'autres plus petites, ne dépassant pas 3 pieds de tirant d'eau et ne portant qu'un seul canon du calibre suédois de 24, et un ou deux petits canons des calibres de 2 ou de 3. Les bâtiments de cette sorte peuvent passer partout. On a construit en Norwège, il y a quelques années, des chaloupes canonnières armées seulement d'une bouche à feu de gros calibre, et compensant cette infériorité d'armement par plus de qualités nautiques et par des dispositions plus efficaces pour la protection de la carène contre le boulet ennemi. La bouche à feu unique qui, dans la canonnière norwégienne, remplace ainsi l'obusier suédois de 72 et le canon suédois de 24 des canonnières ordinaires, est un canon répondant à peu près au calibre français de 60. Les canonnières suédoises composent une flottille régie par une organisation qui semble empruntée aux pratiques de l'armée de terre, et que justifie le grand nombre d'éléments qui constitue cette espèce de force navale. La flotille se compose d'un certain nombre de bataillons; 12 chaloupes forment 1 bataillon, sous le commandement supérieur d'un capitaine de vaisseau; le bataillon comprend 2 divisions, chacune comptant 6 chaloupes, et commandée par un lieutenant de vaisseau de 1.re classe; la division est composée de 3 pelotons de 2 chaloupes; chaque peloton est commandé par un lieutenant de vaisseau de 2.e classe, où, à défaut, par un enseigne. Chaque bataillon a pour escorte 1 ou 2 bateaux à vapeur, à titre de remorqueurs et d'avisos; 1 goëlette servant de résidence au commandant du bataillon, et 1 ou 2 cutters. Il doit y avoir, par bataillon, 4 chaloupes de débarquement; ce qui donne, par bataillon, une force de 8 bouches à feu susceptibles d'être débarquées et d'opérer sur terre comme pièces de campagne; 4 bataillons de flottille forment 1 brigade, etc., etc. Une grande chaloupe est montée par 60 hommes d'équipage; une petite par 25. Formées en ligne de bataille, les canonnières marchent à l'aviron. Destinées également à aller à la voile, elles sont armées, à cet effet, de mâts à bascule et gréées en lougre. Il est vrai d'ajouter que celles construites sur les anciens modèles ne peuvent louvoyer qu'avec peine; mais toutes celles que l'on construit actuellement en Suède, d'après les modèles récemment adoptés en Danemarck et en Norwège, se distinguent par les formes plus fines de leur carène, qui les rendent susceptibles de courir assez bien la bordée. En cas de longues courses, ou s'il faut promptement se porter sur un point, les bateaux à vapeur remorquent les chaloupes.

(Moniteur de la Flotte).

VIE MILITAIRE
DE QUELQUES BRAVES.

Léon AUNE.

Éon AUNE, et non Anne, né en 1774, à Aix (Bouches du Rhône), entra au service en 1792 dans le 11.e régiment d'infanterie, et fut incorporé en l'an IV à la 32.e demi-brigade de ligne, appelée *la brave* dans les bulletins des victoires du général en chef Bonaparte. Il fit toutes les campagnes de la République et se distingua constamment par son intrépidité. A Montenotte, il sauva la vie au général Rampon et au chef de brigade Masse ; à Dego, il enleva un drapeau à l'ennemi ; à Lodi, il monta le premier à l'assaut et ouvrit les portes de la place à ses frères d'armes ; il fut encore le premier à passer la rivière sur des poutres au combat de Borghetto, où il fondit sur un détachement ennemi et s'empara du commandant. Fait prisonnier à son tour quelques jours après et transporté, couvert de cinq blessures, dans un hôpital, il tua le commandant du poste préposé à la garde de cet établissement, fit mettre bas les armes aux hommes qui le composaient, et délivra, par cette action hardie, quatre cents prisonniers français blessés. Sa bravoure lui valut l'un des cent sabres d'honneur qui furent distribués à l'armée d'Italie, où tous les soldats étaient d'accord, ainsi que le lui écrivit le Premier Consul, que c'était lui qui le méritait le mieux.

Nommé sous-lieutenant à la 32.e demi-brigade le 1.er nivôse an VIII, il passa deux mois après dans les grenadiers de la garde des consuls en qualité de lieutenant en second, fut promu au grade de lieutenant en 1.er le 11 frimaire an XI, et mourut à Paris le 4 ventôse suivant, des suites de ses nombreuses blessures, à l'âge de vingt-six ans.

Le Premier Consul honora la mémoire de Léon Aune en le comprenant, bien qu'il fut mort, parmi les légionnaires de droit de la promotion du 1.er vendémiaire an XII, et en le portant sur la liste des officiers de la Légion d'Honneur qui furent nommés le 25 prairial de la même année. Le conseil municipal de sa ville natale lui avait déjà, de son côté, témoigné son admiration en arrêtant, par acclamation et à l'unanimité des suffrages, le 29 pluviôse, an IX, que les exploits de ce vaillant soldat, retracés par la peinture, décoreraient la grande salle de l'hôtel-de-ville, et que les tableaux porteraient cette inscription: *A Léon Aune, la commune d'Aix reconnaissante.*

(Extrait du Moniteur de l'armée).

BESSIÈRES (Jean-Baptiste).

BESSIÈRES (Jean-Baptiste), duc d'Istrie, maréchal d'Empire, colonel-général de la cavalerie de la garde impériale, grand-aigle et chef de la 3e cohorte de la Légion-d'Honneur, commandeur de la Couronne de fer, grand'croix des ordres du Christ de Portugal, de Saint-Henri de Saxe, de l'Aigle d'or de Wurtemberg, de Saint-Léopold d'Autriche, etc.

Le maréchal Bessières naquit à Prayssac (Lot), le 6 août 1768, en décembre 1791 il fut désigné par le département du Lot pour servir dans la garde constitutionnelle de Louis XVI. Le 1.er nov. 1792, il entra, en qualité d'adjudant-sous-officier dans les chasseurs à cheval de la légion des Pyrénées, et parvint successivement au grade de capitaine dans le 22.^e

régiment de chasseurs à cheval. Il se fit remarquer dans toutes les affaires de l'armée de la Moselle, en 1795, et passa, avec une réputation de bravoure justement méritée, à celle d'Italie, en 1796. Il eut bientôt occasion de justifier la haute opinion que l'on avait de son courage. Une action très-brillante, devant Cremone, le fit remarquer du général en chef, qui lui confia l'organisation et le commandement de sa compagnie des guides, qui forma plus tard le régiment des chasseurs à cheval de la garde consulaire. Le 24 novembre de la même année, il se signala à Roveredo, où, avec six de ses guides, il enleva deux pièces de canon aux Autrichiens et tua tous les canonniers qui voulaient les défendre, et aux batailles de la Favorite et de Rivoli. Sa belle conduite lui valut le grade de chef d'escadron. Choisi par le général Bonaparte pour apporter à Paris des drapeaux conquis sur les Autrichiens, le Directoire accueillit de la manière la plus honorable le jeune guerrier chargé de les lui remettre. — Colonel des guides pendant l'expédition d'Égypte, Bessières fit des prodiges de valeur à Saint-Jean-d'Acre, à la bataille d'Aboukir, revint en France avec Bonaparte, seconda ses projets au 18 brumaire, et fut compris quelques jours après dans la nouvelle organisation de l'armé d'Italie. Il conserva toutefois le commandement des guides à cheval de la garde consulaire ; et c'est à Marengo que le général Bessières, *jaloux de donner à la troupe d'élite qu'il commande l'honneur de donner la dernière charge, s'élance sur l'ennemi, le fait plier, et détermine sa retraite générale en portant le trouble et l'effroi dans ses rangs.* (Rapport du maréchal Berthier.) Pour prix de ses services, Bessières fut élevé au grade de général de brigade, le 29 messidor an VIII (18 juillet 1800), et eut le commandement en chef de la garde consulaire, avec laquelle il servit avec beaucoup de distinction pendant la fin de la campagne de 1800 et les campagnes de 1801 et 1802. Le gouvernement consulaire le nomma général de division, le 13 septembre de cette dernière année. A l'époque de son avénement au trône, Napoléon le créa maréchal d'Empire, le 19 mai 1804, grand-

officier et chef de la 5.ᵉ cohorte de la Légion-d'Honneur, le
14 juin suivant, et enfin grand-aigle, le 2 février 1805. Ce
fut pendant le cours de la mémorable campagne d'Austerlitz
que le maréchal Bessières donna les preuves les plus éclatantes
de sa rare intrépidité et de ses talens. En avant de Brünn, sur
la route d'Olmutz, il attaqua avec impétuosité 6,000 cavaliers
russes, qui formaient l'arrière-garde de Kutusow, les culbuta,
les mit en déroute, força le centre de l'armée ennemie et lui
enleva 27 pièces de canon. Il se couvrit de gloire à Austerlitz,
combattit avec valeur à Iéna, contribua puissamment au succès
de la bataille de Friedland, et décida celle d'Eylau, en exécutant une charge savante sur le flanc droit de l'armée russe,
où 20,000 hommes d'infanterie furent forcés d'abandonner
leur artillerie.

En 1808, le maréchal Bessières reçut le commandement
du corps d'armée qui occupait la province de Salamanque, en
Espagne. Après avoir établi son quartier-général à Burgos, il
apprit que le général Cuesta, qui avait organisé une armée
régulière de 40,000 hommes, menaçait de se porter sur Valladolid et sur Burgos, pour couper les communications de
Madrid avec la France. Quoique le maréchal n'eût alors avec
lui que 13 ou 14,000 hommes de troupes disponibles, il n'hé-
sita point à marcher au-devant des forces ennemies, dont il
était urgent d'arrêter les progrès. L'armée de Cuesta était ran-
gée en bataille sur les hauteurs qui dominent la ville de Medina-
del-Rio-Secco, et défendue par 40 pièces d'artillerie. Le
maréchal fit aussitôt ses dispositions pour le combat. Le général
Mouton commença l'attaque; l'action devint bientôt générale,
et les Espagnols furent mis dans une déroute complète après
six heures de combat. Ils laissèrent 8 à 900 hommes sur le
champ de bataille, près de 6,000 prisonniers, leurs bagages,
leur artillerie et leurs munitions. Le maréchal mit le comble
à sa gloire dans cette grande journée militaire, dont il avait
assuré le succès par l'habileté de ses manœuvres, en préservant
des horreurs du pillage une ville qui venait d'être enlevée de
vive force. Il poursuivit l'ennemi sur Benavente, Astorga et

Léon, où il prit 1 million de cartouches, 10,000 fusils et 50 milliers de poudre. On rapporte qu'en apprenant la victoire de Medina, Napoléon s'écria, dans un premier mouvement de joie : *C'est une seconde bataille de Villa-Viciosa* [1] *; Bessières a mis mon frère Joseph sur le trône d'Espagne.* Le zèle, l'activité sans bornes du maréchal ne se démentirent pas un seul instant à la fin de cette campagne (1808); il montra partout la même valeur : à la bataille de Burgos, au combat de Somosierra, à celui de Guadalaxara. Nommé duc d'Istrie au commencement de 1809, il fut appelé à la grande armée d'Allemagne pour y commander un corps de réserve de grosse cavalerie de la Garde. Chargé par Napoléon, à la bataille d'Essling, d'opérer une diversion aux attaques que l'ennemi dirigeait contre le corps du maréchal Masséna, dont le centre était à peu près dégarni de troupes, le duc d'Istrie s'y porta rapidement avec toute sa cavalerie, attaqua le général autrichien Hohenzollern, rompit, refoula sa division, et le mit dans une déroute complète. A Wagram, il exécuta de brillantes charges sur les flancs des redoutables colonnes commandées par l'archiduc Charles. Au milieu d'une charge, un boulet le renversa de cheval. *Bessières*, lui dit l'Empereur, *voilà un beau boulet : il a fait pleurer ma garde.* En effet, lorsque ces braves virent tomber un chef qu'ils adoraient, ils versèrent des larmes, et ce tribut de la valeur honora presque autant ceux qui le donnèrent que celui qui en était l'objet. Lors de la cessation des hostilités entre la France et l'Autriche, le duc d'Istrie remplaça le prince de Ponte-Corvo (Bernadotte) dans le commandement de l'armée du Nord, destinée à reconquérir Flessingue sur les Anglais. La reddition de cette place devint bientôt le prix de sa sagesse et de ses combinaisons et de son habileté. Cependant la gravité des événements qui se pressaient en Espagne nécessitaient la présence du ma-

---

[1] Bataille gagnée, en 1710, par le duc de Vendôme sur l'armée de l'archiduc, compétiteur de Philippe V, et qui affermit l'arrière-petit-fils de Louis XIV sur le trône d'Espagne.

réchal dans un pays où il avait laissé de nobles et touchants souvenirs. Il s'y rendit, en 1811, comme gouverneur de la Vieille-Castille et du royaume de Léon. Les habitants de ces contrées virent son retour avec la plus vive satisfaction. Ils n'avaient pas oublié son administration paternelle, la bonté, la générosité de son cœur, et la fermeté dont il savait s'armer au besoin pour imposer aux factions, réprimer les désordres et maintenir les rigueurs salutaires de la discipline. Lorsque l'armée anglaise s'approcha du pays soumis à son commandement, le duc d'Istrie seconda les efforts du maréchal Masséna pour la repousser, assista à la bataille de Fuente d'Onoro, et finit par demander son rappel, après s'être vainement efforcé d'obtenir des résultats plus heureux que ses prédécesseurs. En 1812, le maréchal fit la campagne de Russie comme commandant en chef de la cavalerie de la Garde. Pendant la désastreuse retraite de Moscou, la fortune lui offrit une nouvelle occasion de signaler le courage et le dévoûment dont il avait déjà donné tant de preuves éclatantes. Pendant que l'armée française se battait à Maloiaroslawetz, 8,000 Cosaques, commandés par l'hetman Platow, fondirent sur le quartier-général de l'Empereur, établi à Gorodnia, et enlevèrent 6 pièces d'artillerie parquées en arrière de ce village. Bessières accourut au galop, chargea vigoureusement à la tête de sa cavalerie, culbuta les Cosaques, leur tua 600 hommes, et reprit les 6 pièces de canon dont ils s'étaient emparés ! En 1813, à l'ouverture de la campagne de Saxe, le duc d'Istrie commandait en chef toute la cavalerie de l'armée. Le 1.er mai, la veille de la bataille de Lutzen, le maréchal s'était porté à la tête de nos tirailleurs pour reconnaître la plaine et attaquer le défilé de Rippach. Au moment où ce défilé était emporté, le premier boulet parti ce jour là des batteries ennemies lui coupa le poignet, lui perça la poitrine, et l'étendit raide mort [1].

Ce ne fut qu'après l'importante victoire du lendemain que

---

[1] Voici ce que dit **M.** Baudus, ancien aide-camp du duc d'Istrie, dans ses *études sur Napoléon*, de la mort du maréchal Bessières :

l'on se crut obligé d'annoncer sa mort à l'armée, tant était vif et profond l'amour que lui portait le soldat. Douloureusement

« 1.er mai 1813.

» On parle souvent des pressentiments dont quelques militaires ont été favorisés sur l'époque précise de leur fin; les dernières heures de la vie du maréchal Bessières offrent, sous ce rapport, des circonstances bien remarquables.

» Le 30 avril 1813, le quartier-général impérial passa la nuit à Wessenfelz. Le maréchal, qui commandait toute la cavalerie, y coucha également. Déjeûnant seul avec lui, le lendemain au matin, je le trouvai triste, et fus longtemps sans pouvoir lui faire accepter un seul des mets que je lui offrais; il répondait constamment qu'il n'avait pas faim. Je lui fis observer que nos vedettes et celles de l'ennemi étaient en présence, et que nous devions nous attendre par conséquent à une affaire sérieuse qui ne nous permettrait probablement de rien prendre dans la journée. Le maréchal finit par céder à mes instances, et prononça ces paroles singulières : « Au fait, si un boulet de canon doit m'enlever ce matin, je ne veux pas qu'il me prenne à jeûn ! »

» En sortant de table, le maréchal me donna la clé de son portefeuille, et me dit : « Faites-moi le plaisir de chercher les lettres de ma femme. » Je les lui remis. Il les prit et les jeta au feu. Jusques-là le maréchal les avait toujours soigneusement conservées. M.me la duchesse d'Istrie me l'a assuré depuis, en ajoutant que le maréchal, en la quittant, avait dit à plusieurs personnes qu'il ne reviendrait pas de cette campagne.

» L'Empereur étant monté à cheval, le maréchal le suivit. Son visage était si pâle et sa phisionomie était empreinte d'une telle tristesse, que j'en fus frappé. Me rappelant les paroles fatales que m'avait adressées le maréchal, je dis à un camarade : « Si nous nous battons aujourd'hui, je crois que le maréchal sera tué. » L'affaire s'engagea. Le duc d'Elchingen ayant envahi le village de Rippach avec son infanterie, le duc d'Istrie s'empressa de reconnaître le défilé dont l'ennemi venait d'être chassé; son but était de le faire traverser aux troupes sous ses ordres. En arrivant sur la hauteur qui domine le village, lorsqu'on en sort par la route de Leipsick, il se trouva en face d'une batterie d'artillerie que l'ennemi venait d'établir pour enfiler la grande route. Le premier boulet qui partit de cette batterie emporta la tête d'un maréchal-des-logis des chevau-légers polonais de la Garde : ce sous-officier affecté d'une perte aussi cruelle, Napoléon écrivit lui-même la lettre suivante à la duchesse d'Istrie : « Ma cousine, votre mari

faisait depuis plusieurs années le service d'ordonnance auprès du maréchal Bessières. Cette perte affligea le duc d'Istrie, qui s'éloigna au galop. Cependant, après avoir examiné quelques instants la position des Prussiens, il revint, accompagné du capitaine Bourjoly, de son mameluck Mizza et de quelques ordonnances, et dit, en s'approchant du cadavre: « Je veux qu'on fasse enterrer ce jeune homme ; d'ailleurs, l'Empereur serait mécontent de voir un sous-officier de sa garde tué dans ce lieu : car, si ce poste était repris, la vue de cet uniforme persuaderait à l'ennemi que la Garde a donné. »

» Un boulet, lancé par la même batterie, l'étendit raide mort à l'instant où il prononçait ces paroles.

« Le maréchal remettait sa lunette dans sa poche. Il eut la main gauche, qui tenait les rênes, entièrement fracassée ; le corps traversé et le coude brisé. Sa montre s'arrêta, quoiqu'elle n'eût pas été touchée: elle marque encore l'heure fatale de la mort du maréchal ; elle n'a jamais été montée depuis.

» Un acte de charité envers un de ses semblables et l'accomplissement de ses devoirs envers son prince et sa patrie, tels furent les sentiments qui occupèrent la dernière heure du maréchal : cette heure dernière est le résumé de sa belle vie.

» Le maréchal Bessières était né dans le département du Lot. Ce département est un de ceux qui ont le mieux mérité de la France, par les hommes de guerre qu'il a produits : le roi de Naples Murat, le maréchal Bessières, les généraux Ambert, Dufour, Dellard, et mille autres officiers, sous-officiers et soldats, prouvèrent à la patrie que les enfants du Lot sont de bonne race. »

(Journal *Le Commerce* du 3 novembre 1839).

Cet extrait donna lieu à la lettre suivante.

« Paris, le 4 novembre 1839.

» Monsieur,

» Je viens de lire, dans votre journal d'hier, quelques circonstances qui ont précédé la mort du maréchal duc d'Istrie (Bessières) ; mais voici comment il a été tué:

» M. le maréchal prince de la Moskowa (Ney), à la tête de son

est mort au champ d'honneur ! La perte que vous faites, vous
et vos enfants, est grande, sans doute, mais la mienne l'est

corps d'armée en marche, venait de tourner, suivi de son état-
major, dont je faisais partie, le village de Rippach, par sa
gauche, et s'était arrêté à la hauteur de ses dernières maisons,
ayant une large plaine en face et couverte de cavalerie étrangère
qui faisait mine de vouloir s'opposer vigoureusement à la conti-
nuation de notre mouvement, lorsque M. le maréchal Bessières,
arrivant près de M. le maréchal Ney, celui-ci lui dit : « Ah ! te
voilà, que viens-tu faire seul ?... Vois !... si ta cavalerie était ici.....
la bonne besogne. — Je viens de l'envoyer chercher, répondit
M. le maréchal Bessières, et elle va venir là, en montrant la
terre avec son doigt. » A ce moment même, une bordée d'artillerie
fut lâchée sur notre groupe, et comme si elle avait fait long feu, un
des derniers coups frappant M. le maréchal Bessières, l'enleva de
dessus son cheval, le jeta de toute sa longueur à terre, en même
temps que son sang et des lambeaux de chairs, dont je fus couvert
en partie, furent projetés de tous côtés. L'ennemi, dont nous étions
très-près, s'ébranla alors pour exécuter une charge, et M. le maréchal Ney, tout en donnant des ordres à ses troupes pour bien en
recevoir le choc, s'écria : « Il ne faut pas le laisser là !....» Aussitôt, comprenant sa pensée, je me précipitai à bas de mon cheval
que j'abandonnai, je m'emparai vite du corps de M. le maréchal
Bessières, et en cherchant un refuge quelconque, j'aperçus une
espèce de ravin vers lequel je me dirigeai, et au fond duquel je
ne parvins qu'en me traînant, me roulant avec mon fardeau que
je ne pouvais porter. Là, ne pouvant plus rien voir, mais entouré
des cris de hourra ! d'en avant ! je saisis mon épée, et soutenant
M. le maréchal dans mon bras gauche, j'attendais avec la résolution
ferme de me défendre, de périr avec mon mourant, plutôt que
de le voir arracher de mes bras et devenir ainsi un trophée pour
l'ennemi. Ce fut M. le maréchal Ney qui parut le premier au
sommet de mon ravin, lequel me demanda avec vivacité comment
était le blessé. « Il a le corps tout déchiré, ses yeux tournent dans
leurs orbites, il balbutie, je ne comprend pas, lui dis-je. —Tenez,
ajouta-t-il, en me jetant une fiole, tâchez de lui en faire avaler
un peu. » J'essayai ; mais les yeux très-mobiles jusqu'alors, se
fixant, je vis les paupières se baisser et elles ne se relevèrent plus.
« Il meurt, m'écriai-je à M. le maréchal Ney, et après un moment
de silence, il me dit : Il faut l'emporter et cacher sa mort.—

davantage encore : le duc d'Istrie est mort de la plus belle mort, et sans souffrir ; il laisse une réputation sans tache ; c'est le plus bel héritage qu'il a pu léguer à ses enfants. Ma protection leur est acquise ; ils héritent aussi de l'affection que je portais à leur père. Trouvez dans toutes ces considérations des motifs de consolation pour alléger vos peines, et ne doutez jamais de mes sentiments pour vous. » Pénétré d'admiration pour les qualités héroïques du duc d'Istrie, le roi de Saxe s'associa généreusement à la douleur de l'armée française, et fit élever un monument au maréchal, à l'endroit même où le coup mortel était venu l'atteindre. Le nom du duc d'Istrie se rattache à tout ce qui s'est fait de grand, de merveilleux dans le temps de nos triomphes. La franchise, sa loyauté, son dé-

Mais il est trop pesant, répliquai-je, je ne puis pas seul. — Je vais vous envoyer quelqu'un, dit-il. » Bientôt des soldats vinrent et m'aidèrent à le porter dans la maison la plus voisine que je remarquai, et qui se trouva être celle d'un tisserand. Là, nous le déposâmes sur un lit. Je lui ôtai son épée, et ne trouvai dans ses poches qu'une montre et un mouchoir ; après quoi je le couvris de la couverture du lit du paysan, et comme j'étais à réfléchir sur ce qui me restait à faire, il se présenta un officier pleurant, à qui je demandai, par rapport à son uniforme, s'il était des officiers de M. le maréchal ; et sur ce qu'il me répondit qu'il était un de ses aides-de-camp, je lui remis l'épée, la montre et le mouchoir. Je retournai ensuite à mon poste auprès de M. le prince de la Moskowa, à qui je rendis compte de ce qui venait de se passer, et après une pause et avec l'accent de la douleur, il prononça ces mots : « C'est notre sort..... C'est une belle mort ! »

» Veuillez, etc.

SAINT-CHARLES,

colonel en retraite, à l'Athénée de Paris, rue de Valois, n.º 2. »

(Journal *Le Commerce* du 6 novembre 1839).

Nous avons pensé qu'on nous saurait gré d'avoir conservé des détails aussi intéressants sur une des plus grandes gloires militaires de l'Empire.

5

voûment chevaleresque le firent distinguer entre tous ses émules de gloire. Disons aussi que, par sa douceur, sa modération, la vigilance de ses soins administratifs, il s'est acquis des droits impérissables à la reconnaissance de tous les peuples où la guerre l'a forcé de porter ses pas. Les villes et les villages d'Espagne, non occupés par nos troupes, en donnèrent d'irrécusables témoignages à la nouvelle de sa mort. On se rappelait encore qu'à son arrivée à Valladolid, le duc d'Istrie avait ouvert les prisons et rendu à la liberté une foule de gens détenus arbitrairement; qu'il avait fait restituer à un grand nombre de familles tous les objets dont elles avaient été injustement dépouillées; que l'argenterie des couvents avait été conservée et déposée par ses ordres dans les autres églises. L'Autriche, la Prusse, la Pologne, furent également témoins de sa bienfaisance et de son désintéressement. A Moscou, pendant que l'incendie dévorait cette ville, une foule de malheureux, exténués de besoin, vinrent chercher un refuge dans son palais au moment où il allait se mettre à table : *Messieurs*, dit-il à son état-major, *allons chercher un dîner ailleurs*, et il abandonna sa table à ces infortunés. Enfin, pendant la retraite de Russie, il sauva la vie à plusieurs personnes, et se chargea d'un enfant dont la mère venait de périr au passage de la Bérésina. Le duc d'Istrie n'a laissé à sa famille qu'un nom illustre; mais pour prix de cette gloire que le père avait si noblement et si chèrement acquise, Louis XVIII créa le fils, encore enfant, pair de France, par une ordonnance du 17 août 1815.

A. AMIC.

Extrait des Fastes de la Légion-d'Honneur.

DECRÈS (Denis).

ECRÈS (Denis), préfet maritime à Lorient, ministre de la marine en 1802, vice-amiral, sénateur, grand-officier et chef de la 10.e cohorte de la Légion-d'Honneur en 1804, inspecteur-général des côtes de la Méditerranée, grand-cordon de la Légion-d'Honneur en 1805, grand-officier de l'Empire en 1806, duc en 1815.

Decrès naquit à Château-Vilain (Haute-Marne), le 18 juin 1761. Des traditions de famille, des études spéciales, un goût prononcé pour le service de la marine, déterminèrent, bien jeune encore, à suivre cette bril-

lante et périlleuse carrière. Il y fut admis comme aspirant,
le 17 avril 1779. Son zèle, son intelligence précoce, le firent
nommer garde de la marine en 1780. Embarqué sur la frégate *le Richemond*, qui faisait partie de l'escadre aux ordres
du comte de Grasse, il se signala dans les divers combats que
cette armée navale eût à soutenir dans la mer des Antilles.
Il donna surtout des preuves d'une rare intrépidité à la journée
du 12 avril 1781. La fortune avait trahi nos efforts, plusieurs
de nos vaisseaux étaient déjà devenus la proie de l'ennemi,
d'autres étaient désemparés ; il ne restait plus de chances de
salut, on allait s'éloigner de ce lieu de désastre, lorsqu'une
bordée brise les mâts du *Glorieux* et l'expose aux plus grands
périls. A l'aspect de l'état de détresse de ce bâtiment, Decrès
jure de le sauver. Il s'élance dans un canot, porte la remorque
d'une frégate au *Glorieux*, et le préserve ainsi d'une ruine
inévitable. Le jeune aspirant fut immédiatement promu au
grade d'enseigne, et se concilia par cet acte de bravoure la
bienveillance et l'affection de ses supérieurs. L'année suivante,
il se fit remarquer au combat où deux de nos frégates s'em-
parèrent du vaisseau anglais *l'Argo*. Ses talents, ses services,
les missions dont il s'était acquitté avec autant de zèle que de
succès, lui valurent, le 25 mars 1786, le grade de lieutenant
de vaisseau. Embarqué bientôt après sous les ordres de M. Ker-
saint, pour aller constater la réalité des lacs de bitume de la
Trinité espagnole, Decrès envoya au maréchal de Castries,
alors ministre de la marine, le journal des opérations relatives
à cette exploration. De retour en France ; au moment où la révolution venait d'éclater, il reçut presque aussitôt l'ordre de se
rendre à Brest, où il passa sur *le Cybèle* comme major de la division que M. de Saint-Félix conduisait dans les mers de l'Inde.
Le 6 février 1792, l'escadre, croisant en vue de la côte de
Malabar, s'aperçoit qu'un bâtiment de commerce français,
capturé par les Marattes, étaient amariné sous la protection
du fort Coulabo. Decrès propose à l'amiral de l'enlever à
l'abordage; il arme 3 canots de la frégate, part à la nuit
tombante, se dirige vers le bâtiment, s'élance à bord avec ses

marins, tue ou jette à la mer 150 Marattes qui veulent le défendre, et le ramène en triomphe au milieu des acclamations
de l'escadre. Cette belle action augmenta l'estime et la consi-
dération que M. de Saint-Félix avait déjà pour ce noble caractère. Aussi, en 1793, lorsque la guerre venait d'éclater, que
les colonies étaient en proie à toutes les convulsions de la
métropole, l'amiral chargea-t-il Decrès d'aller en France pour
rendre compte au gouvernement de leur situation, pour sol-
liciter et amener promptement des secours. Il arriva le 10 février 1794 à Lorient, où il apprit tout à la fois que, promu au
grade de capitaine de vaisseau au mois de janvier 1793, il
avait été destitué quelque temps après par mesure de sûreté
générale. Arrêté immédiatement, on le conduisit à Paris, où
il fut assez heureux pour échapper à la proscription dont il
était menacé. Il se rendit ensuite au sein de sa famille, où il
vécut dans l'isolement jusqu'au mois de juin 1795, époque à
laquelle il fut réintégré dans son grade, et nommé au commandement du *Formidable*, qui devait faire partie de l'expédition d'Irlande. Cette tentative n'ayant pas réussi, on dé-
sarma l'armée navale, et Decrès resta dans l'inaction jusqu'au
moment où les préparatifs d'une expédition à jamais glorieuse
lui offrirent l'occasion de s'associer aux conquérants de l'Égypte.
C'est de cette époque que date sa nomination au grade de
contre-amiral. Commandant en cette qualité l'escadre légère
de l'armée navale aux ordres de Brueys, il fut chargé, à
l'attaque de Malte, de protéger le débarquement des troupes et
de soutenir un engagement avec les galères de l'île. Il paraît
qu'ayant serré de trop près la côte, il fut un instant compromis
sous le feu des batteries du fort La Valette; mais il parvint
bientôt, avec autant d'habileté que de bonheur, à se soustraire
aux dangers qui le menaçaient. Au combat d'Aboukir, il ne
montra pas moins de dévoûment et d'intrépidité. De l'arrière-
garde où il se trouvait, il passa successivement sur deux vaisseaux du centre, et ne revint au sien que lorsqu'il le vit aux
prises avec l'ennemi. Il lutta pendant deux heures et demie
avec un acharnement inouï; ses mâts étaient brisés, ses ancres

perdues ; mais son ardeur, son courage, sa prodigieuse activité ne se démentirent pas un instant au milieu des périls qui l'environnaient ; il se réparait en combattant, et parvint enfin à force de sang-froid, d'habileté, de persévérance, à rallier à son pavillon les débris de l'escadre dont il protégea la retraite jusqu'à Malte. Les forces anglaises ne tardèrent pas à se réunir devant ce port pour en former le blocus. Decrès prit le commandement des avant-postes. Pendant dix-sept mois, nos troupes eurent à soutenir les assauts réitérés de l'ennemi. Mais chaque jour notre position devenait plus critique, une partie de l'île était tombée au pouvoir des Anglais, les subsistances devenaient très-rares, et le nombre des malades se multipliait avec une effrayante rapidité. Le contre-amiral, pour soulager la détresse de la garnison, fit embarquer 1,000 combattants et 200 malades à bord du *Guillaume Tell*, et appareilla sous le feu des batteries qui hérissaient la côte orientale de l'île. Il était désemparé avant d'avoir quitté le port. Les vaisseaux anglais, prévenus de son départ, l'attendaient dans leurs positions respectives. Leurs forces réunies était de celle que commandait Decrès ; mais le moment décisif était arrivé, et l'on ne pouvait se sauver que par une vigoureuse résolution. *La Pénélope* se présente la première au combat ; Decrès l'élude, fond avec impétuosité sur *le Lion*, le démate, l'oblige de fuir vent arrière, lorsque *le Foudroyant* arrive pour soutenir le bâtiment avarié. L'action dure pendant une heure avec le plus grand acharnement. *La Pénélope* et *le Lion*, ayant réparé leurs avaries, reviennent à la charge avec une nouvelle opiniâtreté. *Le Guillaume Tell* est environné d'une ceinture de feu ; ses mâts sont successivement abattus ; la moitié de l'équipage est hors de combat. Une explosion de gargousses, qui a lieu au même moment sur la dunette, renverse le contre-amiral du banc de quart sur lequel il était monté. Après neuf heures et demie du plus terrible combat qui ait jamais été livré, Decrès, tout criblé de blessures, et cédant à la nécessité qui l'accable, amène enfin avec la conscience d'avoir tout sacrifié à la gloire de son pavillon. Les vaisseaux ennemis furent extrêmement maltraités dans cette lutte sanglante, et ne purent atteindre qu'à grand'peine Minorque, où ils relâchèrent en faisant eau de toutes parts. Cette glorieuse résistance, à laquelle les Anglais se plurent à rendre hommage, valut à Decrès un *sabre d'honneur* des mains du premier Consul. A son retour en France, Bonaparte le nomma préfet maritime de Lorient, et lui confia bientôt après le commandement de l'escadre de Rochefort. L'habileté avec laquelle le contre-amiral s'acquitta de ses diverses fonctions, le fit appeler au ministère de la marine en octobre 1801. Ce poste était difficile dans la situation déplorable où se trouvaient nos forces navales. Le désordre s'était introduit dans toutes les branches de l'administration; les employés qui en faisaient partie étaient ou des hommes incapables ou d'une profonde incurie. Les arsenaux manquaient d'armes, les magasins n'avaient ni approvisionnements, ni agrès. Tout, en un mot, se ressentait de l'instabilité des événements et de la désunion des hommes qui avaient longtemps présidé à nos destinées. Le nouveau ministre embrasse d'un coup-d'œil toutes les calamités qui pèsent sur notre marine. A sa voix, les produits affluent dans nos ports de mer, les services s'organisent avec célérité; des chantiers, des arsenaux se construisent comme par enchantement; enfin le nombre de nos bâtiments s'accroît dans une proportion imposante. Le premier Consul, satisfait de la vigilance, de l'activité de Decrès le stimule, l'encourage, et le rassure sur les machinations dont il craint de devenir la victime. « La confiance, lui écrit-il (25 pluviose an XI), que je vous ai témoignée en vous appelant au ministère, n'a pas été légèrement donnée; elle ne peut être légèrement atténuée. C'est la marine qu'il faut rétablir. La première année d'un ministère est un apprentissage. La seconde du vôtre ne fait que commencer. Dans la force de l'âge, vous avez, il me semble, une belle carrière devant vous; d'autant plus belle que nos malheurs passés ont été plus en évidence, réparez-les sans relâche. Les heures perdues dans l'époque où nous vivons sont irréparables. » Cette lettre produisit le résultat que Bonaparte en attendait. Le ministre, heureux de la confiance du premier Consul, dédaigna les obscures menées de l'intrigue, et s'efforça, par un redoublement de zèle, de constance, de dévoûment, de réaliser les espérances que ses talents avaient fait concevoir au chef de l'Etat. Cet homme, dont les conceptions hardies commençaient déjà à étonner le monde, faisait rassembler des troupes considérables sur les côtes de l'Océan pour tenter une invasion en Angleterre. Decrès se mit à l'œuvre avec activité. Il créa de nombreuses compagnies d'ouvriers, multiplia les ateliers sur le littoral, s'occupa des munitions et approvisionnements; satisfit à toutes les exigences, et bientôt des milliers de navires armés, équipés, pourvus de tout ce qui leur était nécessaire, furent prêts à mettre à la voile. Mais la descente ne s'effectua point; d'abord, parce que nos flottes, au lieu de venir la protéger, se rendirent à Cadix, et que les escadres anglaises, qui étaient dans les mers des Indes, arrivèrent inopinément dans cette conjoncture. Ces malheureux événements semblaient être le prélude des désastres qui devaient nous assaillir.

Villeneuve, malgré les ordres du ministre de la marine, ne craignit pas d'affronter les Anglais, et une partie de la marine française périt à Trafalgar. Decrès fut profondément affecté de cette catastrophe, mais son courage n'en fut point ébranlé. Il trouva dans l'énergie de son caractère, dans les combinaisons de son génie, des ressources inépuisables pour remédier à nos revers. Il communiqua son ardeur, son héroïque constance à nos marins. Aussi exécuta-t-il de grandes et belles choses. Malgré la perte de plusieurs batailles navales, la prise de quelques-unes de nos colonies, l'insuccès de diverses expéditions, notre marine prit sous son ministère un rapide accroissement de forces. Pour en donner une idée avantageuse, il suffira de dire que de 55 vaisseaux dont elle se composait en 1805 elle avait été portée à 103, et que le nombre de nos frégates était presque doublé. Le personnel des équipages présentait un effectif de 60,000 hommes, non compris les garnisons. Mais ce qui déposera éternellement en faveur du ministre Decrès, ce sont les immenses travaux qu'il a si non conçus, du moins fait exécuter à Venise, à Niewdep, à Flessingue, à Anvers et surtout à Cherbourg, dont nous ne pouvions pas nous passer sans abandonner de fait la souveraineté de la Manche à l'Angleterre. Aussi lorsqu'une partie de nos vaisseaux et de nos ports devint en 1814 la proie des ennemis, Decrès éprouva-t-il un vif sentiment de douleur. L'espoir de venger la France de cette humiliation, de lui faire recouvrer ces anciens monuments de notre puissance, fut sans doute le motif qui le détermina à accepter de nouveau le ministère, lors du retour de Napoléon en 1815. A la seconde restauration, il rentra dans la vie privée, où il conserva toujours ce caractère de dignité, qui sied si bien à la véritable grandeur. Une instruction solide et variée, une rare perspicacité, toutes les ressources d'une conversation piquante, spirituelle, pleine d'agréments, faisaient rechercher encore dans la retraite qu'il s'était choisie l'homme d'État qui avait fait un si noble usage du pouvoir. Fatal et triste exemple de l'incompréhensible destinée! le marin intrépide qui sur la dunette de son vaisseau, fut renversé par une explosion, s'est trouvé n'avoir survécu à ce danger que pour tomber vingt ans plus tard victime d'une autre explosion. Après lui avoir volé des sommes assez considérables, son valet de chambre résolut de le faire périr. Le 22 novembre 1820, il plaça des paquets de poudre sous les matelas de son maître, et vers minuit, ayant allumé la mèche qu'il avait préparée à cet effet, l'explosion jeta le duc hors de son lit, tout couvert de contusions et de blessures. Son assassin, dont il invoqua d'abord le secours, ne lui répondit que par un cri d'effroi, et se précipita de la croisée dans une cour, où la violence de sa chute le fit expirer quelques heures après. Le duc Decrès fut si profondément affecté de cette catastrophe, qu'il mourut lui-même le 7 décembre 1820.

A. AMIC.

Extrait des Fastes de la Légion-d'Honneur.

Une Revue de l'Empereur,

I L serait difficile d'imaginer une plus belle réunion de troupes que celle qui a eu lieu le 12 avril 1854 au Champ-de-Mars. Toutes les armes s'y trouvaient représentées, à l'exception de celle des lanciers, aucun des régiments qui la composent ne se trouvant à proximité de la capitale. État-major général, artillerie, génie, cavalerie et infanterie présentaient un effectif de 26 à 27,000 hommes.

On sait que cette revue avait lieu à l'occasion du passage par Paris de S. A. R. le duc de Cambridge, de lord Raglan et des officiers de leur état-major, qui partaient pour se rendre en Orient et qui allaient se mettre à la tête de l'armée anglaise.

Un assez grand nombre d'autres officiers étrangers, suédois ou allemands, étaient avec l'uniforme de leur nation, dans le cortége qui accompagnait S. M. l'Empereur.

24 bataillons d'infanterie, 7 batteries d'artillerie, 45 escadrons de cavalerie, un demi-bataillon du génie étaient formés en bataille sur plusieurs lignes, lors de l'arrivée du maréchal Magnan. Ces troupes avaient été désignées dans l'armée de Paris et dans les garnisons voisines.

A une heure moins quelques minutes, S. M. l'Impératrice, ayant à côté d'elle S. A. I. le prince Jérôme Napoléon, son oncle, en uniforme de maréchal de France, est arrivée par le pont d'Iéna, dans une voiture découverte attelée à la Daumont, et à pris place dans la tribune qui lui avait été préparée. Près d'elle se trouvaient la grande-duchesse de Bade, lady Hamilton, les officiers et les dames de sa maison, deux aides de camp du prince Jérôme et plusieurs personnes de distinction.

A une heure et quelques minutes, l'Empereur est arrivé à cheval par le pont d'Iéna avec un cortége de plus de deux cents officiers généraux et autres.

En avant de S. M., marchaient une avant-garde de guides et un peloton du même corps; ses officiers d'ordonnance; à sa droite, le duc de Cambridge; en arrière, lord Raglan, les maréchaux Saint-Arnaud et Vaillant, les généraux de division d'Ornano, de Schramm, de Cramayel, Regnaud de Saint-Jean-d'Angely, de Waldner, de la Ruë, Roguet, Daumas, de Goyon, Rolin, de Cotte, et un grand nombre de généraux de brigade. Enfin, une foule d'officiers d'état-major anglais et français.

S. M. l'Empereur, reçu à la sortie du pont par le maréchal Magnan, suivi de son état-major, s'est avancé vers la première ligne d'infanterie placée la droite en arrière du pont, la gauche à cent mètres de l'École-Militaire. Là, se trouvaient le général Levasseur, sous le commandement supérieur duquel était placée toute l'infanterie, le général Renault, commandant l'une des divisions, et le général Répond, commandant la première ligne formée de la première brigade.

L'Empereur est ensuite passé successivement devant les autres lignes.

Le général de brigade Marulaz commandait la seconde ligne formée de la deuxième brigade.

La troisième ligne formée de la première brigade de la deuxième division, général Bourgon, était commandée par le général de brigade Ripert.

La deuxième brigade de la même division était commandée par le maréchal de camp Esterhazy et formait la quatrième ligne.

La cinquième ligne était formée de la brigade dite de réserve, aux ordres de son chef, le général Courand.

L'artillerie, placée sur deux lignes, était adossée à l'École-Militaire et faisait face au pont d'Iéna, en potence sur l'infanterie et la cavalerie. Elle était aux ordres du général Auvity.

La cavalerie formait une division de quatre brigades, chaque brigade sur une ligne, la droite à hauteur de la gauche de l'infanterie et lui faisant face, la gauche en arrière du pont.

La division était commandée par le général Korte, les brigades par les généraux Feray, Gado, Marion, comte de Montebello.

L'Empereur, reçu partout avec des cris d'enthousiasme, non-seulement des troupes, mais de l'immense population placée sur les tertres et dans les tribunes, ayant parcouru successivement le front des lignes de toutes les armes, est venu se placer à côté de la tribune de l'impératrice.

L'infanterie, par une rapide formation par bataillon en masse, sur deux lignes parallèles, s'était établie pour défiler à la hauteur du pont d'Iéna ; l'artillerie avait rompu par demi-batterie et avait suivi le mouvement ; la cavalerie, faisant un à droite par escadron, était venue, à la suite d'un changement de direction à gauche, se placer par escadron en masse à la suite de l'artillerie.

Le défilé s'est opéré dans cet ordre : au port d'armes et au pas accéléré pour l'infanterie ; au pas et par demi-batterie pour les 42 bouches à feu ; également au pas pour la cavalerie.

Tandis que l'artillerie et la cavalerie achevaient leur défilé,

succédant à l'infanterie, et comme elle aux cris de VIVE L'EM-
PEREUR! cette dernière se massait le long des talus, face aux

tribunes. Les escadrons étant revenus dans la longueur du Champ-
de-Mars, ont fait tête de colonne à gauche et ont exécuté une

charge à fond, qui a produit sur tous les spectateurs l'impression la plus profonde. Cette masse de 45 escadrons, serrés en masse, arrivant à fond de train et parcourant toute la longueur du Champ-de-Mars, offrait un coup-d'œil magnifique et terrible.

A trois heures et demie, l'Empereur s'est retiré par le pont d'Iéna, salué une dernière fois par la cavalerie, qui s'était portée quelques pas en arrière, après la belle charge qu'elle avait exécutée, et par l'infanterie. qui, des talus, était venue se placer au milieu du Champ-de-Mars.

Après le passage de l'Empereur, S. M. l'Impératrice et S. A. I. le prince Jérôme ont passé également devant les troupes, recueillant partout les témoignages des plus respectueuses sympathies.

A quatre heures, les troupes se sont mises en marche pour rentrer dans leurs casernes et quartiers.

Une pensée de nature à donner pleine confiance dans l'avenir du pays, c'est que, si l'Empereur l'avait voulu, le même jour, à la même heure, dans toutes les garnisons de France, l'armée eût pu montrer, sur une échelle moins grande, il est vrai, des troupes aussi belles, animées d'un aussi excellent esprit, et prêtes à porter avec gloire en tous lieux le drapeau de la France.

Extrait du Moniteur de l'armée.

BATAILLES ET COMBATS.

BATAILLE DE RIVOLI.
(14 *Janvier* 1797.)

LE long repos qu'avait pris le général Alvinzi après sa défaite d'Arcole (17 novembre), l'avait mis à même d'augmenter son armée. Le cabinet de Vienne avait envoyé en Italie de nouveaux renforts, et l'armée autrichienne, forte de quarante-cinq mille hommes, se préparait au commencement de janvier 1797 à sortir de la vallée de la Brenta, où elle était postée depuis six semaines, pour marcher sur Mantoue et débloquer cette importante forteresse, objet principal des combinaisons du général autrichien.

La position du général Bonaparte, commandant l'armée française d'Italie, n'était pas à beaucoup près aussi favorable que celle de son ennemi. Le seul fruit qu'il avait retiré de la victoire d'Arcole, si chèrement achetée, avait été la retraite des Autrichiens à plusieurs marches de l'Adige, et l'avantage de n'être plus inquiété dans ses opérations sur Mantoue; mais il n'avait pu s'éloigner de cette place pour se porter à la poursuite de l'armée ennemie. Les craintes continuelles que lui inspiraient les intentions hostiles de la république de Venise, de la cour de Rome et des divers États d'Italie, ne le lui avaient point permis. Le général républicain, mal secondé d'ailleurs par le directoire, qui semblait s'occuper fort peu de lui, n'avait pu réparer les pertes du champ de bataille. Son armée s'élevait à peine à quarante mille hommes, dont dix mille étaient exclusivement employés au blocus de Mantoue, de sorte que, malgré ses derniers succès, la campagne n'en était pas plus avancée, elle était sans cesse à recommencer. Le moment de terminer cette longue et opiniâtre lutte arriva enfin. Au moment où le général Bonaparte allait marcher avec quelques troupes sur les États romains, dans le dessein de porter le pape à une conduite moins équivoque, il apprit que l'armée autrichienne reprenait l'offensive. Il remit ses projets à un temps plus opportun, et revint à Vérone, se hâtant de disposer ses troupes selon la marche de l'ennemi.

Lorsque le 7 janvier le général Alvinzi avait commencé son mouvement, il s'était porté avec le gros de son armée entre l'Adige et le lac de Garda, afin d'occuper l'armée française vers Rivoli, tandis que son lieutenant, le général Provera, avec neuf mille hommes, cherchait à gagner Mantoue par Padoue et Legnano. L'ennemi fit d'abord replier nos postes. Le général Joubert surtout fut poussé vivement, et prit position le 13 au matin derrière le plateau de Rivoli. Le général en chef, devinant les projets des Autrichiens, laissa la division Augereau devant Provera, dirigea les troupes de Masséna pour soutenir celles de Joubert, et avec ces deux divisions il se disposa à repousser le corps d'Alvinzi. Arrivé le 13 à minuit à Rivoli, il reconnut les positions de l'ennemi. Afin de l'empêcher de déboucher sur le plateau, seul point où il lui fut permis de se déployer et d'utiliser sa cavalerie, il ordonna aussitôt un mouvement en avant. En conséquence le 14, avant le jour, le général Vial repoussa les avant-postes autrichiens. Bonaparte établit son quartier-général à Zoane, garnit d'artillerie le plateau de Rivoli, et fit occuper les points importants d'Osteria, de Monte-Castello, le fort de Chiusa et le Monte-Rocca.

Le général Alvinzi ignorant l'arrivée du général Bonaparte, et le mouvement de Masséna, qui avait marché toute la nuit, ne changea rien aux dispositions prises pour envelopper la division Joubert. A six heures du matin, son aile gauche et notre droite se rencontrèrent sur les hauteurs de San-Marco, et le combat devint bientôt général et opiniâtre. Notre gauche ne put se maintenir et plia. L'ennemi porta alors son effort principal sur le centre. La 14.ᵉ demi-brigade soutint le choc avec la plus grande intrépidité. Les Autrichiens, enhardis par leur nombre, redoublaient d'efforts pour enlever la batterie placée devant cette demi-brigade, et déjà quelques chevaux attelés étaient saisis, lorsqu'un capitaine se porte en avant de la ligne et s'écrie : « Quatorzième, laisserez-» vous prendre vos pièces ? » Les soldats redoublent d'ardeur, le général Berthier, qui commandait sur ce point, fait tirer avec tant de vivacité sur ceux des ennemis qui se disposaient à emmener les pièces, que ces derniers sont presque tous tués. Dans ce moment paraît la 32.ᵉ demi-brigade, conduite par Masséna, *l'enfant gâté de la victoire*, dit Bonaparte. Cet intrépide général s'élance à la tête des braves qui la composent: l'aspect de l'ennemi a redoublé leur ardeur. Ils se précipitent au pas de charge sur les bataillons autrichiens, et soutenus par les 29.e et 85.e, qui se sont ralliées derrière eux, ils culbutent leurs adversaires, reprennent les positions perdues, et dégagent le flanc de la 14.e, qui allait être tourné.

Cependant, depuis trois heures qu'on se battait de part et d'autre avec acharnement, l'ennemi n'avait pas encore présenté toutes ses forces. Une de ses colonnes, qui avait longé l'Adige sous la protection d'une formidable artillerie, marche alors droit au plateau de Rivoli, et par là menace de tourner le centre et la droite de l'armée française. Dans ce moment le général Bonaparte n'avait plus de troupes disponibles pour s'opposer à ce mouvement ; seulement quelque peu de cavalerie sous les ordres du général Leclerc. Sa position était critique. Il ordonne à ce général de charger l'ennemi avec ce qu'il a de cavaliers, dès qu'il débouchera sur le plateau ; il envoie le chef d'escadron Lasalle avec cinquante dragons, prendre en flanc l'infanterie autrichienne qui se portait sur le centre. Heureusement le général Joubert, qui avait aperçu le mouvement de la colonne ennemie, fait descendre rapidement des hauteurs de San-Marco quelques bataillons qui plongeaient sur le plateau de Rivoli. La colonne qui avait déjà pénétré sur le plateau, attaquée brusquement de trois côtés à la fois, est repoussée, laisse le champ de bataille couvert de morts, une partie de son artillerie, et rentre dans la vallée de l'Adige.

Dans le temps que ceci se passait sur le plateau de Rivoli, une seconde colonne autrichienne, en marche depuis la pointe du jour, dans le dessein de couper la retraite aux Français, arrive derrière leurs positions, et s'y place en bataille sur des hauteurs escarpées ; mais elle allait éprouver elle-même le sort qu'elle leur destinait. Pendant que la 75.ᵉ demi-brigade et la 18ᵉ, laissées en réserve, contiennent cette colonne, le général Rey avec la 57.ᵉ arrive à hauteur du champ de bataille, et la prend à revers. La colonne est alors vivement canonnée, enveloppée et chargée à la baïonnette ; en moins d'une heure elle est enfoncée et contrainte de mettre bas les armes. Quatre mille hommes furent faits prisonniers. Battu sur tous les points et mis en pleine déroute, l'ennemi fut poursuivi dans toutes les directions, et pendant toute la nuit ; il perdit un grand nombre de prisonniers. Quinze cents hommes qui se sauvaient par Garda furent arrêtés par cinquante hommes de la 18.ᵉ, que commandait le capitaine René, et faits prisonniers.

Le général Bonaparte se préparait à attaquer le lendemain les débris du corps du général Alvinzi, lorsqu'il fut instruit que celui du général Provera, ayant passé l'Adige à Angbiari, devant la division Augereau, se dirigeait sur Mantoue. Préparé à cet événement, il pensa que la division Joubert, soutenue par la réserve du général Rey et le général Murat, qui devait arriver le lendemain matin avec une demi-brigade, suffirait pour achever la défaite d'Alvinzi. En conséquence, il se porta le jour même avec la division Massena sur le corps de Provera, afin de le prévenir devant Mantoue, et l'empêcher de ravitailler cette place. Si l'on considère que ces admirables troupes, ayant marché toute la nuit du 13 au 14, n'avaient cessé de combattre toute la journée avec la plus grande vigueur, et qu'elles allaient marcher encore toute la nuit et la journée du lendemain, pour voler à de nouveaux combats, on ne saurait trouver des expressions dignes de tant d'héroïsme. Nous verrons au 16 janvier que le courage de ces intrépides guerriers ne fut point abattu par l'excès des fatigues.

Le lendemain de la Bataille de Rivoli, le général Joubert attaqua effectivement les Autrichiens postés dans les fortes positions de la Corona. Après une vive résistance, ils furent enfoncés. Dans le même temps le général Murat les prenait à revers. Ainsi pressé, l'ennemi prit la fuite dans un horrible désordre. Quelques bataillons voulant gagner la route qui conduit à Rivalta, se précipitèrent du haut des rochers qui longent la vallée de l'Adige. Le plus grand nombre voulut s'échapper par Pravassar, et le sentier qu'on nomme *le sentier de la Madone*, mais ce défilé était déjà occupé par les Français. Les Autrichiens ne purent le percer, et vinrent s'y entasser comme dans un gouffre, au nombre de cinq mille hommes qui mirent bas les armes et se rendirent à discrétion. La cavalerie ne parvint à s'échapper qu'en traversant l'Adige à la nage, et il s'y noya un grand nombre d'hommes et de chevaux.

La perte de l'armée autrichienne dans ces deux journées fut immense ; elle laissa au pouvoir des Français treize mille prisonniers et neuf pièces de canon. La défaite du général Provera à la Favorite, le 16 janvier, acheva sa destruction ; et dès-lors acculée aux montagnes du Tyrol, qu'elle n'eût pu même défendre, si les Français l'y eussent attaquée, elle resta, dans une inaction forcée, spectatrice des opérations sur Mantoue, qui bientôt ouvrit ses portes à l'armée républicaine.

BATAILLE D'EYLAU.

(8 *Février* 1807.)

A monarchie prussienne, sapée jusque dans ses fondements par la bataille d'Iéna (14 octobre), était déjà envahie par les armées françaises de l'Elbe à l'Oder, lorsque l'armée russe arriva sur la Vistule pour recueillir les débris des troupes prussiennes échappées à l'ardente poursuite des vainqueurs. Comme l'année précédente, l'apparition tardive des Russes sur le théâtre de la guerre ne fut d'aucun secours à leur allié, battu dès le commencement de la campagne : elle prolongea seulement la guerre et ses calamités ; et la Prusse, après les batailles d'Eylau et de Friedland, n'en subit pas moins la même loi que l'Autriche après celle d'Austerlitz.

Le roi de Prusse, fuyant de ses États conquis, s'était réfugié dans les rangs de ses alliés, qui venaient d'entrer à Varsovie, capitale de la Pologne avant son démembrement. L'empereur Alexandre, égaré par son aveugle confiance dans son armée, et surtout par les intrigues de la faction anglaise, qui le circonvenait jusqu'au milieu de ses camps, se flattait d'un plus heureux succès dans sa nouvelle entreprise que dans la campagne de Moravie. Il engagea donc fortement le roi à ne point ratifier l'armistice sollicité par ce prince même après Iéna, et conclu à Charlottenbourg. Décidé par ce conseil, le roi refusa effectivement sa ratification ; l'armée française passa alors l'Oder, et s'avança sur Varsovie.

L'entrée des Français en Pologne réveilla parmi ses habitants le plus ardent patriotisme. Fatigués de l'oppression étrangère sous laquelle ils gémissaient depuis le partage de la république, comprimés, mais non soumis, ils entrevirent dans les événements qui se développaient une heureuse délivrance et leur rétablissement au rang des nations indépendantes. Confirmés dans cet espoir par les promesses de l'empereur Napoléon, qui dans Posen fit l'accueil le plus encourageant à la députation de la noblesse, l'enthousiasme n'eut plus de bornes. Cette intrépide et généreuse nation, d'un élan spontané courut aux armes, et, s'unissant à ses libérateurs, elle fit noblement les plus grands sacrifices pour reconquérir sa liberté (1).

Favorisés par toute la population de ce pays, si digne d'un meilleur sort, les Français marchèrent donc rapidement sur Varsovie. A douze lieues seulement de cette ville, ils rencontrèrent, près de Lowiecz, sur la petite rivière de la Bzura, l'avant-garde russe : elle fit peu de résistance, et l'armée entière se repliant à l'approche de ses ennemis, évacua Varsovie sans coup férir, brûlant le pont sur la Vistule, qui unit cette ville au faubourg de Praga, sur la rive droite. Le prince Murat, commandant notre cavalerie, entra à Varsovie le 28 novembre; et le maréchal Davoust, avec le troisième corps d'armée, y étant arrivé le surlendemain, fit de suite occuper Praga par une avant-garde qui favorisa l'établissement d'un nouveau pont. Les Russes, qui s'étaient retirés derrière la Narew, ne troublèrent point cette opération.

Cette évacuation de la capitale de la Pologne et cette retraite prématurée, puisqu'aucun engagement sérieux n'avait eu lieu, étaient une conséquence du plan de campagne qu'avait, à ce qu'il paraît, adopté l'empereur Alexandre, d'après la proposition de ses généraux. Ce prince voulait alors suivre le même système qu'il employa cinq ans plus tard, c'est-à-dire attirer l'armée française dans les pays difficiles et pauvres du terri-

---

[1] Tous les événements de cette époque portent à croire que Napoléon était de bonne foi, et qu'à Posen il avait réellement l'intention de rétablir la Pologne en corps de nation. Mais il paraît que ce fut à Tilsit qu'il abandonna ce projet, lorsqu'il vit qu'une telle entreprise arrêterait la conclusion de la paix, par les difficultés qui se seraient élevées pour la cession de la Pologne russe, à laquelle l'empereur Alexandre n'aurait point consenti. Napoléon se contenta alors, comme pierre d'attente, d'ériger *en duché de Varsovie* la Pologne prussienne.

toire russe, la fatiguer par de continuelles escarmouches et les privations, et ne prendre une vigoureuse offensive que lorsqu'elle aurait été affaiblie par ses pénibles marches à travers un pays sauvage et ravagé. Quel qu'ait été le succès de ce plan en 1812, il est à croire cependant qu'en 1807 il eût été déjoué par la prévoyance de l'empereur Napoléon, qui ne se fût point, à cette époque, laissé éblouir par la facilité de la conquête : la fortune ne l'avait pas alors assez aveuglé de ses funestes faveurs, pour que la prudence n'eût encore quelque part dans les résolutions de cet habile général. Du reste, la conduite qu'il tint après les combats de Pultusk et Golymin est une preuve que notre supposition n'est pas dénuée de fondement.

A peine l'armée russe, alors sous les ordres du général Benigsen, était derrière la Narew, que le feld-maréchal Kamenky la joignit avec un renfort considérable, et prit le commandement en chef. Ce général n'approuva point le plan de l'insidieuse retraite; il fit adopter un plan contraire à son souverain et disposa les troupes pour une prompte offensive. Ce qui contribua également à ce changement de système ce furent les représentations énergiques du roi de Prusse, qui se plaignit que malgré les pompeuses promesses de son puissant allié on abandonnât ainsi ses Etats à la discrétion des vainqueurs.

Napoléon ne fut pas plutôt instruit des nouveaux projets des Russes, qu'il résolut de les prévenir. Il hâta en conséquence la marche de ses corps d'armée, et les fit passer à la rive droite de la Vistule sur différents points. Ils se concentrèrent alors et portèrent leurs avant-postes vers le Bug et la Narew. Le maréchal Davoust, ayant fait passer le Bug à une brigade de sa troisième division, s'établit sur les deux rives dès le 11 décembre, et, malgré les Russes, fit élever un vaste camp retranché. Ce fut de cette position que Napoléon marcha à l'armée ennemie retranchée aussi, et la força. Nous avons vu, aux 23, 24 et 26 décembre, que les Russes, battus à Czarnowo, à Nasielsk, Pultusck et Golymin, furent contraints à une retraite alors indispensable. Se rapprochant en toute hâte des provinces russes, ils s'éloignèrent, par Ostroleuka, à de grandes distances de l'armée française, paraissant ainsi revenir à leur premier projet d'attirer leur ennemi ; mais Napoléon ne donna pas dans le piège. Ses troupes, déjà fatiguées par trois mois de marches et de triomphes continuels, avaient besoin de repos ; en outre, le pays où se trouvait porté le théâtre de la guerre, déjà dévasté, n'offrait aucune ressource en vivres, et le dégel l'avait rendu impraticable : les rivières étaient débordées, les routes défoncées, ou plutôt il n'en existait plus : le sol, déblayé à une grande profondeur, ne présentait presque plus de résistance, même aux piétons ; sa surface offrait l'aspect d'une vaste mer de boue, où s'engloutissaient les canons, les chevaux et même les hommes [1]. Napoléon ne suivit donc pas les Russes dans leur retraite ; et, se contentant d'occuper des positions respectables, il rapprocha l'armée de la Vistule, et lui fit prendre des quartiers d'hiver. Son quartier-général fut établi à Varsovie.

Pendant près d'un mois les deux armées restèrent dans leurs cantonnements respectifs en une complète inaction ; mais vers la fin de décembre, les généraux russes ayant repris assez de

---

[1] L'armée perdit beaucoup d'hommes de cette manière. Ils s'en fonçaient et disparaissaient sur le même terrain où dans les temps secs se trouvait une chaussée.

Ce fut dans l'une de ces terribles marches, qu'un voltigeur dont les privations et les fatigues n'avaient point éteint la gaîté, par une de ces saillies qui n'appartiennent qu'au caractère français donna une leçon de sagesse à Napoléon. L'empereur, suivi seulement de trois ou quatre officiers, couvert de la tête aux pieds d'une enveloppe de boue, suivait la même route que le 108.e régiment. Son cheval pouvait à peine se mouvoir au milieu de ce continuel bourbier qu'une pluie affreuse rendait à chaque instant plus dangereux. Un voltigeur, près duquel il passait, le reconnaît. A haute voix il chante aussitôt :

On ne saurait trop embellir
Le court espace de la vie, etc.

et répète plusieurs fois ces deux vers en regardant son souverain.

Napoléon l'entendit, et dit en riant à la personne qui était le plus près de lui : *Il a ma foi raison ; nous serions mieux à Paris.*

confiance pour essayer encore de l'offensive, et ne voyant que timidité dans la prudence du général français, résolurent de l'attaquer. Leur dessein était de couper la ligne française qui s'étendait de Varsovie au-delà d'Elbing, et par une trouée sur la Vistule de séparer ses deux ailes. Le 23, ils se mirent donc en mouvement par leur droite, et tombèrent sur les cantonnements du maréchal Bernadotte, prince de Ponte-Corvo.

Napoléon, qui avait deviné leur projet dès qu'il fut instruit de leur marche, donna l'ordre au maréchal Bernadotte de faire un mouvement rétrograde sur la Vistule, afin d'encourager l'ennemi à s'avancer sur ce fleuve. Il partit aussitôt de Varsovie, concentra ses troupes, et laissant le cinquième corps sous les ordres du général Savary pour défendre le haut Bug et la Narew, il se porta sur l'armée russe avec la garde impériale, la réserve de cavalerie et les corps des maréchaux Davoust, Soult, Ney et Augereau.

L'ennemi, qui d'abord avait attaqué avec une grande vivacité le premier corps (prince de Ponte-Corvo) dans la position de Moringen (25 janvier) et paraissait mettre une grande importance à gagner promptement du terrain, s'arrêta tout-à-coup. Un officier d'état-major, envoyé par Napoléon au maréchal Bernadotte, étant tombé entre les mains des Cosaques sans avoir pu détruire les ordres dont il était porteur, découvrit par là au général Russe le danger qui le menaçait, et il se hâta de rétrograder pour y échapper.

Les Russes n'avaient pas de temps à perdre, car leur aile droite, déjà débordée vers son flanc gauche par les corps sous les ordres immédiats de Napoléon, était sur le point d'être jetée sur la Vistule, qu'elle se proposait, quelques jours auparavant, de passer d'une tout autre manière. Le général français, s'apercevant que l'ennemi avait changé ses dispositions, ne voulut pas lui donner le temps d'asseoir une autre base d'opérations, et le poussa vigoureusement.

Les combats de Bergfried, de Deppen et de Hoff (3, 5 et 6 février) firent perdre aux Russes leurs communications avec le Bug, leurs magasins sur l'Alle et une partie de leurs bagages, que leur enleva notre cavalerie légère. Rejetés ainsi hors de leur ligne d'opérations primitives, ils se retirèrent dans la direction de Kœnisberg : le 7 février, ils arrêtèrent leur marche rétrograde et prirent position en arrière de la ville d'Eylau, décidés à engager une affaire générale.

Napoléon les suivait de front sur cette route avec la garde impériale, la cavalerie, les corps des maréchaux Soult et Augereau. Le maréchal Davoust, arrivé à une lieue d'Eylau par la route d'Heilsberg, manœuvra pendant la nuit pour tourner la gauche des ennemis. Le maréchal Ney, venant de Wormdit, opérait le même mouvement sur leur droite.

Nous avons vu, au 7 février, que l'arrière-garde russe, dépostée de sa position en avant d'Eylau, fut encore forcée, à dix heures du soir, par la division Legrand, du corps du maréchal Soult, dans le cimetière de cette ville, où elle voulait se maintenir. Napoléon qui, avant la chute du jour, avait aperçu les dispositions de l'ennemi en arrière d'Eylau, se prépara également à une bataille qui paraissait inévitable. La division Legrand fut placée en avant de la ville, et la division Saint-Hilaire à sa droite ; le corps du maréchal Augereau tint la gauche un peu en arrière d'Eylau ; la garde impériale, en seconde ligne, la cavalerie placée dans les différents intervalles. L'empereur bivouaqua sur le plateau en arrière de la ville, au milieu de l'infanterie de la garde. L'armée russe était forte de quatre-vingt mille hommes ; l'armée française en comptait trois ou quatre mille de plus.

Le 8, à la pointe du jour, l'armée ennemie se montra formée en colonne, ayant son front couvert d'une artillerie formidable, et commença une violente canonnade sur la ville et la division Saint-Hilaire. A cette attaque, Napoléon, qui s'était porté à l'angle de l'église d'Eylau, fit répondre non-seulement par l'artillerie des corps des maréchaux Soult et Augereau, mais encore par soixante pièces de la garde. Le maréchal Augereau entra en même temps en ligne à gauche de la ville, et contribua à repousser les tirailleurs ennemis, qui s'avançaient pour reprendre le cimetière, perdu la veille.

Cependant les Russes, qui souffraient beaucoup de notre artillerie, s'ébranlèrent, et de fortes masses se portèrent sur le centre du maréchal Augereau, paraissant vouloir attaquer la ville même. Napoléon, pour paralyser ce mouvement que le nombre des assaillants rendait très-dangereux, pensant que les divisions du maréchal Augereau marchaient elles-mêmes au-devant des colonnes russes, envoya la division Saint-Hilaire se porter rapidement sur l'extrême gauche de la ligne ennemie, déjà aux prises avec le maréchal Davoust, pour l'inquiéter vivement sur ce point et l'empêcher d'appuyer son attaque vers Eylau. A peine ce mouvement était-il commencé qu'une neige épaisse, poussée par un vent impétueux et donnant en plein au visage des Français, vint obscurcir l'atmosphère et dérober les divers mouvements des troupes. Dans cette obscurité, perdant ses points de direction, le maréchal Augereau obliqua trop à gauche, laissant ainsi un grand intervalle entre lui et la division Legrand. Lorsque l'empereur s'en aperçut, il ordonna au prince Murat de se mettre à la tête des divisions de cavalerie Grouchy, d'Hautpoult, Klein et Milhaud, et, soutenu de la cavalerie de la garde, commandée par le maréchal Bessières, de tomber sur la gauche des Russes. Cette charge générale eut un plein succès : vingt mille hommes d'infanterie furent culbutés et contraints d'abandonner leur artillerie. Le carnage fut horrible, et la victoire eût été dès-lors décidée sans les bois de Sansgarten, qui protégèrent le ralliement des troupes enfoncées, et les difficultés du terrain, qui arrêtèrent notre cavalerie. L'ennemi se hâta d'appeler des renforts de sa droite au secours de sa gauche, de plus en plus compromise par le maréchal Davoust.

Pendant que le maréchal Augereau s'égarait dans la direction, une colonne ennemie, forte de cinq à six mille hommes, moins contrariée par la neige qu'elle avait au dos, profita de l'intervalle laissé par ce maréchal : n'étant point arrêtée, elle déborda la gauche de la division Legrand, et inaperçue se présenta devant le cimetière d'Eylau. Surpris d'une telle apparition, qui pouvait décider du sort de la bataille, Napoléon n'eut que le temps de faire porter à sa rencontre les grenadiers de la vieille garde, sous les ordres du général Dorsenne, qui par leur contenance et la vigueur de leur feu arrêtèrent cette colonne et la tinrent quelques instants en échec. Dans le même moment, l'escadron de service, seule cavalerie qui restât alors disponible sur ce point, fondit avec impétuosité sur cette masse ennemie, et y causa quelques désordres. Déjà son flottement annonçait son hésitation, et elle commençait à rétrograder lorsque le maréchal Bruguières, à la tête d'une brigade de chasseurs, envoyé par le prince Murat, qui, tout en exécutant sa brillante et importante charge, s'était aperçu du mouvement de cette colonne, vint la prendre en queue, l'enfonça et la mit dans une déroute complète. La moitié de ce corps fut prise ou tuée.

Pendant que ceci se passait vers Eylau, le maréchal Davoust, commandant le troisième corps, avec les divisions d'infanterie Morand, Friant et Gudin, et la cavalerie légère du général Marulaz, attaquait l'extrême gauche de la ligne ennemie. Dès la pointe du jour, ce maréchal en était venu aux mains. La division Friant, cherchant à déborder la gauche des Russes, emporta successivement les villages de Serpallen et de Kleinsansgarten, pendant que le général Morand, s'appuyant à la division Saint-Hilaire, et le général Gudin au centre du troisième corps, résistaient vigoureusement aux efforts réitérés de l'ennemi, qui cherchait, mais inutilement, à percer sur ce point. Jusqu'à quatre heures du soir, le maréchal Davoust gagna du terrain, et à cette époque de la journée l'aile gauche de l'ennemi avait été tellement poussée, que sa ligne de bataille, d'abord parallèle à Eylau, y était alors devenue presque perpendiculaire.

Dans ce moment, la division prussienne du général Lestocq, qui, poussée par le maréchal Ney, s'était repliée de l'extrême droite, par l'obliquité en arrière qu'avait pris la ligne russe, se trouva à hauteur de la gauche et entra aussitôt en action avec le troisième corps. Ce dernier effort de l'ennemi fut terrible : au moment où le 51.e régiment et quatre compagnies du 108.ᵉ venaient d'enlever le village de Kutschitten, ces troupes furent chargées par toute la division prussienne, qui les enveloppa. Elles parvinrent cependant à se dégager, mais après avoir fait des pertes énormes. Profitant de ce premier succès, l'ennemi voulut reprendre le village d'Ancklappen, défendu par le général Gauthier avec le 25.ᵉ régiment de la division Gudin. Trois fois il l'attaqua avec des masses énormes, trois fois il échoua. Comme à Iéna, ces intrépides soldats furent inébranlables. Au milieu du feu le plus violent, le maréchal Davoust excitait leur courage par les glorieux souvenirs de leurs brillantes actions : « Les braves, ajoutait-il, pourront ici » trouver une mort glorieuse ; mais du moins ils n'iront pas en » Sibérie ; les lâches seuls y seront esclaves. »

Ecrasé par l'artillerie du troisième corps, l'ennemi renonça enfin à une plus longue résistance. A sept heures, il était décidément débordé [1], et ne pouvait plus se maintenir sans courir les plus grands risques. Tourné par sa gauche, poussé sur son centre, il était encore menacé vers sa droite par le maréchal Ney, et pouvait avoir sa retraite fortement compromise, s'il tardait à l'exécuter. Il effectua donc son mouvement rétrograde vers huit heures du soir par la route de Kœnigsberg. Son arrière-garde voulut prendre position au village de Schmoditten pour donner le temps aux blessés et à l'artillerie de filer, mais l'avant-garde du maréchal Ney l'occupait déjà. Six bataillons de grenadiers russes, les seuls qui n'eussent point donné, se présentèrent devant ce village à dix heures, mais ils furent accueillis à bout portant par une décharge du 6.ᵉ léger et du 59.ᵉ de ligne, chargés à la baïonnette et mis dans une déroute complète. L'armée russe, poursuivie jusqu'à la rivière de Frischling, laissa sur le champ de bataille une partie de son artillerie et le plus grand nombre de ses blessés.

Le lendemain, à la pointe du jour, le prince Murat, avec

[1] Le bulletin officiel de la bataille d'Eylau dit: « La victoire » longtemps incertaine, fut décidée et gagnée lorsque le maréchal » Davoust déboucha du plateau et déborda l'ennemi, qui fit de » vains efforts pour le reprendre, et se retira. »

la cavalerie, suivit les Russes l'espace de dix lieues sans trouver un seul de leurs détachements , tant avait été prompte leur re-

traite. Il plaça ses grand'gardes à une lieu de Kœnigsberg. Le reste de l'armée conserva pendant neuf jours ses positions aux environs d'Eylau.

Le champ de bataille, surtout à la droite, où avait combattu le troisième corps, offrait un spectacle horrible. Il était couvert de plus de neuf mille morts, dont les deux tiers Russes ou Prussiens. Dans cette sanglante journée, l'ennemi perdit trente mille hommes, tués, blessés ou prisonniers. La perte des Français fut aussi considérable, mais dans une moindre proportion : elle ne s'éleva pas au-delà de seize mille tués, pris ou blessés. Quatorze généraux parmi lesquels d'Hautpoult, Corbineau, Dahlman, Lochet, d'Honnières, furent tués ou moururent de leurs blessures. Un plus grand nombre fut blessé; on cita seulement le maréchal Augereau et les généraux Heudelet, Desjardins et Suchet. Parmi les colonels tués furent également cités Boursier du 11.ᵉ dragon, Lacuée, du 63.ᵉ de ligne, Lemarois du 43.ᵉ, et Faure du 61.ᵉ [1]. Si l'on en excepte la bataille de Novi, aucune autre bataille des guerres de la révolution n'a coûté tant de sang aux deux partis.

Les mêmes considérations qui avaient empêché le chef de l'armée française de poursuivre l'ennemi après les combats de Pultusk et de Golymin le portèrent à adopter encore ici le même système de prudence. Les Russes en se retirant avaient tout ravagé ; un dégel complet succédant encore une fois à un froid rigoureux, détériorait toutes les routes, empêchait toutes les communications, et l'arrivée des convois de vivres et de munitions. Napoléon se décida donc à se rapprocher de la Vistule, et remit à un autre temps une nouvelle attaque contre l'armée ennemie échappée à une destruction presque certaine,

---

[1] Le capitaine Auzonï, des grenadiers à cheval de la garde impériale, blessé à mort, était tombé sur le champ de bataille. Des soldats viennent pour l'enlever et le porter à l'ambulance : « Laissez-moi, leur dit ce brave, je meurs content, puisque la victoire est à nous. Je suis ici sur le champ d'honneur entouré des débris de l'armée ennemie. Dites à l'empereur que mon seul regret est de ne pouvoir plus rien faire pour la gloire de notre belle France..... A elle mon dernier soupir ! »

par un de ces accidents [1] auxquels l'expérience ni le génie ne peuvent parer. L'armée française rétrograda jusque sur la Passarge, où elle prit de fortes positions, et rentra dans des quartiers d'hiver qu'elle ne quitta qu'au commencement de juin, après la prise de Dantzick, pour donner à Friedland une nouvelle leçon à l'armée alliée.

L'empereur Napoléon, qui établit son quartier-général dans la petite ville d'Osterode, annonça ses nouvelles dispositions à l'armée par la proclamation suivante :

« Soldats ! nous commencions à prendre un peu de repos
» dans nos quartiers d'hiver, lorsque l'ennemi a attaqué le
» premier corps, et s'est présenté sur la Basse-Vistule. Nous
» avons marché à lui, nous l'avons poursuivi l'épée dans les
» reins pendant l'espace de quatre-vingts lieues. Il s'est re-
» fugié sous les remparts de ses places, et a repassé la Pregel.
» Nous lui avons enlevé aux combats de Bergfried, de Deppen,
» de Hoff, à la bataille d'Eylau, soixante-cinq pièces de canon,
» seize drapeaux ; tué, blessé ou pris plus de quarante mille
» hommes. Les braves, qui de notre côté sont restés sur le
» champ d'honneur, sont morts d'une mort glorieuse ; c'est
» la mort des vrais soldats. Leurs familles auront des droits
» à notre sollicitude et à nos bienfaits.

» Ayant ainsi déjoué tous les projets de l'ennemi, nous
» allons nous rapprocher de la Vistule, et rentrer dans nos
» cantonnements. Qui osera en troubler le repos s'en repen-
» tira ; car au-delà de la Vistule, comme au-delà du Danube,
» au milieu des frimas de l'hiver, comme au commencement
» de l'automne, nous serons toujours les soldats français ; et
» les soldats français de la grande armée. »

[1] La prise de l'officier d'état-major porteur de dépêches au maréchal Bernadotte.

BATAILLE DE BRIENNE.

(29 *janvier* 1814.)

A bataille de Leipsick (18 octobre), si funeste à l'armée française l'avait contrainte à évacuer l'Allemagne. Arrivée sur le Rhin le 2 novembre, elle passa ce fleuve et fut répartie sur la rive gauche, de Strasbourg à Nimègue. Ses débris furent alors ralliés et réorganisés sur divers points de la frontière. Le maréchal Macdonald s'établit à Cologne; le maréchal Marmont à Mayence; le maréchal Victor à Strasbourg; l'empereur Napoléon partit pour Paris afin de diriger de ce point central l'impulsion qu'il voulait donner à l'empire dans la grande crise qui se préparait.

La France, depuis longtemps conquérante, avait laissé tomber en ruine les places fortes qui, naguère, indiquaient et défendaient ses frontières, et depuis vingt ans on ne songeait plus à d'anciens boulevarts. Nos limites étaient aux bornes de l'Europe; nos forteresses dans nos camps. Forcés maintenant de rentrer dans nos limites naturelles, de disputer pied à pied le sol sacré de la patrie; d'opposer l'adresse à la force; de suppléer au nombre en multipliant les obstacles; nous sentions, mais trop tard, combien étaient devenus dangereux pour nous nos nombreux et brillants succès. Cependant, attaqués sur tous les points par où la France tient au continent, et voulant tout conserver, nous devions nous défendre depuis la Hollande jusqu'à la Méditerranée, des Alpes aux Pyrénées.

L'armée était également dans un état déplorable. Les troupes échappées au désastre de Leipsick étaient peu nombreuses, presque sans armes, découragées. Pour comble de malheur, une maladie épidémique vint encore éclaircir leurs rangs. Ce fut en vain que Napoléon ordonna la levée, l'armement et l'équipement de trois cent mille hommes; qu'il organisa tout ce que la France possédait d'anciens militaires encore valides: le temps lui manquait pour consolider de pareils efforts et les rendre profitables. De sorte que, lorsque le danger l'atteignit, il ne put longtemps parer ses coups.

Napoléon ne pouvant se faire illusion sur l'insuffisance de ses moyens de résistance à l'invasion qui se préparait, chercha un auxiliaire dans la politique. M. de Caulaincourt, duc de Vicence, se rendit à Manheim près des souverains alliés, et ne négligea rien pour gagner du temps; mais ils connaissaient trop bien l'avantage que leur donnaient leurs nombreuses armées et notre critique position, pour se laisser tromper ou consentir à tout autre arrangement que celui qu'ils proposaient. Le souverain des Français ne voulut point sacrifier son amour-propre; il laissa échapper l'occasion de réparer ses pertes en acquiesçant à la nécessité du moment, et peut-être plus tard de prendre sa revanche; en un mot, il ne voulut rien céder, et bientôt il perdit tout.

De toute l'Europe, la Suisse était la seule puissance qui n'eût point encore pris rang parmi nos ennemis. Sa neutralité, qu'elle paraissait vouloir maintenir, nous laissait en sécurité de ce côté de nos frontières. Mais comme dans la terrible lutte qui se préparait les apparences du succès étaient pour les alliés, cette neutralité ne fut qu'éphémère, et le pont de Bâle servit au premier passage du Rhin par l'ennemi.

L'armée alliée qui campait sur le Rhin et menaçait la France d'une invasion était divisée en trois corps principaux. L'armée austro-russe, sous les ordres immédiats du prince de Schwartzenberg, généralissime de la coalition, occupait vers la Suisse le Haut-Rhin sur la rive droite; l'armée, dite de Silésie, composée de Russes et de Prussiens, et commandée par le général Blücher, était répartie depuis Strasbourg jusqu'à Coblentz. Une troisième armée, sous le commandement du prince royal de Suède, était aussi sur le Rhin entre Dusseldorff et Cologne, destinée à l'invasion de la Hollande et de la Belgique. Le total des forces réunies sur le Rhin par les alliés s'élevait à trois cent cinquante mille hommes.

Au commencement de décembre, la Hollande s'étant insurgée contre les Français, le prince royal de Suède eut bientôt pris possession de ce pays, et marcha vers la Belgique. Le 21 du même mois, le prince de Schwartzenberg passa le Rhin à Bâle, dirigea un corps de troupes sous les ordres du comte de Bubna vers Genève et Lyon, et marcha avec le gros de l'armée austro-russe, pour effectuer sa jonction sur la Seine et l'Aube, dans les plaines de la Champagne, avec l'armée de Silésie. Celle-ci effectua le passage du Rhin aux environs de Manheim, le 1.er janvier, et ses opérations tendirent à la coopération du plan de réunion, pour ensuite marcher en masse sur Paris.

Ce fut sans doute alors que Napoléon dut vivement regretter les bonnes et nombreuses garnisons qu'il avait laissées dans les

6

places fortes de l'Allemagne. Ces forteresses lointaines ne lui furent jamais utiles, tandis que les quatre-vingt mille hommes qu'elles renfermaient, l'élite de l'armée, auraient suffi pour consolider son trône, déjà chancelant.

Pour faire face à tant d'ennemis, il n'avait pu encore réunir au-delà de quatre-vingt mille hommes lorsque les armées alliées eurent franchi le Rhin. Les maréchaux Macdonald, Ney, Marmont, Victor, Mortier, retardant de tous leurs efforts l'offensive de l'ennemi, se replièrent sur la Marne afin de couvrir la capitale. Le général Maison, commandant les troupes en Belgique, resta aux environs d'Anvers, pour conserver cette place si importante par ses établissements maritimes. Le maréchal Augereau s'établit à Lyon, afin de s'opposer à l'invasion du comte de Bubna, qui menaçait déjà cette ville. Dans la déplorable situation où la France était réduite, si l'armée alliée, au lieu de s'étendre sur un aussi grand front, eût fait sa principale affaire d'arriver à Paris, et, par conséquent, eût marchée plus concentrée, un mois lui eût suffi; mais il aurait fallu pour cela une résolution prompte et énergique qui manquait à la coalition, comme à toutes celles qui se nouèrent pendant vingt ans contre la France. La divergence d'intérêts, les jalousies, et surtout les longues délibérations des alliés, enfantèrent leurs manœuvres lentes et compassées, qui donnèrent à Napoléon le temps de réunir le petit nombre d'hommes avec lequel il exécuta cette merveilleuse campagne, la plus savante peut-être de sa carrière militaire, et qui plus d'une fois remit en question le sort de l'empire français et de l'Europe.

S'il faut en croire les Mémoires sur la campagne de 1814, de M. Koch, dont les assertions paraissent dignes de foi, et dont nous empruntons les expressions, la coalition, inquiète de la facilité avec laquelle elle était parvenue au cœur de la France, fut au moment d'arrêter son mouvement d'invasion. Les souverains étrangers, arrivés à Langres, s'épouvantèrent de la rapidité de leurs succès. Leur ferveur s'était éteinte, l'enthousiasme avait fait place aux calculs de la prudence, et l'invasion, résolue à Francfort, allait dégénérer en guerre méthodique. L'empereur de Russie commençait à sentir qu'en coopérant à l'abaissement de la France, il travaillait à accroître la puissance de l'Angleterre et de l'Autriche. François II, de son côté, ne pouvait consentir, par égards pour sa fille, au détrônement de son gendre. A ces considérations politiques venaient s'en joindre d'autres d'un intérêt non moins puissant. Les conseils des souverains alliés, que la timidité avait aussi gagnés, mettaient sans cesse sous leurs yeux les efforts faits par la nation française en 1793 : ces quatorze armées, ce million d'hommes levés spontanément et qui surent conserver l'intégrité du territoire; l'insurrection des paysans de quelques départements, l'accueil sombre et farouche des autres, dénotaient, selon eux, que les armées de la coalition marchaient sur un volcan. A les en croire, si jusque là on n'avait rencontré que peu de troupes, c'est que Napoléon, sans disputer ses frontières, réunissait toutes ses forces au centre de l'empire, pour écraser plus sûrement ses ennemis. Ils mesuraient alors avec inquiétude la profondeur de leur ligne d'opérations, l'éloignement des magasins, la difficulté de renouveler les approvisionnements et les munitions au cas ou deux cent mille Français, résolus de s'enterrer sous les ruines de Paris, y combattissent seulement trois jours comme à Leipsik. Ebranlés par ces considérations puissantes, les deux empereurs étaient au moment d'arrêter leurs armées au revers des chaînes du Morvan et des Vosges, pour y attendre l'issue des conférences qui allaient s'ouvrir à Châtillon, lorsqu'un incident releva tout-à-coup leur courage et les détermina à continuer leur mouvement sur Paris.

L'ex-directeur helvétique Laharpe, instituteur de l'empereur Alexandre, se rendant de Paris en Suisse, fut arrêté près de Bar-sur-Ornain aux avant-postes autrichiens. Il se réclama de son ancien élève, auprès duquel on le conduisit. Leur entretien fut secret, mais M. Laharpe, quelques heures après, dit hautement dans les salons de l'empereur de Russie : *Que la chute de Napoléon n'était pas éloignée, puisque la majorité du sénat et du corps législatif n'attendait qu'une occasion pour se déclarer contre lui.* Ce propos, et vingt autres particularités de cette espèce, la nature des liaisons qu'on lui connaissait dans la capitale, l'époque de son départ, firent conjecturer que son voyage en Suisse n'était qu'un prétexte pour faire, à l'insu de la police, d'importantes communications de la part d'un grand personnage [1] aux souverains alliés. Que ce soit, du reste, par accident ou par mission secrète que cette circonstance ait été connue, toujours est-il vrai qu'elle raffermit les deux empereurs, et donna une nouvelle activité à leurs opérations. Les ordres furent sur-le-champ expédiés pour concentrer l'armée austro-russe sur l'Aube, d'où elle devait se porter simultanément sur Troyes avec celle de Silésie. Le prince de Schwartzenberg,

[1] Si l'on se rappelle les intrigues du prince T........ au 31 mars, pour provoquer la déchéance de Napoléon, chacun devinera facilement quel est ce grand personnage dont parle M. Koch. Cette anecdote prouve, du reste, que la conspiration qui précipita Napoléon du trône fut ourdie longtemps avant la prise de la capitale, et non à l'aspect des baïonnettes étrangères, qui seulement déterminèrent l'explosion.

ayant sous ses ordres cent cinquante mille hommes, et le général Blücher cent trente mille, une masse de deux cent quatre-vingt mille hommes allait donc se trouver réunie, et son arrivée sous les murs de Paris ne pouvait plus dès-lors être douteuse.

Cependant Napoléon, voyant les progrès sensibles que faisaient les alliés malgré leur lenteur, se disposa à quitter Paris après avoir pris les mesures nécessaires à la défense et à la tranquillité de cette ville. L'ennemi n'était plus qu'à quarante-cinq lieues de la capitale; il devenait donc urgent de s'opposer plus vigoureusement à sa marche, surtout d'empêcher la jonction des armées austro-russe et de Silésie. De ce point important paraissait dépendre l'issue de la campagne; car si les deux armées se réunissaient, les Français, trop faibles, ne pouvaient plus résister avantageusement, au lieu que si elles restaient désunies, elles pouvaient tour-à-tour être attaquées avec quelque espoir de succès. Cette nécessité de circonstance devint la base du plan de campagne de Napoléon, qui, persuadé qu'il rétablirait ses affaires par quelque prochaine bataille, ne changea rien à ses premières dispositions, tendantes à conserver une plus grande étendue de territoire que ses forces ne le comportaient.

Le 25 janvier, Napoléon partit de Paris et arriva le lendemain à Châlons-sur-Marne, où se trouvaient aux environs les corps des maréchaux Macdonald, Ney, Marmont, Victor, et la cavalerie; le maréchal Mortier était vers la droite à Vandœuvres; le général Alix à l'extrême droite, à Auxerre. La réunion de ces divers corps portait les forces disponibles sous les ordres immédiats de Napoléon à soixante-dix mille hommes. Ayant pris connaissance de la position des alliés, il apprit que la tête de l'armée de Silésie marchait sur l'Aube et venait d'arriver à Brienne, que son centre occupait Saint-Dizier, attendant pour quitter cette position que la gauche eût passé la Meuse à Saint-Mihiel, et fût venue le remplacer. L'armée austro-russe approchait de Troyes, et déjà son avant-garde était à Bar-sur-Aube, ayant contraint le maréchal Mortier à se retirer sur Troyes. Encore deux jours et les deux armées alliées opéraient leur jonction. N'ayant pas un instant à perdre, Napoléon résolut de percer l'armée de Silésie par son centre, en débouchant par Saint-Dizier, de se rabattre par Joinville et Chaumont sur Langres, où il comptait encore trouver la tête de l'armée austro-russe. Mais, comme nous venons de le dire, celle-ci s'était avancée sur Troyes et allait soutenir l'armée de Silésie, de sorte que Napoléon allait se heurter contre des masses énormes, croyant n'avoir affaire qu'à des têtes de colonnes.

Le 27 janvier, il marcha donc sur Saint-Dizier et en déposta la division russe de Landskoy, qui se retira sur Brienne par Joinville. Le lendemain, laissant le maréchal Marmont, duc de Raguse, et le premier corps de cavalerie à Saint-Dizier, il porta le reste de ses troupes sur Montiérender, où il prit son quartier-général la nuit du 28 au 29. De là, l'empereur envoya des reconnaissances dans toutes les directions, qui rentrèrent toutes sans avoir rien découvert. Les habitants affirmant, de leur côté, qu'une armée ennemie avait passé la veille par Joinville marchant sur Troyes; Napoléon en conclut qu'elle avait passé l'Aube à Lesmont. Espérant tomber sur son arrière-garde à l'improviste, il quitta la direction de Langres par Chaumont, et le 29, à la pointe du jour, il prit la route de Brienne en une seule colonne, la cavalerie en tête, l'infanterie de la garde en queue. Pendant la nuit, ignorant que le maréchal Mortier avait déjà été obligé de se retirer sur Troyes, il lui avait expédié l'ordre de se rapprocher de l'armée. Mais l'officier chargé des dépêches ¹ étant tombé dans les postes ennemis, fut pris. Le général Blücher, qui se trouvait alors à Brienne avec les corps de Sacken et d'Alsusiew, apprenant que l'empereur marchait à lui avec ses principales forces, ne se croyant pas assez fort pour aller à sa rencontre, et encore moins pour continuer son mouvement sur Arcis-sur-Aube en le laissant sur ses derrières, résolut de s'arrêter à Brienne, pour y recueillir la division Landskoy, et agir ultérieurement selon la marche des Français. Il donna avis à la hâte à l'armée austro-russe, dont la tête arrivait à Bar-sur-Aube, de la situation critique où il allait se trouver, et comptant bien être soutenu par elle, il se disposa à tenir dans Brienne, où il se fortifia. Dans la journée du 29, il fut effectivement renforcé par le corps de Wittgenstein.

L'armée française se dirigea donc le 29 janvier sur Brienne. La division de cavalerie du général Piré, qui formait l'avant-garde, découvrit à huit heures du matin, des partis ennemis entre Maizières et Brienne, qui se replièrent. A deux heures après midi, deux régiments d'infanterie et six escadrons de cavalerie barrant la route à hauteur de Perthes, on commença de part et d'autre à se canonner. L'armée ennemie se montra alors en bataille à droite et à gauche de Brienne, et occupant cette ville. Notre cavalerie, sous les ordres du général Grouchy, se déploya dans la plaine. Le cinquième corps, qui tenait la gauche, se porta, protégé par trois batteries, contre la cavalerie du comte de Pahlen, qui évita tout engagement et se replia sur Brienne. Trois carrés d'infanterie russe

---

¹ Le chef d'escadron, adjoint à l'état-major du prince de Neufchâtel.

couvrirent sa retraite, par une vive fusillade, sur les divisions Briche et Lhéritier.

Jusque là notre cavalerie seule avait été engagée; les mauvais chemins retardant la marche de notre infanterie, l'ennemi ne pouvait être encore poussé sérieusement, embusqué qu'il était dans de larges fossés et des jardins qui coupent le terrain dans tous les sens. A trois heures, le corps du maréchal Victor parut, et quoique harassé de fatigue, il entra aussitôt en ligne, et la division Duhesme commença le feu. Pendant une heure la fusillade et la canonnade ne discontinuèrent pas, mais sans avantage marqué d'un côté ni d'autre. A la nuit tombante, arriva le maréchal Ney; Napoléon le dirigea avec la division Decouz sur Brienne, par le chemin de Maizières. Le général Duhesme renouvela son attaque au centre, et le général Chateau, chef d'état-major du maréchal Victor, marchant vers la droite à la tête d'une colonne d'infanterie, se porta, en tournant la ville, vers le château : position importante, escarpée et d'un difficile accès.

La division Duhesme pénétra jusque dans Brienne, et s'empara de deux pièces de canon; mais le général Blücher s'étant aperçu qu'elle n'était soutenue que par de l'artillerie, lança sur elle quarante escadrons de cavalerie, qui la ramenèrent et lui prirent quelques pièces de canon.

La colonne de droite, ayant pénétré dans le parc sans être aperçue, gravit vers le château sans rencontrer beaucoup d'obstacles. L'ennemi le croyant inexpugnable de ce côté, avait négligé de le faire occuper par des forces suffisantes; de sorte qu'après un vif, mais court combat, le château nous resta, et cette hardie et habile manœuvre décida de la journée. Le général Blücher, qui sans doute savait concilier les affaires importantes et son appétit, se mettait à table avec quelques officiers, lorsque la malencontreuse apparition du général Chateau vint le distraire désagréablement; il manqua être pris par quelques grenadiers qui entrèrent par la fenêtre dans la salle à manger, et ne dut son salut qu'à l'obscurité de la nuit. Profitant d'un premier succès, le général Chateau y laissa pour garder cette position quatre cents hommes des 37.ᵉ et 56.ᵉ régiments, sous les ordres du chef de bataillon Henders, et culbutant tout ce qui s'opposait à son passage, il descendit dans la ville. Dans ce moment, l'ennemi venait de repousser la division Duhesme. Blücher, moins pressé alors sur son centre, voulut alors se venger de la mystification qu'il venait d'essuyer. Il réunit les corps de Sacken et d'Alsusiew pour une attaque combinée, et fit assaillir le château de tous les côtés. Trois fois les colonnes russes l'escaladèrent, trois fois elles échouèrent : partout la terrible baïonnette les culbuta. Les cours, les escaliers, le parc surtout, étaient jonchés de cadavres. Le général Alsusiew ne pouvant tenir plus longtemps contre une si vigoureuse résistance, abandonna son attaque et rentra dans la ville.

Le général Sacken n'avait pas été plus heureux. Pendant qu'il attaquait le château par l'intérieur de la ville, la brigade Baste, soutenue de la division Meunier, avait pénétré dans la grande rue et en avait chassé l'ennemi. Alsusiew trouvant sa retraite coupée, jeta ses troupes dans les maisons voisines, et longtemps entretint un violent feu de mousqueterie. Il était dix heures, et l'obscurité de la nuit ne permettant aucune manœuvre aux deux partis, tous les corps étant pêle-mêle, se battaient à outrance. C'était véritablement moins une bataille qu'une horrible boucherie, qu'éclairait l'incendie de la ville, où l'ennemi, pour protéger sa retraite, venait de mettre le feu. Vers onze heures du soir, le général Grouchy, à la lueur des flammes, fit exécuter une charge par les dragons du général Lhéritier ; mais elle fut sans succès : l'ennemi ne put être enfoncé.

Enfin, à minuit, les deux armées, exténuées de fatigue et rassasiées de carnage, cessèrent le combat. Les Français restèrent en possession du château et de la plus grande partie de la ville. Les Russes laissèrent quelques troupes légères dans les dernières maisons, et profitèrent de la nuit pour effectuer leur retraite par la route de Bar-sur-Aube.

Les deux partis éprouvèrent de grandes pertes dans cette action. Quatre mille hommes du côté des Français, et six mille du côté de l'ennemi, restèrent sur le champ de bataille, tués ou blessés ; de part et d'autre on perdit quelques centaines de prisonniers. Le général Baste, qui depuis peu de temps avait quitté le service de mer pour celui de terre, fut tué ; les généraux Decouz et Forestier furent mortellement blessés, et le général Lefebvre-Desnouettes y reçut plusieurs blessures.

Telle fut la première bataille qui se livra pendant la campagne de 1814 au centre de l'empire. Nous remportâmes la victoire sans doute, puisque l'ennemi perdit ses positions et fut contraint à la retraite ; mais par combien de sang ne dûmes-nous pas l'acheter ? Au temps de nos prospérités, quatre mille hommes de moins dans les rangs étaient de peu d'importance, mais ici c'était une armée.

L'empereur Napoléon courut risque d'être pris dans cette journée. Vers six heures du soir, la nuit commençant à devenir obscure, comme il était sur la route près de Brienne à observer le combat, entouré de son état-major, il fut averti par le colonel Petiet (Auguste) que lui envoyait le général Pirée, qu'une colonne de cavalerie ennemie, tournant notre gauche, menaçait de passer sur nos derrières et d'arriver sur la route. Napoléon donna quatre pièces d'artillerie au colonel Petiet pour arrêter cette cavalerie à la tête du défilé par où elle pouvait déboucher ; mais il était trop tard, l'ennemi avait exécuté rapidement son mouvement en chargeant notre aile gauche. Quelques cavaliers arrivèrent sur la route au milieu du groupe où se trouvait l'empereur. Chaque officier tira son sabre, et plusieurs ennemis y trouvèrent la mort. Le colonel Gourgaud, officier d'ordonnance de l'empereur, qui se trouvait près de lui, tua deux cosaques au moment où ils s'élançaient sur Napoléon [1]. Le prince de Neufchâtel, qui avait aussi mis l'épée à la main, eut son chapeau percé d'un coup de lance. Ce *hourra* n'eut point d'autres suites. Le cinquième corps de cavalerie ayant chargé ce parti ennemi, il fut ramené dans sa position première.

La bataille de Brienne n'eut donc point le résultat satisfaisant dont s'était flatté Napoléon. Il avait cru trouver une fraction de l'armée de Silésie engagée au passage de l'Aube, et il était tombé sur le gros de cette armée, renforcée d'un corps accouru de l'armée austro-russe, et postée dans une bonne position. Il avait cru pouvoir empêcher la jonction des deux armées ennemies, et elles allaient se trouver réunies. Ce début de la campagne ne pronostiquait guère les brillants succès que l'armée française remporta dans le mois qui suivit cette action.

Extrait des *Éphémérides militaires*, 4 vol. in-8.°, publiées par *Pillet* aîné, Libraire ; Paris, 1820.

—◦•◦—

PRISE DE DANTZICK. (*Le 27 Mai* 1807.)

A victoire d'Eylau, quoique chèrement achetée, avait forcé l'armée russe et prussienne à quitter l'offensive sur la Basse-Vistule. La rigueur de la saison et le besoin de réparer ses pertes l'obligèrent à prendre quelque repos, entre le Niemen, la Passarge et le Bug. Napoléon fit alors prendre des cantonnements à son armée, et pour mettre à profit l'inactivité de l'ennemi, il résolut le siége de Dantzick.

1 Pour témoigner sa reconnaissance au colonel Gourgaud, Napoléon lui fit présent de l'épée qu'il avait constamment portée dans ses premières campagnes d'Italie.

Cette ville, située, à l'embouchure de la Vistule dans la mer Baltique, est une des plus fortes places du nord de l'Europe; autrefois ville libre, elle passa en 1793 sous la domination prussienne. Son immense commerce, suite de sa position topographique, la rendait l'une des principales sources de la prospérité de cette monarchie.

Lorsque l'armée française eut passé sur la rive droite de la Vistule, Dantzick lui devint nécessaire comme point militaire et comme magasin. Le maréchal Lefebvre, qui allait devoir un nouveau titre à ses succès sur cette place, fut chargé des opérations du siége, ayant sous lui les généraux Lariboissière, pour l'artillerie; Chasseloup, pour le génie; les troupes polonaises, saxonnes, badoises, et quelques régiments français. Plus tard, et vers le milieu du siége, la belle division du général Oudinot, sous les ordres du maréchal Lannes, vint prendre part aux travaux et à la gloire du sége.

Une garnison de douze mille Russes et Prussiens, qui, pendant le siége s'augmenta de six mille hommes, défendait la place, où commandait le feld-maréchal prussien Kalkreuth. Ce général, qui en 1793 assiégea Mayence et le força de capituler, assiégé à son tour par une armée française, allait aussi mettre bas les armes devant elle.

Un double rang de fortifications, des marais et des inondations, les communications faciles, par la Vistule, de Dantzick avec le fort de Weichselmunde, qui n'en est qu'à deux lieues, et qui, placé sur la Baltique, favorisait toutes les tentatives de l'ennemi par mer, rendirent difficile l'investissement de cette place. Il eut lieu vers le milieu du mois de mars; les lignes de circonvallation furent aussitôt tracées, et les opérations commencèrent.

Le 20 mars, le général Schramn enleva un poste prussien de trois cents hommes, qui servait à la communication de Dantzick avec la mer. Du 4 au 6 avril, plusieurs régiments russes, débarqués à Weichselmunde, pénétrèrent dans la place, et la garnison fit plusieurs sorties pour protéger leur entrée. Le 6, M. Minguernaud, aide-de-camp du maréchal Lefebvre, attaqua un parti de quatre cents Prussiens, qui s'avançait sur Dantzick par le Nehrung, et le prit presque en entier. Le 7, dans la nuit, une ile, défendue par mille Russes, et nécessaire à l'attaque de la place, fut enlevée par nos troupes, commandées par le général Drouet.

L'armée alliée voulant secourir Dantzick, fit débarquer, le 12 mai, au fort de Weichselmunde, le général Kamenskoï avec deux divisions. A la même époque, comme diversion utile, elle attaqua l'armée française sur toute l'étendue de sa ligne.

Le maréchal Lannes se porta avec le corps du général Oudinot, pour soutenir les troupes du siège. Les assiégeants étaient placés entre Dantzick et Weichselmunde, et il fallait que les troupes fraîchement débarquées leur passassent sur le corps pour pénétrer dans la place. Le 15, l'ennemi déboucha. Le général Schramm, avec le 2.ᵉ régiment d'infanterie légère, un bataillon polonais et un bataillon saxon, reçut le premier feu. Il se maintint vaillamment dans sa position, et fut secouru à temps. Le général Oudinot se porta sur l'ennemi avec une grande audace, et l'enfonça du premier choc; les deux régiments de Paris et le 12.ᵉ d'infanterie légère abordèrent les Russes avec impétuosité, et après deux heures de combat, ils les repoussèrent jusque sous les fortifications de Weichselmunde, après leur avoir fait éprouver une perte de deux mille cinq cents hommes. Pendant cette attaque, la garnison s'était contentée de nous canonner.

Le 16, cinq mille Prussiens ou Russes, débarqués à Pillau, s'avancèrent par le Nehrung; les généraux Albert et Beaumont les poursuivirent, et leur firent onze cents prisonniers.

Le 17, une frégate anglaise se présenta dans la Vistule, portant des vivres et des munitions à Dantzick. Vivement attaquée par nos batteries et la fusillade, elle fut obligée d'amener; un détachement du régiment de Paris sauta le premier à bord. Pendant ces différentes attaques, les travaux du siège avançaient; déjà ils touchaient au corps de la place. Le 17 mai, la mine fit sauter un *blakhousen* de la place d'armes du chemin couvert. Le 19, la descente et le passage du fossé furent exécutés à sept heures du soir. Le 21, le maréchal ayant tout préparé pour l'assaut, allait en donner l'ordre, lorsque le général Kalkreuth demanda à capituler. Quatorze ans auparavant, ce général avait accordé une capitulation honorable au général Doyré, qui défendit Mayence; la même capitulation lui fut accordée. Elle portait que la garnison sortirait avec armes et bagages, deux pièces de canon, tambours battant, enseignes déployées, mêche allumée, et qu'elle serait reconduite aux avant-postes de l'armée alliée, promettant de ne pas servir d'un an contre les armées françaises.

Le 27 mai, la garnison sortit, et après cinquante-un jour de tranchée ouverte, nos troupes en prirent possession. Le fort de Weichselmunde se rendit le 26.

On trouva dans la place plus de cinq cents pièces de canon, des magasins et des munitions considérables.

Nous reverrons, au mois de novembre, Dantzick défendu par des Français, après avoir soutenu un siége de neuf mois, forcé encore de capituler. Les assiégeants consentirent aussi à une honorable capitulation pour la garnison, que commandait le général Rapp ; mais ils ne craignirent pas de se deshonorer, en refusant de l'exécuter dès qu'ils furent maîtres de la place.

Éphémérides militaires.

PASSAGE DU RHIN PRÈS DE GAMBSHEIM.
(Le 20 Avril 1797.)

ANDIS que l'armée de Sambre-et-Meuse enlevait à l'ennemi d'honorables trophées dans les plaines de Neuwield, l'armée de Rhin-et-Moselle, commandée par le général Moreau, non moins intrépide, mais ayant devant elle plus d'obstacles, sans autres moyens que son courage pour les surmonter, effectuait le passage du Rhin, le plus brillant et le plus étonnant dont les annales militaires nous aient laissé l'exemple.

Le général Moreau, sentant la nécessité d'occuper l'ennemi, qui tenait avec des forces considérables toute la rive droite du Rhin, afin de l'empêcher de faire quelque détachement pour soutenir l'armée de l'archiduc Charles, que Bonaparte poussait jusqu'aux portes de Vienne, résolut de passer sur la rive droite et de s'emparer du fort de Kehl, vis-à-vis Strasbourg, perdu la campagne précédente. Mais pour l'exécution d'un pareil projet, il eût fallu avoir un grand nombre de barques : toutes celles que l'on pût enlever sur la rivière d'Ill, qui se jette dans le Rhin, vis-à-vis Kilstett, ne s'élevaient qu'à soixante. Les Autrichiens n'en laissaient naviguer aucune sur le Rhin, et il ne fallait pas leur donner l'éveil. Malgré ce peu de ressource, Moreau, comptant sur la valeur de ses troupes, fixa le passage dans la nuit du 19 au 20 avril.

A deux heures du matin, depuis le fort Vauban jusqu'à Huningue, le canon se fait entendre sur toute la ligne française, et tient l'ennemi dans l'inquiétude ; de fausses attaques se font sur plusieurs points, et les troupes cantonnées depuis Strasbourg jusqu'à Schelestadt, se portent, à marche forcée, sur le véritable point d'attaque. A Gambsheim, près Strasbourg, se trouvaient déjà les troupes qui devaient tenter le premier effort. Le général Dubesme les commandait, ayant sous ses ordres Vandamme, Davoust, Desaix, Jordis, et les adjudants-généranx Demont et Heudelet.

Cependant les bateaux destinés au passage, retardés par la difficulté de la navigation dans l'Ill, dont les eaux ont baissé la veille de quelques pouces, n'arrivent pas; il est cinq heures, et il n'y en a encore que vingt-cinq; on les remplit de troupes à la hâte, et, au moment de partir, on s'aperçoit qu'il n'y a point de rames pour les diriger. Ces bateaux, destinés à naviguer seulement sur l'Ill, n'en avaient pas; on avait été obligé d'en prendre dans l'arsenal de Strasbourg. Le bateau qui les contenait et devait les apporter au lieu de l'embarquement s'était engravé, et n'avait pu arriver. Le général Moreau ne se décourage pas: un bataillon est désigné pour aller prendre les rames sur le bateau où elles se trouvaient (Il y avait trois quarts de lieue). Le bataillon part aussitôt au pas de course, et revient en moins d'une heure, rapportant sur ses épaules les rames nécessaires. La flottile part alors, et, sortant de l'Ill, débouche dans le Rhin. L'ennemi, dont les batteries enfilaient l'embouchure de l'Ill et le grand courant du fleuve, fait pleuvoir sur elle une grêle de mitraille et de mousqueterie. Les Français reçoivent ce feu meurtrier sans y répondre. Ils avancent toujours, et arrivent enfin près d'une île, sur la rive droite. L'adjudant-général Heudelet, avec les aides-de-camp Grobrecht et Savary, et un bataillon de la 76.ᵉ, abordent les premiers l'ennemi, l'attaquent avec fureur, et le font reculer. Toutes les troupes débarquent, se portent en avant, passent le dernier bras du Rhin, ayant de l'eau jusqu'à la ceinture, et attaquent enfin les Autrichiens sur la terre ferme. Les bateaux retournent alors chercher de nouveaux soldats, et laissent la colonne du général Duhesme abandonnée à son seul courage, entre le Rhin et les redoutes ennemies.

Celui-ci était retranché au village de Diersheim, et son front était couvert d'une nombreuse artillerie. Nous n'en avions pas; mais que ne peuvent les Français? On ne tire pas un coup de fusil, et, la baïonnette en avant, la colonne se porte sur le village. Ecrasée par la mitraille, elle ne marche qu'avec plus d'audace; la charge bat de toutes parts, le cri *d'en avant!* retentit sur toute la ligne et augmente la vélocité de l'attaque; un tambour tombe mort à la tête de la colonne, le général Duhesme prend la caisse et continue à battre la charge avec le pommeau de son sabre; mais il a la main fracassée d'une balle, et se retire. Vandamme prend le commandement et fond sur le village; l'ennemi résiste d'abord, mais, rompu par le choc des Français, il l'abandonne et se retire.

C'est en vain qu'il veut le reprendre, il échoue dans ses tentatives, et le village nous reste.

Cependant le général Moreau était parvenu à établir un pont volant qui porte sur la rive droite quelques pièces d'artillerie et quelques détachements de cavalerie. Les barques amènent sans cesse des renforts de la rive gauche; en plus grand nombre, les Français donnent plus de développement à leurs attaques, et le général Davoust fait culbuter et déborder l'aile gauche de l'ennemi, établie à Hanau. Diersheim, pris et repris plusieurs fois dans la journée, appartient encore aux Français à trois heures après midi.

Les Autrichiens, qui avaient appelé toutes leurs troupes de Kehl, Stolhoffen et Offenbourg, tentent une nouvelle attaque sur le village; leur artillerie y met le feu, démonte nos canons, et ils y pénètrent. Un horrible combat s'engage alors. La 31.ᵉ et la 109.ᵉ demi-brigades font des prodiges de valeur; le général Jordis est blessé, les adjudants-généraux Demont et Hendelet le sont aussi. Le général Desaix, toujours le premier au danger, reçoit une balle à la cuisse, et tombe. Lui, qui défendit Kehl si glorieusement l'année précédente, voulait y rentrer par les mêmes barrières qu'il fut forcé d'abandonner à l'ennemi, et il se désespère alors de ce que la fortune vient de trahir son courage. C'est de Desaix qu'un grenadier disait: *Si cela continue, je me brûle la cervelle; cet homme est toujours devant moi.*

Les Français sont au moment de céder le village, lorsque la 17.ᵉ demi-brigade arrive et rétablit le combat; elle se précipite sur l'ennemi fatigué, le repousse, et le chasse enfin pour toujours de Diersheim. Vers les cinq heures, les Autrichiens font un nouvel effort pour le reprendre; mais, décidément débordés sur leur gauche par les généraux Vendamme et Davoust, ils se retirent et prennent position en arrière du village.

C'est ainsi qu'avec les plus faibles moyens l'armée française exécuta, en plein jour, le passage du Rhin, le plus mémorable de ceux qui ont conservé quelque célébrité.

La victoire était à nous, et notre audace avait été justifiée par le succès; mais la position des braves, sur la rive droite, était toujours critique tant que l'armée entière n'avait pas passé sur cette rive du fleuve. Le général Moreau employa toute la nuit à jeter un pont sur le Rhin; malgré l'artillerie autrichienne, il fut achevé à la pointe du jour, et dès-lors, sans obstacle, les Français abordèrent la rive droite pour voler à une nouvelle victoire.

Extrait des Éphémérides militaires.

EXTRAIT

DES BEAUX ÉTATS DE SERVICES

DU BRAVE COLONEL

LANIER.

ANIER (Laurent - Quentin), Chevalier de
l'Empire, Commandant de la Légion-d'Honneur, Colonel d'Infanterie, né à Dammartin
(Seine-et-Marne), le 23 Février 1768, décédé
le 19 décembre 1853, à Saint-Julien, à 3
kilomètres de Metz.

Parti comme volontaire au 2.ᵉ bataillon de
la Nièvre, le 25 août 1792, Lanier acquit les
grades suivants, pendant les glorieuses campagnes de la république et de l'empire.

Nommé sous-lieutenant le 4 septembre 1792, et lieutenant
le 22 nivose an II, il fit partie de l'armée du Nord, en 1792
et 1793, commandée par les généraux Dumouriez et Ferrand.
Capitaine adjudant-major le 22 pluviose an II, grade qu'il
occupa pendant 12 années, il était aux armées de Sambre-
et-Meuse, du Rhin, d'Angleterre, de Naples, de Batavia;
nommé chef de bataillon au 61.ᵉ régiment de ligne, le 28 octobre
1806; par la conduite distinguée qu'il a tenue à la bataille
d'Iéna, il fut employé à la division des grenadiers réunis depuis
le 4 avril 1807 jusqu'au 27 octobre 1808; nommé major[1]
au 17.ᵉ régiment de ligne le 27 octobre 1808, il passa à la

---

[1] Lieutenant-Colonel.

6.e demi-brigade provisoire de réserve, le 29 avril 1809, au bataillon de Belle-Isle-en-Mer, le 15 mai 1810, au 1.er régiment de ligne le 5 octobre 1810, au bataillon de marche de la 13.e division militaire, le 22 janvier 1811, au 9.e régiment de ligne, le 12 février 1811; enfin, colonel du 92.e régiment de ligne, le 23 janvier 1812, commandant du dépôt des conscrits réfractaires et des déserteurs établis à Strasbourg, le 29 août 1813, et commandant d'armes de la place de Landau le 3 mai 1815.

Titre et décorations.

Nommé Chevalier de la Légion-d'Honneur le 26 prairial an XII.
—   Officier de la Légion-d'Honneur le 28 juin 1807.
—   Chevalier de l'empire le 15 juillet 1810.
—   Commandant de la Légion-d'Honneur le 31 juillet 1812.

Blessures.

Blessé d'un coup de feu à la cuisse gauche le 17 août 1793, à Pantigny-sur-Sambre; — d'un coup de feu au bras gauche le 9 frimaire an V, au fort de Kelh; — d'un coup de biscayen au ventere le 1.er floréal an V, au passage du Rhin, à Diertsheim; — d'un coup de feu à la jambe gauche le 16 floréal an VII, à Lanworo (pays de Naples); — d'un coup de feu au pied droit le 29 prairial an VII, à l'affaire de la Trébia; Prisonnier de guerre à l'affaire de la Trébia le 1.er messidor an VII, rentré le 9 ventose an IX. — Blessé de quatre coups de feu le 26 juillet 1812, au combat d'Ostrowno, en Russie, dont un traverse la partie supérieure de la poitrine du côté gauche, un autre sur le tibia de la jambe droite; une balle emporte l'épaulette droite, et une autre lui déchire la face droite, a fait la retraite à Moskou.

Campagnes et actions d'éclat.

Lors de l'invasion des Prussiens dans la Champagne et du manifeste, insultant du duc de Brunswick menaçant la nation française, en date du 25 juillet 1792, il fut demandé à la ville de Dammartin, chef-lieu de canton du département de Seine-et-Marne, deux hommes pour aller à la défense des frontières. Lanier fut l'un des deux qui s'enrôlèrent volontairement à la mairie, le 25 août 1792. Cet exemple de patriotisme ayant été suivi le lendemain par vingt-neuf jeunes gens de la ville et des environs, cette petite ville vit partir pour l'armée, le 27 août au matin, trente et un soldats au lieu de deux qui lui avaient été demandés. Le maire, voulant donner à ce départ inattendu un témoignage éclatant de sa satisfaction, fit commander la garde nationale, à la tête de laquelle il se plaça avec le conseil municipal pour lui faire la conduite. Le maire de Dammartin ayant chargé Lanier de remplir les fonctions de fourrier pour le logement de cette troupe, il fut confirmé dans ce grade lors de la formation provisoire de la compagnie au chef-lieu du département, et à la formation définitive, au camp de Soissons, il fut nommé sous-lieutenant aux acclamations de toute la compagnie.

Le 29 septembre 1793, à la retraite du camp de Jumont, sur Maubeuge, lors du blocus de cette place par les Autrichiens, le sous-lieutenant Lanier, par son sang-froid et son audace, arrêta, avec la compagnie qu'il commandait, un escadron de hussards de Barco, dont la présence avait dispersé les troupes qui le précédaient dans la marche en retraite. — Le 8 messidor an II, à la bataille de Fleurus, l'adjudant-major Lanier reçut, au commencement de l'affaire, plusieurs fortes contusions occasionnées par la chute de son cheval tué sous lui d'un coup de boulet. Il n'en resta pas moins à son poste jusqu'à la fin de l'action. — Vendémiaire et brumaire an III, était au siége de Maëstricht. — Germinal, prairial et floréal an III, était au blocus de Luxembourg. — 7 brumaire an IV. La garnison autrichienne, renfermée dans Mayence, ayant fait une sortie pour débloquer la place, le 17.ᵉ régiment d'infanterie de ligne éprouva une grande perte en officiers tués, blessés et prisonniers. Le capitaine Lanier avait été chargé du commandement d'un bataillon, et par suite d'une blessure que le colonel reçut, il conduisit le régiment jusqu'aux lignes de Landau.

Pendant la retraite, qui dura dix-neuf jours, il se distingua particulièrement à l'affaire de la Réhite, le 23 brumaire, en protégeant la retraite des troupes françaises qui étaient vivement poursuivies par l'ennemi, très-supérieur en nombre. — Le 11 vendémiaire an v, à l'affaire de Biberack (retraite de Moreau), l'adjudant-major Lanier, voyant l'ennemi faire de grands efforts pour rompre la ligne de l'infanterie, engagea quelques sous-officiers et des tirailleurs du 17.ᵉ à le suivre, pour arrêter ces progrès; leur ayant donné l'exemple, ils fondirent sur l'ennemi et lui firent éprouver de grandes pertes, ce qui le força à la retraite (attestation du 17.ᵉ de ligne). Pendant la campagne et la retraite de Moreau, l'adjudant-major Lanier fut souvent employé par le général Vandame, commandant l'avant-garde, à faire les reconnaissances et les découvertes de l'ennemi. — 1.ᵉʳ floréal an v. Au passage du Rhin; près du village de Diertsheim, après avoir été blessé au ventre par un biscaïen, l'adjudant-major Lanier rallia des tirailleurs à la tête desquels il repoussa à plusieurs reprises, deux pelotons de dragons du régiment de Latour qui voulaient s'emparer du village de Diertsheim, et, quoique blessé, il fit un officier prisonnier. — 6 pluviose an vii. L'adjudant-major Lanier, cantonné à la Tore-del-Greco (pays de Naples), ayant été informé que les Anglais voulaient faire une descente à la Tore de l'Annunciade (distance de 3 à 4 lieues), à l'effet de s'emparer d'une manufacture d'armes et d'un magasin à poudre, et ensuite de mettre garnison dans plusieurs forts situés en mer, se ménagea des intelligences dans la ville, et proposa à son chef de bataillon de lui donner des troupes pour prévenir l'arrivée de l'ennemi. Il se rendit en toute hâte et nuitamment à cette destination, fit occuper les forts par sa troupe, s'empara des armes de la manufacture, fit désarmer les habitants et envoya le même jour plus de vingt mille fusils à Naples. Il reçut de M. le général Championnet, commandant en chef l'armée française à Naples, les plus grands éloges sur son dévouement et sa conduite dans cette affaire. — 8 floréal an vii. A l'affaire de la Cava (pays de Naples), l'adjudant-major

Lanier a particulièrement contribué à la prise de la ville, en chargeant l'un des premiers sur deux pièces de canon qui en défendaient l'entrée, et il sauva d'entre les mains des brigands le capitaine Maucune, aide-de-camp du général Watrin. — 29, 30 prairial et 1ᵉʳ messidor an VII, *Bataille sur la Tidonne et la Trébia* (Italie). Le 30 prairial, le 2.ᵉ bataillon du 17.ᵉ régiment d'infanterie de ligne, se trouvant cerné par une colonne d'infanterie russe, très-supérieure en nombre, et ne pouvant se faire jour pour rejoindre son régiment dont il se trouvait détaché, l'adjudant-major Lanier, ne consultant que son courage, s'exposa au feu de toute la ligne ennemie pour aller rendre compte au général de brigade de la position désespérée de ce bataillon, et ramena du renfort pour le débloquer. — 2 messidor an VII. Fait prisonnier de guerre par les Russes; envoyé en Hongrie dans les forts de Gradiska (Esclavonie), Kleinzel (Hongrie), Thiernenstein (Autriche); envoyé en Hongrie aux Cinq-Eglises. Par suite de la bataille de Hohenleinden, rétrogradé pour l'échange le 10 ventose an IX, à Port-de-None, en Italie. — 3 germinal an XI. Embarqué sur le bâtiment de transport l'*América*, pour l'expédition de la Louisiane. — 28 floréal. Débarquement par suite de la cession faite à l'Espagne de ladite île par le gouvernement français. — 2 décembre 1805. A la bataille d'Austerlitz, le demi-bataillon de droite du 1.ᵉʳ bataillon du 17.ᵉ régiment de ligne, ayant reçu l'ordre de se porter en toute hâte au secours de deux régiments de cavalerie légère (5.ᵉ hussards et 5.ᵉ chasseurs) qui étaient aux prises avec de la cavalerie russe, supérieure en nombre, et dont ils étaient très-maltraités, l'adjudant-major Lanier entra l'un des premiers dans la mêlée; et par son exemple, il entraîna la troupe à dégager nos régiments, et s'empara de deux pièces de canon russes qui furent ramenées immédiatement au camp. L'adjudant-major Lanier fut, pour cette action, proposé pour le grade de chef de bataillon. — 14 octobre 1806. *Bataille d'Iéna*. Nommé par l'empereur chef de bataillon sur le champ de bataille, avec ordre d'inscrire sur ses états de service : Nommé chef de bataillon au 61.ᵉ régiment d'infanterie de ligne, pour sa conduite distinguée à la bataille d'Iéna. — 26 décembre 1806. Il était à Golimin (Pologne). — 8 février 1807. *Bataille de Preussick-Eylau*. Le colonel du 61.ᵉ régiment d'infanterie de ligne, ayant été blessé grièvement, le chef de bataillon Lanier prit le commandement du régiment après en avoir réuni les débris, avec lesquels il marcha sous les ordres du général de division Klein, pour repousser l'ennemi et rétablir l'ordre sur la ligne. Après cette sanglante bataille, le chef de bataillon Lanier, ayant avec lui deux pièces d'artillerie fut chargé du commandement de l'arrière-garde de la division, pour protéger sa retraite qui dura six jours. — 4 avril. Passé à la division des grenadiers et voltigeurs d'Oudinot. — Du 4 au 24 avril, il était au siége de Dantzick. — 14 juin 1807. *Bataille de Friedland*. La veille de la bataille de Friedland, le 9.ᵉ régiment de Hussards ayant été fort maltraité par la cavalerie russe (cosaque), le commandant Lanier fut envoyé avec son bataillon et un escadron de cuirassiers saxons, pour protéger la retraite de ce régiment ; il passa la nuit avec sa troupe à l'avant-garde. Le lendemain, le chef de bataillon Lanier, avec le bataillon de voltigeurs qu'il commandait, fut chargé de la défense d'un bois situé à l'extrémité de l'aile droite de l'armée, soutint avec avantage les attaques de l'infanterie russe, supérieure en nombre, en exécuta dans lesquelles il fit beaucoup de mal à l'ennemi, et se distingua particulièrement à la dernière, où il parvint à chasser l'ennemi du bois, ce qui facilita les opérations du 6.ᵉ corps d'armée, qui reçut l'ordre de remplacer à l'aile droite le corps des grenadiers d'Oudinot. Par suite de cette action, le chef de bataillon Lanier reçut, sur le champ de bataille, la croix d'Officier de la Légion-d'Honneur. — 27 octobre 1807. Nommé major au 17.ᵉ régiment de ligne. — 5 mai 1809. Nommé par l'empereur au commandement de la 6.ᵉ demi-brigade provisoire, le major Lanier donna à l'organisation de ce corps de nouvelle formation, tous les soins qu'il exigeait, tant pour l'instruction et la discipline, que pour la conservation de la santé des sous-officiers et soldats qui étaient tous de nouvelle levée, ce qui lui valut des éloges de

M. le lieutenant-général Sainte-Suzanne, commandant le camp de Boulogne. Sur le rapport de cet officier général, le ministre de la guerre fit partir ce corps pour entrer en campagne à l'armée d'Anvers, où il reçut également de sa Majesté le roi de Hollande, des éloges sur l'instruction, la discipline et la belle tenue de ce corps, dont la formation datait à peine de quelques mois.—25 mai 1810. Nommé au commandement du bataillon de Belle-Isle-en-Mer, composé d'une partie du 4.e régiment suisse et de soldats français aministiés de la peine du boulet. — 22 janvier 1811. Nommé au commandement de la colonne de la marche de la 13.e division militaire, il la conduisit de Nantes à Bayonne. 12 février 1811. Nommé major au 9.e régiment de ligne. — 23 janvier 1812. Nommé colonel du 92.e régiment de ligne. — 26 juillet 1812. Au combat d'Ostrowno (Russie), le colonel Lanier, à la tête du 92.e régiment, en défendant son aigle jusqu'à ce qu'il fût tombé baigné dans son sang par suite de quatre blessures, dont une très-grave, a prouvé combien il était, sous tous les rapports, militaire distingué. A cet hommage à la vérité rendu avec empressement par le 92.e régiment qu'il honore, et ne pourra jamais oublier d'avoir été dirigé par cet officier supérieur, il faut réunir la haute opinion que M. le général Delzous, qui commandait à Ostrowno, a exprimé dans son rapport au prince vice-roi d'Italie, commandant en chef le 4.e corps de la grande armée. Nommé sur le champ de bataille commandant de la Légion-d'Honneur, le 31 juillet 1812. Les soldats du 92.e régiment, ayant appris que leur colonel avait fait demander aux vivandières de l'eau-de-vie pour le pansement de ses blessures, et qu'elles en étaient entièrement dépourvues pour l'avoir donné gratuitement le jour de la bataille, ainsi qu'elles sont dans la louable habitude de le faire, réunirent spontanément le peu de cette liqueur qui leur restait et la lui lui envoyèrent. Le colonel Lanier reçut avec la plus douce satisfaction, cette marque d'attachement de ses compagnons d'armes.—29 août 1813. Nommé au commandement du dépôt des conscrits réfractaires et des déserteurs établi à Strasbourg, ainsi qu'à celui des prisonniers de guerre rentrants, il a donné à ces hommes qui, après avoir séjourné dans les prisons, étaient pour la plupart atteints du typhus, tous les soins réclamés par l'humanité, et provoqué la destruction de leurs vêtements, ainsi que celle des objets de couchage des casernes qu'ils habitaient, lesquels furent brûlés hors de la place. — 3 mai 1815. Nommé au commandement de la place de Landau, il sut se concilier l'estime du général commandant supérieur, de la garnison, de la garde nationale, ainsi que des habitants, par sa conduite distinguée pendant le blocus et la nuit du bombardement.

1820 et 1821. Rentré dans la vie civile, le colonel Lanier fut chargé par M. le comte de Tocqueville, préfet de la Moselle, de l'inspection gratuite des travaux à exécuter sur la route départementale n.º 7 de Metz à Bouzonville, dans l'arrondissement de Metz. Les soins constants qu'il a mis à remplir cette mission, ainsi que ceux relatifs à l'économie de la fourniture des matériaux pour le compte de l'administration, lui ont mérité une lettre de remerciements de la part de M. le préfet. Nommé inspecteur gratuit des écoles primaires rurales du 2.e canton de Metz, il a donné à cet important service tous les soins possibles dans l'intérêt de l'instruction, rétabli la morale dans les écoles où elle était relâchée, et réformé les abus existant alors. — 1831. Nommé par M. le préfet du département de la Moselle au commandement des gardes nationales rurales du 2.e canton de Metz et du canton de Vigy, pendant le séjour à Metz de S. M. Louis-Philippe, roi des Français. Nommé maire de la commune de Saint-Julien-lès-Metz, il n'a cessé de donner à l'administration tous les soins possibles, et secourut les habitants à l'époque du choléra-morbus en 1852, ainsi que lors de l'épidémie dyssentérique de 1842.

HISTOIRE DES FUSÉES A LA CONGRÈVE.

TOUT le monde connaît ces *fusées volantes*, dont le mouvement d'ascension est utilisé pour produire, dans les airs, de brillants météores, aux couleurs variées, et quelquefois mêlés de bruit, destinés à servir de signaux nocturnes, ou à jouer leur rôle dans les feux d'artifice, magnifique ornement des réjouissances publiques. Ce sont des petites cartouches ou cylindres en papier, carton ou bois léger, que remplit une composition bien battue, dont la combustion détermine le vol rapide des cartouches dans l'air. Une longue baguette de bois léger attachée au cartouche, et formant la partie postérieure de la fusée, est le moyen de direction, le gouvernail, qui change ce vol irrégulier en un mouvement ascensionnel très-prononcé ; le cartouche se termine à l'avant par un pot cylindrique, contenant une garniture d'artifice, et coiffé d'un chapiteau dont la forme conique facilite l'ascension de la fusée. Le cartouche est ouvert à sa base postérieure: si l'on met le feu à cette ouverture, la composition qui remplit le cartouche s'enflamme en produisant une grande quantité de gaz ; d'où résulte sur le fond antérieur du cartouche une pression puissante, capable de vaincre le poids total de la fusée, et de l'enlever vivement dans les airs. Alors, quand la composition du cartouche est complétement consumée, le feu se communique à la garniture qui remplit le pot antérieur, et qui, suivant sa nature, se résout dans les airs en étoiles de diverses couleurs, lardons, serpenteaux, marrons ou pluies de feu.

Les *fusées de guerre*, nommées autrefois *rochettes* par les Français (*rokets* en anglais, *rackete* en allemand), et que l'on a depuis appelées *fusées à la Congrève*, du nom de l'officier anglais qui les a remises en usage, ne sont pas autre chose que les fusées volantes de grandes dimension, dont le cartouche et le pot sont en tôle, et qui portent à leur avant, en guise de chapiteau, un projectile creux en fonte de fer, destiné à produire les effets d'enfoncement et d'éclatement des bombes et des obus ordinaires, ou bien une carcasse remplie de matières incendiaires, auxquelles on joint encore des balles et de la mitraille, et dont la destination militaire est d'incendier les obstacles sur lesquels elles sont projetées. En un mot, lancer des projectiles incendiaires ou détonants, à l'aide de grosses fusées volantes, au lieu d'employer les bouches à feu ordinaires de l'artillerie; tel est le caractère général, le trait saillant de l'invention des fusées de guerre.

Comme mobiles destinés à porter avec eux l'incendie, au moyen de carcasses remplies de matières combustibles, les fusées de guerre paraissent originaires de l'Inde; l'usage en est immémorial chez tous les grands peuple de l'Asie et de l'Orient. Peut-être ont-elles figuré parmi les appareils incendiaires qu'affectionnaient les Grecs du Bas-Empire. Toujours est-il certain que, du 14.e siècle à la fin du 17.e, elles furent employées en Europe, et notamment en France dans diverses opérations militaires. Toutefois ces instruments de guerre y paraissaient complétement oubliés, lorsque, vers 1804, le lieutenant-colonel anglais, depuis général, sir Williams Congrève, ressuscitant les fusées incendiaires, fit à Woolwich de nombreux et savants essais, qu'imitèrent bientôt toutes les puissances du Nord, et dont les résultats furent tels, que, si l'on refuse à cet officier le mérite de l'invention, bien qu'il ait donné son nom à ces mobiles, on ne peut lui contester du moins ni l'emploi nouveau qu'il en a fait ni les heureux perfectionnements qu'il a introduits dans leur fabrication, et qui sont encore le thème principal des études de toutes les artilleries de l'Europe.

Qu'il ait puisé cette invention dans ses propres observations, ou qui l'ait ravie soit aux pratiques orientales, soit à l'artillerie française de Charles VII, il lui revient l'honneur d'avoir, au commencement de ce siècle, fait remarquer aux artilleurs que puisque la force motrice des fusées se trouve en elles-mêmes et agit sans réaction sur leur point de départ, l'on pouvait les employer avec succès comme instrument de guerre, tant sur terre que sur mer, dans les différents cas où, à la mer surtout, le violent recul, produit par l'explosion de la poudre, limite considérablement, s'il ne rend tout à fait impossible, l'usage de l'artillerie ordinaire.

Le point essentiel, pour Congrève, était d'obtenir des portées suffisantes, et de faire projeter aux fusées une assez grande quantité de matières incendiaires Après deux années d'expérimentation, le premier essai définitif en fut fait par les Anglais, en 1806, contre la ville de Boulogne-sur-mer, où se trouvait rassemblée la fameuse flottille des bateaux plats français, destinée à une descente en Angleterre. En 1807, les Anglais s'en servirent d'une manière désastreuse contre Copenhague ; Guesde, près Lunebourg et Flessingues, bombardées par eux, en éprouvèrent les effets. En 1809, Congrève en distribuait 1,200 sur différentes parties des brûlots destinés à incendier notre flotte dans la baie de Biscaye. En 1813, un corps de cavaliers fuséens anglais appelé *rocket-corps,* joignit l'armée coalisée du continent, et prit part à la bataille de Leipsick : ce sont les seules troupes anglaises qui se soient trouvées à cette journée. En mémoire de cette essai, le premier sur terre, et de cette bataille, le guidon des fuséens anglais porta le mot *Leipsick !* Dans la Péninsule, où l'on fit cependant rarement usage des fusées, elles protégèrent, en 1813, le passage de l'Adour par une brigade de gardes anglais. En 1815, une compagnie de fuséens figurait, dans l'artillerie britannique, à la bataille de Waterloo. En 1817, la compagnie des Indes adoptait l'usage de ces armes nouvelles ; des corps de fuséens à pied et à cheval étaient institués.

C'est ainsi qu'en 1826, elles furent d'un effet décisif dans la guerre que les Anglais soutinrent contre les Birmans. Améliorées successivement, elles ont définitivement pris racine dans les pratiques de l'armée anglaise. D'abord simple moyen incendiaire, et, à ce point de vue, ne produisant quelquefois que des résultats médiocres, parce que, s'approchant d'elles avec précaution, l'on pouvait les arracher sans crainte des points sur lesquels elles tombaient, et prévenir ainsi les incendies, elles sont devenues bientôt une force motrice de projectiles meurtriers. Leurs carcasses, jusque-là simplement remplies de préparations d'artifice, reçurent, en outre, des grenades destinées à éclater dans un temps donné, ou bien de petits canons de fusil chargés à balles, et partant successivement pendant la combustion de la matière incendiaire, pour empêcher d'arracher la fusée des objets où elle s'implantait par la pointe de fer dentée du chapiteau. Enfin, les carcasses ont souvent été remplacées par des bombes ou obus, de forme sphérique, oblongues ou cylindro-coniques; et dès lors s'est trouvée réalisée complétement la pensée de lancer des projectiles meurtriers et détonants, à l'aide de fusées automotrices, et sans l'attirail, quelquefois embarrassant, des bouches à feu ordinaires.

L'exemple donné par Congrève, en 1804, ne tarda pas à exciter l'émulation des autres puissances. C'est ainsi que les fusées de guerre ont été étudiées avec ardeur et employées avec plus ou moins de succès par les Danois depuis 1811, par les Suédois et les Russes depuis 1813, par les Saxons depuis 1816. Dès 1814, les Autrichiens établissaient, près de Vienne, à Vienerisch—Neustadt, des ateliers mystérieux pour la confection de ces nouvelles machines de combat en 1815, ils en faisaient usage contre Huningue ; en 1820, ils les fabriquaient suivant d'autres systèmes que les Anglais ; et cette même année, un corps de fuséens autrichiens faisait partie de l'armée d'expédition de Naples.

Enfin, depuis quelques années, ces fusées sont devenues un objet tout particulier de recherches savantes et d'expériences faites avec un soin extrême, chez toutes les nations de l'Europe, notamment chez les Autrichiens qui, s'il faut les croire, ont donné à cet artifice tout le degré de perfection qu'on peut raisonnablement désirer.

En France l'on commença à faire l'essai de fusées de guerre, à Vincennes, en 1810, et à Toulon, en 1811 ; mais ces tentatives, renouvelées à Séville en 1812, à Hambourg en 1813, et qui ne portaient d'ailleurs comme partout alors en Europe, que sur des fusées purement incendiaires, n'eurent pas tout le succès désirable. Les avantages de cette arme, dont l'utilité à la guerre était, au surplus, contestée par les artilleurs de mérite, entre autres Gassendi n'ayant pas paru démontrés suffisamment, par l'expérience, on s'en était peu occupé jusque vers 1827, où l'exemple des autres puissances engagea le Gouvernement français à attacher aux travaux des fusées un Anglais, M. Bedfort, élève du général Congrève. Dès lors la fabrication de ces armes fut poursuivie en France sur une grande échelle, à l'école pyrotechnique de Metz. Lors de l'expédition d'Alger, l'artillerie de terre etait approvisionnée d'une certaine quantité de fusées, que devait projeter une batterie d'affûts spéciaux de campagne à deux roues. A cette même époque, la marine faisait confectionner à Toulon, par les soins de M. Bourée, commandant d'artillerie de la marine, 1,200 fusées de guerre pour l'armée navale d'Afrique. La plupart de ces projectiles étaient surmontés d'un obus plein de poudre et de roches à feu ; les autres, d'un pot incendiaire contenant, au milieu de roches à feu, de petits canons de fusil chargés à balles et terminés par un chapiteau à pointe de fer dentée.

L'armée qui s'embarqua pour conquérir Alger emporta 1,800

fusées, tant de mer que de terre ; lancées contre la cavalerie arabe, elles portèrent l'effroi et le désordre parmi les chevaux et les hommes. En 1832, 1,000 fusées de guerre étaient expédiées sur Anvers. En 1834, des expériences faites à La Fère montraient que les fusées françaises n'était pas inférieures à celles de l'armée anglaise. En 1844, on en embarquait dans la guerre contre le Maroc, à laquelle tous les corps de la marine prirent une part si glorieuse. Tirées du vapeur *le Rubis*, contre les villes de Tanger et mirent le feu en plusieurs endroits, et les désastres eussent été terribles, si le prince-amiral, fidèle à la politique traditionnelle que la France sait toujours tenir contre ses ennemis, à Tanger comme à Odessa, n'eût expressément commandé d'épargner les quartiers de la ville où n'habitaient point les soldats marocains.

Depuis cette époque, le département de la guerre en a expédié, à divers reprises, à son armée d'Afrique. Enfin la création par la marine, en 1840, d'une école centrale de pyrotechnie maritime, à Toulon, a permis aux officiers d'artillerie de la marine, directeurs et employés de cet établissement, d'imprimer les progrès remarquables à la fabrication des fusées de guerre, et de l'amener à un degré de perfection pour le moins aussi élevé que chez celle des nations étrangères qui passe pour la plus habile dans ce genre de confection.

Les fusées de guerre en usage dans la marine française sont des calibres de 95, de 68 et de 54 millimètres, ces nombres exprimant les diamètres extérieurs des cartouches. On les tire généralement sur affûts, trépieds, sur chevalets garnis d'un tube en tôle ou en cuivre, qui assure d'autant mieux que la direction et la portée du projectile, qu'il a plus de longueur. A la mer, on se sert d'un chevalet à pivot que l'on place sur les bastingages. Pointées sous l'angle de 55° environ, qui paraît l'angle de la plus grande portée de ces sortes de mobiles, les fusées de 95 millimètres, à obus ou à chapiteau, ont une portée de 3,600 à 4,000 mètres. On les pointe à l'aide du fil à plomb et du quart de cercle ; on les dirige sous le vent, en raison de sa force.

Extrait du Moniteur de l'armée.

FAITS DIVERS.

DERNIERS MOMENTS DU CAPITAINE GIFFARD.

Quelques moments avant sa mort, le capitaine Giffard, commandant du *Tiger*, fit venir près de son lit les matelots prisonniers de son équipage, et leur dit: « Mes enfants, vous devez la vie à ma blessure, qui m'a empêché de faire sauter le vaisseau. Adieu, saluez pour moi notre chère Angleterre quand vous la reverrez! » Après ces paroles, il demanda un verre de limonade, se tourna d'un autre côté et mourut en mai 1854, à à la campagne contre les Russes.

UNE JEANNE DARC.

Quelques escadrons de cavaliers volontaires kurdes sont arrivés à Constantinople, sous la conduite de leur princesse, âgée de soixante ans, et qui, malgré le poids des années, n'a voulu céder à personne l'honneur de commander son contingent; elle a fait son entrée à cheval, à la tête de ses sujets. Le Pont-Neuf, par lequel a passé le cortége, était encombré de femmes turques qui, ordinairement muettes dans les rues, ne cessaient d'acclamer l'amazone. Un pacha s'est empressé de lui donner l'hospitalité et de lui offrir des dons magnifiques, qu'elle a refusé d'accepter; mais, pour témoigner sa gratitude à son hôte, elle a exécuté à cheval diverses évolutions dont la grâce et la hardiesse ont confondu les musulmans.　　　(*Presse.*)

On lit à ce sujet dans l'*Impartial de Smyrne* du 27 mars 1854 :

« La présence d'une Jeanne Darc, venue du Kurdistan à la tête de 500 braves, a été ces jours derniers un épisode intéressant pour la population de Constantinople, qui s'est portée en foule sur le passage de l'héroïne pour l'admirer. Grand est l'enthousiasme général à son égard. Cette femme extraordinaire appartient à une des plus notables familles de Marach. Elle se plaît à porter le nom masculin d'Aly-Bey. On raconte des merveilles sur sa vaillance. Elle a été l'objet des attentions les plus délicates de la part du sultan et des grands de l'empire.

» Le 21 mars 1854, la *Cara-Ghiz* (la fille noire) a passé par le nouveau pont avec sa troupe et s'est rendue au séraskiérat, où le ministre de la guerre l'a reçue avec toutes sortes de prévenances. Elle s'est rendue ensuite à la caserne de Daoud-Pacha et partira sous peu pour le camp d'Andrinople.

» C'est une femme robuste et de haute taille, de 50 à 60 ans. Elle porte le sabre au côté, deux pistolets à la ceinture, et elle a auprès d'elle deux carabiniers à cheval. Les 500 hommes qu'elle commande ont été levés à ses frais. »

NOTE SUR UNE NOUVELLE ARME DE GUERRE.

L'arme nouvelle inventée par le docteur Charreyre est une lance portant un bouclier impénétrable à la balle, qui protège le buste, les extrémités supérieures, la face jusqu'à la hauteur des yeux. Ainsi garanti, l'homme peut avancer vers l'ennemi, et faire feu à distance rapprochée, à 8, 10 ou 12 mètres, par exemple. La lance s'allume par un effet aussi subit que le coup de fusil. Elle exerce son action par le feu promptement dit, ainsi elle couvre de feu une surface horizontale de 10 à 12 mètres ; le feu se fixe avec ténacité sur tous les corps qu'il rencontre, brûle avec rapidité et donne un volume de flamme si puissant, que les hommes placés au deuxième ou au troisième rang doivent être atteints aussi dangereusement que ceux placés au premier. En outre de ce premier effet, la lance donne un jet de feu continu, qui se dégage en produisant un sifflement bruyant. Si, au même instant que le premier effet se produit, l'homme s'élance à l'ennemi, et l'attaque avec le jet de feu continu, on peut croire aisément qu'il n'y a pas de puissance humaine capable de résister à un choc aussi redoutable. »

L'auteur voit, dans la puissance irrésistible qu'il attribue à cette arme, un moyen de mettre prochainement fin aux guerres, par l'excès même du mal qu'elle causerait. Les deux armées opposées, et l'une et l'autre en possession de ce moyen de destruction qui se serait bientôt répandu, éprouveraient dans une rencontre de telles pertes des deux côtés, qu'on ne trouverait bientôt plus personne pour s'y exposer.

Moniteur Universel du 16 mai 1854, Note sur une nouvelle arme de Guerre. — *Extrait des comptes rendus des séances de l'Académie des sciences.*

———◦———

ANECDOTES.

Un brave soldat du régiment de Navarre disait gaîment à son capitaine : *Mon officier, ordonnez qu'on cache nos drapeaux ; si l'ennemi les voit, il fuira longtemps avant que nous puissions le joindre.*

— Dans une guerre d'Italie, un officier, aussi fou qu'il était brave, reçut une balle dans la tête. *Je savais bien que j'y avais besoin d'un peu de plomb ; mais la dose est trop forte.*

— *Quoi !* disait un jour quelqu'un à un Gascon de ses amis, *il y a six mois que votre maîtresse est morte, et vous pleurez encore ?* — *Comment ! si je la pleure encore,* s'écria le Gascon, *après six mois !*

*je veux la pleurer toute ma vie; j'ai embaumé ma
douleur pour la rendre éternelle.*

— Un Gascon disait dans une compagnie nombreuse,
qu'il donnerait volontiers dix pistoles pour chaque pu-
celle qu'on lui montrerait. Une dame, qui connaissait
la fausse bravoure du personnage, lui dit qu'elle pourrait lui en montrer une pour rien. *Que je serais curieux
de la connaître!* s'écria-t-il. — *Eh bien! regardez
votre épée,* répondit la dame.

— Un lieutenant-colonel qui était de tranchée, voulut, avant de mener ses grenadiers à l'attaque d'un chemin couvert, faire distribuer de l'eau-de-vie. Ces braves
gens, blessés d'une précaution qu'ils trouvaient inju-
rieuse, s'écrièrent tous avec indignation : *Nous prend-
il pour des allemands?* On juge par cette réponse que
le chemin couvert fut emporté.

— Lors de ce siége de Namur, le maréchal de
Luxembourg commandait l'armée d'observation. Un de
ses soldats passa au service du prince d'Orange, qui lui
demanda pourquoi il avait quitté l'armée française :
C'est, dit le soldat, *qu'on y meurt de faim ; mais, avec
tout cela, ne passez pas la rivière, car assurément
ils vous battraient.*

— Gironne était assiégée par les Français ; le général (le duc de Noailles), étant allé visiter une batterie,
un boulet de canon l'approcha de fort près. Il dit à
Rigolo qui commandait l'artillerie : *Entendez-vous cette
musique?* — *Je ne prends jamais garde,* dit Rigolo,
*à ceux qui viennent, je ne fais d'attention qu'à ceux
qui vont.*

EMPLACEMENTS DES TROUPES.

Position des Troupes au 1.er Août 1854.

N.os	COLONELS.	GARNISONS.	DÉPÔTS.	
1.	O'Farrell............	Rouen............	~~Rouen.~~	*Rouan*
2.	Neigre............	Verdun............	Verdun.	
3.	Ducrot............	~~Rennes.~~ *Boulogne*	~~Rennes.~~	*Dijon*
4.	Potier............	La Rochelle....*ɔ*...	La Rochelle*ɔ*	
5.	Chambarlach........	1er et 2e bat. à Paris, 3e bat. à Boulogne..	~~Boulogne.~~ *Dunkerque*	
6.	Filhol de Camas *Armée d'Orient*	1er et 2e bat. à Paris, 3e bat. à Evreux	~~Evreux.~~ *Saintes*	
7.	De Pecqueult de Layar. *Armée d'Or*	1er et 2e bat. à Lyon, 3e b. à Lons-le-Saul	Lons-le-Sauln*ier*	
8.	Chalon........*Paris*	1er et 2e bat. au fort d'Ivry, 3e bat. au Quesnoy.........	Quesnoy.	
9.	De Tournemine. *Paris*	1er et 2e bat. à ~~Paris,~~ 3e à Avesnes......	Avesnes.	
10.	De la Serre.........	~~Pau.~~ *Montpellier*	Pau.	
11.	Gelly de Montcla.....	Bordeaux.........	Bordeaux.	
12.	Daulomieu-Beauchamp	Perpignan.........	Perpignan.	
13.	Ridouel.....*Boulogne*	1er et 2e bat. à Paris, 3e bat. à Laon.....	Laon.	
14.	De Négrier. *Chalon*	~~1er et 2e bat. à Lyon, 3e bat. à Langres.~~	Langres.	
15.	Alais........*Lyon*	~~Nevers.~~.........	Nevers.	
16.	Titard....*Boulogne*	~~1er et 2e bat. à Paris, 3e bat. à Condé.~~..	Condé.	
17.	Le Brun....*St Cloud*	~~Versailles.~~.......	~~Versailles.~~ *Alençon*	
18.	Clément..........	Draguignan.........	Draguignan.	
19.	Desmaretz..........	1er et 2e b. en Orient, ~~3e à Lille.~~........	~~Lille.~~ *Le Puy*	
20.	De Failly. *Armée d'Or*	~~Constantine (Afriq).~~	Uzès.	*Gap*
21.	Avron............	~~Lyon, 3e b. Montbris.~~	~~Montbrison.~~	

Armée d'Orient

N.os	COLONELS.	GARNISONS.	DÉPÔTS.
22.	Blanchard	Rueil, 3e b. à Dieppe	Dieppe
23.	Louic	1er, 2e b. ar. du Nord	3e b. à St-Omer
24.	De Carondelet	Mézières	Mézières.
25.	De Saint-Pol	Italie, 3e b. St.-Hipp.	St.-Hyppolyte
26.	Niol	Orient, 3e b. Romans	Romans.
27.	Vergé	Orient, 3e b. à Blois.	Blois.
28.	Sencier	Rueil, 3e b. Béthune.	Béthune.
29.	Michel	Au Hâvre	Hâvre.
30.	Roubé	Brest	Brest.
31.	De Maudhuy	Strasbourg	Strasbourg.
32.	Malmazet de S.-Andéol.	Paris, 3e b. à Soissons	Soissons.
33.	De Fayet de Chabanes.	Nancy	Nancy.
34.	Micheler	Et.-m., 3e b. à Périgueux, 1er Angoulême, 2e à Bordeaux	Périgueux.
35.	Dumont	Bayonne	Bayonne.
36.	Cauvin du Bourguet	Fort de Charenton, 3e b. à Orléans	Orléans.
37.	Loppin de Gemeaux	Lorient	Lorient.
38.	Lardier	Paris, 3e b. à Cambrai	Cambrai.
39.	Beuret	Nîmes	Nîmes.
40.	De Bailliencourt dit Courcol	1er, 2e bat. en Italie, 3e bat. à Marseille.	Marseille.
41.	Bourjade	1er, 2e b. ar. du Nord	3e b. à Caen.
42.	Lesergent d'Hendecourt	Lyon, 3e b. à Langres	Langres.
43.	De Martinprey	Et.-M., 2e b. Mâcon 1er b. Châlons-s.-S. 3e b. Lons-le-Sauln.	Mâcon.
44.	Cuny	2e, 3e b. à Thionville, 1er à Longwy	Thionville.
45.	Bataille	Division d'Alger	Marseille.
46.	Besoux	Cahors	Cahors.
47.	Lamaire	Lyon, 3e b. à Romans	Romans.
48.	Vidal de Lauzun	Amiens	Amiens.
49.	Latrille de Lorencez	Toulouse	Toulouse.
50.	Trauers	Oran (Afrique)	Arles.
51.	Perrin-Jonquière	1er, 2e b. à Boulogne, 3e b. à Saint-Denis.	Saint-Denis.

N.os	COLONELS.	GARNISONS.	DÉPÔTS.
52.	De Lostanges de Sainte-Alvère..........	~~Grenoble~~ Lyon.......	Grenoble.
53.	Germann............	Boulogne, 1.er, 2.e b. Auxerre, 3.e bat..	Auxerre.
54.	Dumesgnil.. Clemceu	~~Oran~~ (Afrique).....	Aix.
55.	Lenoble	Ar. du Nord , 1er, 2e	Belfort.
56.	Privat de Garilhe..	Sedan , ~~2e~~, 3e bat., ~~Rheims, 1er bat~~.	Sedan.
57.	Dupuis.... 1er et 2e Boulogne Marseille	~~Briançon, 1e, 2e ba-taillons, Embrun,~~ 3e bataillon.....	Briançon.
58.	Manèque	Besançon..........	Besançon.
59.	Chanfroid ....Lyon	~~Clermont~~, 1er, 2e b. ~~Le Puy~~, 3e bat...	Clermont-Ferland O
60.	Deligny .. Orléans	Alger (Afrique)....	Rodez.
61.	Lefebvre... Marseil	~~Limoges~~, 1er, 2e bat. ~~Tulle~~, 3e bat...	Limoges.
62.	Montenard..........	~~Strasbourg~~ Lyon	Strasbourg.
63.	De la Garde de Cham-bonas...........	Paris, 1er, 2e bat. fort d'Ivry, 3e bat.	fort d'Ivry.
64.	Chalumeau de Verneuil	Metz	Metz.
65.	Douay..........	~~Montélimart~~ Alger	Montélimart.
66.	Vernier de Byans.....	~~f. Charenton, 1er, 2e~~ ~~3e Versailles~~ Nmyento	
67.	Le Gualès..........	Paris, 1er, 2e bat., Péronne, 3e bat.	Péronne.
68.	Perigot.... Bône	~~Constantine~~ (Afr.)..	Pont-St-Esprit
69.	Mittenhoff..........	St.–Omer, 1er, 2e b. 3e ~~Cherbourg~~ St Brieux	
70.	Dufour............	~~Marseille~~ Bône..	Marseille.
71.	Piat	Constantine (Afr.)..	Toulon.
72.	Le Rouxeau-Rosencoat Sidi Bel Abbès	Lyon, ~~1er, 2e bat.~~, ~~Saint-Etienne, 3e~~ ~~bataillon~~.......	Saint-Etienne.
73.	Lamothe Vedel de Ter-mes......	Lyon , ~~2e, 3e bat.~~, ~~Bourg, 1er bat~~..	Bourg.
74.	Breton Armée d'Or	~~Toulon~~..........	Toulon.
75.	Hugo.............	Oran (Afrique).....	Avignon.

7

N.^{os}	CHEFS DE CORPS.	GARNISONS.	DÉPÔTS.

INFANTERIE LÉGÈRE.

N.º	CHEFS DE CORPS.	GARNISONS.	DÉPÔTS.
1.er	De Marguenat........	Boulogne, 1er, 2e b.	3e b. à Metz.
2.	Suau...............	Napoléon-Vendée.	Napoléon-Ven.
3.	De Marolles.........	Camp du N., 1er, 2e b., Phalsbourg, 3e	Phalsbourg.
4.	Soumain. *Marseille*	Perpignan........	Perpignan.
5.	Laterrade. *Armée d'*	Montpellier *Orient*	Montpellier.
6.	Sutton de Clonard....	Lille. *St Omer*	Lille. *Corbeis*
7.	Jannin *Armée d'Af.*	Oran (Afrique)....	Salon.
8.	Etienney............	Paris, 1er et 2e b. f. de Romainville, 3e	f. Romainville.
9.	Pietrequin de Prangey.	Nantes.	Nantes.
10.	Dufresne de Kerlan....	Bastia (Corse) *Marseille*	Bastia (Corse).
11.	Hardy..............	Alger (Afrique).....	Antibes.
12.	Ladreit de la Charrière. *Camp du Nord (Bou)*	Paris, 1er, 2e bat., *de* Troyes, 3e bat....	Troyes.
13.	Corréard...........	Paris, 1er, 2e bat., Lille, 3 bat.	Lille.
14.	Foltz..............	Rome, 1er, 3e bat., Antibes, 2e bat...	Antibes.
15.	Charlier...........	Au camp du Nord, 1er 2e b., Givet, 3e b.	Givet.
16.	Boudville...*Sétif*	Constantine (Afriq.)	Alais.
17.	De La Moussaye..*A*...	St.Omer, 1er, 2e b. Valenciennes, 3e b	Valenciennes.
18.	Parson.............	Lyon, 1er, 2e bat., Montbrison, 3e b.	Montbrison.
Lille 19.	De L'Abadie d'Aydren.	Cherbourg, 1er, 2e b.	3e St-Brieuc
20.	Labadie............	Montpellier	Montpellier.
21.	De Malherbe........	Rome, 1er, 2e bat., Aix, 3e bat.....	Aix.
22.	Sol...............	Alger *Armée d'Or.*	Narbonne.
23.	Faure	Tours *Armée d'Oran*	Tours.
24.	Gondallier de Tugny..	Lyon, 1er et 2e bat.	3e Neufbrisac.
25.	Duprat.............	Alger *Médéah.*	Cette.

N.os	CHEFS DE CORPS.	GARNISONS.	DÉPÔTS.

BATAILLONS DE CHASSEURS A PIED.

N.os	CHEFS DE CORPS.	GARNISONS.	DÉPÔTS.
1.er	Tristan Legros......	Alger (Afrique) Oran	Grenoble.
2.	Paulze d'Ivoy........	Paris............	Vincennes.
3.	Duplessis............	Lyon Orient.....	Besançon.
4.	Soubiran Campaigno..	Oran (Afrique) Blida	Toulouse.
5.	Landry de S.t-Aubin...	Paris Armée d'Or.	Metz.
6.	Fauvart-Bastoul......	Lyon.............	Strasbourg.
7.	Pissonnet de Bellefonds	Constantine Bougie	Auxonne.
8.	De Brauer..........	Boulogne.........	Douai.
9.	Nicolas–Nicolas.......	Paris Armée d'Or.	Rennes.
10.	De la Bastide........	Italie............	Grenoble.
11.	Niepce............	8 comp. à Boulogne.	2 à Strasbourg.
12.	Le Normand de Bretteville............	Armée d'Orient....	Metz.
13.	Ponsard............	Besançon Boulogne	Besançon.
14.	Bordas............	8 comp. en Algérie.	2 à Strasbourg.
15.	Colin..............	8 comp. à Boulogne.	2 à Grenoble.
16.	Esmieu............	8 comp. à S.-Omer.	2 à Grenoble.
17.	Douay.............	Toulouse..........	Toulouse.
18.	De Jouenne d'Esgrigny d'Herville.........	8 comp. à St.-Omer.	2 à Rennes.
19.	Caubert	Douai Armée d'Or.	Douai.
20.	Cambriels	8 comp. à Paris.	2 à Nogent.

RÉGIMENTS DE ZOUAVES.

N.os	CHEFS DE CORPS.	GARNISONS.	DÉPÔTS.
1.er	Bourbaki...........	Alger (Afrique) ...	Alger.
2.	Cler	Oran (Afrique).....	Oran.
3.	Tarbouriech	Philippeville (Afr.).	Philippeville.

BATAILLONS D'INF.rie LÉGÈRE D'AFRIQUE.

N.os	CHEFS DE CORPS.	GARNISONS.	DÉPÔTS.
1.er	Souville........ ...	Oran Mascara	
2.	Le Poittevin de la Croix	Alger Aumale	Algérie.
3.	De Golberg.........	Constantine Sétif	

COMPAGNIES DE DISCIPLINE.

N.os	CHEFS DE CORPS.	GARNISONS.	DÉPÔTS.
1.re	Janselme	Division d'Oran....	Algérie.
2.	Kengal Dagbar	Division d'Alger....	Algérie.
3.	Fournier Guelma	Ile d'Oléron	12.e division. Algérie

N.os	CHEFS DE CORPS.	GARNISONS.	DÉPÔTS.
4.	Roy	Division d'Oran	*Mostaganem*
5.	Rinaldi	Div. de Constantine.	*Philippe-ville*
6.	De Briche	Division d'Alger	*Orléansville* Algérie
7.	Dubourdieu	Division d'Alger	*M. Lianah*
8.	Trompeau	Div. de Constantine.	*Bougie*
9.	Felker	Div. de Constantine.	*Bougie*

COMPAGNIES DE PIONNIERS, EN ALGÉRIE.

1.re	Lemoël	Div. de Constantine.	
2.	Bartel	Division d'Alger	Algérie.
3.	Duparc	Div. de Constantine.	

LÉGION ÉTRANGÈRE (Régiments de la).

1.er	Bazaine	Armée d'Orient	Algérie *Gallipoli*
2.	De Caprez	Idem	*Bastia*

RÉGIMENT DE TIRAILLEURS ALGÉRIENS.

Wimpffen, Armée d'Orient.

BATAILLONS DE TIRAILLEURS INDIGÈNES

1.er	Butet	*bataillon d'Alger*	*Blidah*
2.	Péchot	*bataillon d'Oran*	Algérie *Mostagane*
3.	Jolivet	*bat. de Constantine.*	*Constantine*

COMPAGNIES DE SOUS-OFFICIERS VÉTÉRANS.

1.re	Frégier	Bar-le-Duc.	
2.	N...	Coutances.	
3.	Martinet	Bar-le-Duc.	

COMPAGNIES DE FUSILIERS VÉTÉRANS.

1.re	Émery	Iles d'Hyères.	
2.	Larriole	Granville.	
3.	Binet	Parthenay.	

RÉGIMENTS DE CARABINIERS.

1.er	Mavet	Versailles, 4 escadr., Rambouillet, 3e esc.	Rambouillet.
2.	De Feu	Versailles, 4 escadr., Rambouillet 3e esc.	Rambouillet.

N.º	CHEFS DE CORPS.	GARNISONS.	DÉPÔTS.

RÉGIMENTS DE CUIRASSIERS.

N.º	CHEFS DE CORPS.	GARNISONS.	DÉPÔTS.
1.er	De Cambiaire........	Aire, 4 escad. ét.-m.	2 esc. Verdun. *Cambrai*
2.	D'Oullenbourg.......	Aire, 4 esc. ét.-m. 2 à Valenciennes.	Valenciennes.
3.	De Drée...........	Haguenau.........	Haguenau.
4.	Favas...........	Lyon, 4 escadrons, Épinal, 1er escadr.	Épinal. *Toul*
5.	Revon...........	Aire, 4 esc. ét.-m.	2 à Sedan. *Arras*
6.	Salle.... *Armée d'Orient*	Lyon, 4 escadrons, Auxonne, 4e esc..	Auxonne.
7.	Ameil...........	Aire, 6 esc. ét.-m.	2 à Maubeuge.
8.	Boyer...........	Moulins *Versailles*	Moulins. *Meaux*
9.	Mignot de la Martinière.	Versailles, 4 escadr., Meaux, 1er escadr.	Meaux.
10.	Rigault de Rochefort..	Versailles, 4 escadr., Meaux, 1er escadron.	Meaux. *Provins*

RÉGIMENTS DE DRAGONS.

N.º	CHEFS DE CORPS.	GARNISONS.	DÉPÔTS.
1.er	De Colbert.........	Arques, 4 esc. ét.-m. 2 esc. à Toul.....	Toul. *Sedan*
2.	Ambert...........	Belfort...........	Belfort.
3.	D'Estampes.... *Lyon*	St-Étienne, 4 escad., Vienne, 1er escad.	Vienne.
4.	Lichtlin...........	Lyon, 4 escadrons, Auxonne, 5e escad.	Auxonne.
5.	Cardon...........	Gray...........	Gray.
6.	Robinet de Plas.. *Armée d'Orient*	Tarascon, 3 escadr., Marseille, 4e, 5e es.	Tarascon.
7.	Duhesme...........	Melun *Armée d'Or*	Melun. *Montpellier*
8.	Bruno........... *Melun*	Arques, 4 esc. ét.-m. Toul, 2 escadrons.	Toul. *Melun*
9.	Nazon...........	Lunéville, 4 escadr.	2 esc. au Mans. *Épinal*
10.	De Montrond *Selestat*	Lunéville, 4 escadr.	2 esc. à Poitiers *Lunéville*
11.	Damas	Rome, 4 escadrons, Avignon, 2e escad.	Avignon.
12.	Mussiet...........	St-Germain-en-Laye *Moulins*	St-Germ.-en-L. *Moulins*

N.os	CHEFS DE CORPS.	GARNISONS.	DÉPÔTS.

RÉGIMENTS DE LANCIERS.

N.os	CHEFS DE CORPS.	GARNISONS.	DÉPÔTS.
1.er	Martin de Boulancy...	Libourne............	Libourne.
2.	Brahaut............	Arques, 4 escadrons, Nancy, 2 escadr.	~~Nancy.~~ *Compiègne*
3.	D'Andrée..........	Lunéville, 4 escadr.	2 à ~~Cambrai~~ *Nancy*
4.	Tremblay..........	~~Thionville~~ *Poitiers*	~~Thionville~~ *Poitiers*
5.	Odille............	Colmar.	Colmar.
6.	Guy de Lavillette.... *au Mans*	Arques, 4 escadrons, ~~Nancy,~~ 2 escadr..	~~Nancy.~~ *au Mans*
7.	Legrand...........	Niort............	Niort.
8.	Pensfuntenio de Chef-fontaine..........	Lunéville, 4 escadr.	2 esc. à ~~Melun~~ *Pont-à-Mousson*

RÉGIMENT DES GUIDES, A PARIS.

M. Fleury, colonel.

RÉGIMENTS DE CHASSEURS A CHEVAL.

N.os	CHEFS DE CORPS.	GARNISONS.	DÉPÔTS.
1.er	Goussencourt.......	Tours............	Tours.
2.	Delherm de Novital..	Saint—Mihiel......	Saint-Mihiel.
3.	De Clérembault......	Montreuil, 4 escadr.	2 à Chartres.
4.	De Monfort.........	Paris, 4 escadrons, Joigny, 1 escadron.	Joigny.
5.	Cassaignolles.......	Montreuil, 4 escadr.	2 à Vendôme.
6.	Dalmas de Lapérouse..	~~Auch~~ *Lyon*......	Auch.
7.	De Mirandol........	~~Compiègne~~ *Thionville*	~~Compiègne~~ *Thionn...*
8.	De Vignolle........	Sarreguemines, 3 es., St.-Avold, 2 esc.	Sarreguemines
9.	N...,	Napoléonville, ~~3 esc,~~ ~~Nantes, 2 escadr.~~	Napoléonville. *G...*
10.	Arbellot..........	~~Provins.~~ *Verdun*	~~Provins~~ *Verduns*
11.	Campenet..........	Châlons, ~~4 escadrons,~~ ~~Laon, 1 escadron.~~	Châlons.
12.	Bonnemains.........	Abbeville, ~~3 escadr.,~~ ~~Amiens, 2 escadr.~~	Abbeville.

N.ᵒˢ	CHEFS DE CORPS.	GARNISONS.	DÉPÔTS.

RÉGIMENTS DE HUSSARDS.

1.ᵉʳ	Lion...............	Carcassonne.......	Carcassonne.
2.	Dumor............	Montreuil, 4 escad., Beauvais, 2 escad.	Beauvais.
3.	Euzenou de Kersalaun..	Clermont-Ferrant...	Clermont-Fer.
4.	Gallais...........	Castres...........	Castres.
5.	Raguet de Brancion ...	Limoges, 4 escadr., Châteauroux, 1 es.	Limoges.
6.	Ney (Nap.-Henri-Edg)..	Fontainebleau......	Fontainebleau.
7.	Grenier	Montpellier, 3 esc., Beziers, 1 escad., Lunel, 1 escadron.	Montpellier.
8.	Le Preud'homme de Fontenoy.........	Montreuil, 4 escadr.	2 esc. à Lille.
9.	Morin.............	Tarbes...........	Tarbes.

RÉGIM.ᵗˢ DE CHASSEURS A CHEVAL D'AFRIQUE.

1.ᵉʳ	De Ferrabouc........	Mustapha	
2.	Rame.............	Oran............	
3.	De Mézange de Saint-André...........	Constantine.......	Algérie.
4.	Coste de Champeron ..	Mostaganem.......	

RÉGIMENTS DE SPAHIS.

1.ᵉʳ	Lauer....	Blidah.	
2.	Durrieu..........	Mascara	Algérie.
3.	Desvaux..........	Constantine.......	

COMPAGNIES DE CAVALIERS DE REMONTE.

1.ʳᵉ	Caron...........	Caen.	
2.	Massicot..........	Fontenay-le-Comte.	
3.	Barthélemy Lachade-nèdes............	Guéret.	
4.	Thibaut..........	Tarbes.	

N.os	CHEFS DE CORPS.	GARNISONS.	DÉPÔTS.

RÉGIMENTS D'ARTILLERIE.

RÉGIMENTS A PIED.

N.os	CHEFS DE CORPS.	GARNISONS.	DÉPÔTS.
1.er	N... *Forgeot*	Orient, 1re batterie, Algérie, 2e, Saint-Denis, 3e, Saint-Malo, 11e.......	Vincennes.
2.	N... *Auger*	Montpellier, 9e bat., Lorient, 10e, Brest, 11e, Ajaccio, 12e, Toulon, 17e.....	Besançon.
3.	Braive.....	Rome, 1re batterie, Algérie, 2e, Hâvre, 9e, Cherbourg, 10e, Nantes, 11e	Metz.
4.	Borgella..	Rome, 1re et 13e b., Lyon, 2e, Algérie, 3e, Orient, 12e...	Strasbourg.
5.	Devaux	Algérie, 1re et 3e b., Lyon, 2e, La Rochelle, 11e, Toulon, 12e........	Grenoble.

RÉGIMENT DE PONTONNIERS.

N.os	CHEFS DE CORPS.	GARNISONS.	DÉPÔTS.
6.	Pradal.............	Algérie, 10e compag., Orient, 11e......	Strasbourg.

RÉGIMENTS MONTÉS.

N.os	CHEFS DE CORPS.	GARNISONS.	DÉPÔTS.
7.	De Sevelinges.......	Lyon, 1re batterie, Constantine, 2e, Orient, 6e	Metz.
8.	Voysin de Gartempe. .	Orient, 1re batterie, Rome, 2e, Orient, 3e, 4e, et 15e....	Toulouse.
9.	Chapotin	Orient, 1re batterie, Algérie, 2e, Paris, 3e et 4e........	Lafère.

N.^{os}	CHEFS DE CORPS.	GARNISONS.	DÉPÔTS.
10.	De Pontbriant	Rome, 1re batterie, Tlemcen, 2e, Rouen 3e, Paris, 4e et 5e.	Rennes.
11.	Fiéreck	Blidach, 1re batterie, Lyon, 2e, Metz, 3e.	Strasbourg.
12.	Malus.......	Algérie, 1re batt. et portion de la 4e, Orient, 2e, Clermont-Ferrand, 3e, Paris, 5e et 6e...	Bourges.
13.	Chabord............	Constantine, 1re bat., Lyon, 2e et 3e, Orient, 4e, et 6e..	Besançon.

RÉGIMENTS A CHEVAL.

N.^{os}	CHEFS DE CORPS.	GARNISONS.	DÉPÔTS.
14.	Le Bœuf.......... ..	Douai	Douai.
15.	Courtois Roussel d'Hurbal......	Lunéville, 1re batt., Orient, 3e.......	Valence.
16.	*De Veulens*	Orient, 4e batterie..	Toulouse.
17.	Vivès.............	Orient, 1re batterie.	Vincennes.

COMPAGNIES D'OUVRIERS D'ARTILLERIE.

N.^{os}	CHEFS DE CORPS.	GARNISONS.	DÉPÔTS.	
1.re	Journée.............	Metz	Metz.	
2.	Baudier	Lafère...........	Lafère.	
3.	Thibaut...........	Vincennes.........	Vincennes.	
4.	Azéma...........	Alger	Alger.	
5.	Julia...........	~~Alger et ½ à Rome~~	~~Alger~~	*Armée d'Orient*
6.	Bascle de la Grèze....	Lyon............	Lyon.	
7.	N. *Jacquard*.....	Rennes..........	Rennes.	
8.	Sauvé./..........	Alger...........	Alger.	
9.	Bouteille	Strasbourg........	Strasbourg.	
10.	Delaunay..........	Douai...........	Douai.	
11.	Bouteloup.........	Toulouse.........	Toulouse.	
12.	Grimard	Besançon........	Besançon.	

COMPAGNIE D'ARMURIERS.

Gautier, capitaine, à Alger.

N.os	CHEFS DE CORPS.	GARNISONS.	DÉPÔTS.

COMPAGNIES DE CANONNIERS VÉTÉRANS.

1.re	Marche..............	Cherbourg.	
2.	Barthélemy..........	Brest.	
3.	Berthiot.............	~~La Rochelle.~~ *Bastia*	
4.	Rey	Toulon.	
~~5.~~	~~Battle...............~~	~~Bastia.~~	

RÉGIMENTS DU GÉNIE.

1.er	Le Prestre de Vauban..	Arras............	Arras.
2.	Dejean.............	Metz..............	Metz.
5.	Coffinières..........	Montpellier........	Montpellier.

COMPAGNIES D'OUVRIERS DU GÉNIE.

1.re	Robbe	Metz..............	Metz.
2.	Sandrard...........	Alger.............	Alger.

COMPAGNIES D'OUV. DU CORPS DES ÉQUIPAGES MILIT.

Direction générale des Parcs, à Vernon.

Grégoire, colonel directeur.

COMPAGNIES D'OUVRIERS.

1.re	Aubertin............	divisions d'Alger, Oran, Constantine.	
2.	Jullien·.............	~~Châteauroux et~~ Vernon.	
3.	Billiard............	~~Vernon, Paris et armée d'Orient~~ *Châteauroux*	
4.	Borderel............	Vernon.	

ESCADR. DU TRAIN DES ÉQUIPAGES MILITAIRES.

1.er	Cantiget	3 comp. en Algérie (divis. d'Alger ...	Orange.
2.	Thiéry	3 comp. en Algérie (divis. d'Oran)...	Béziers.
3.	N...,.............	3 comp. en Algérie (div. Constantine).	Lunel.
4.	Martin	3 compagnie à Paris.	Vernon.
5.	Hugueney..........	1 c.ie à Lyon, 1 en Italie, 1 Châteauroux	Châteauroux.

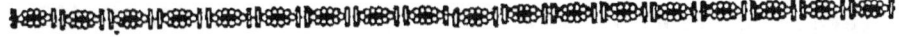

TABLE DES MATIÈRES.

LIBRAIRIE MILITAIRE
DE VERRONNAIS,
RUE DES JARDINS, 14, A METZ.

Depuis quelques années, les reconnaissances militaires, les travaux topographiques, surtout le dessin et le lever des plans, ont été notablement perfectionnés; ils sont devenus une des branches essentielles de l'Education militaire. Beaucoup de corps se font annuellement remarquer, non-seulement par le nombre, mais par le mérite de ces travaux.

L'éditeur VERRONNAIS, vient de mettre en vente l'Ouvrage suivant, qui peut être d'une grande utilité à MM. les Officiers, Sous–Officiers et Caporaux de l'armée.

COURS ÉLÉMENTAIRE
DE
Dessin graphique ou linéaire,
A L'USAGE DES
SOUS-OFFICIERS DE L'ARTILLERIE.

Pouvant servir également à toutes les personnes qui se livrent à l'étude des arts industriels et du dessin, et particulièrement aux élèves des Lycées; Ouvrage honoré d'une mention favorable du Ministre de la Guerre, avec Atlas in-folio de 12 planches, et quelques figures dans l'intérieur du texte, par *ÉDOUARD SIMON*, Professeur de fortification, de construction et de dessin graphique, à l'École d'Artillerie de Metz, et Chef des Travaux graphiques au Lycée. Un vol. in-8.º, avec l'Atlas, 6 fr.

Le même Ouvrage, avec 2 planches lavées, 8 fr.

Faciliter l'étude du Dessin *linéaire ou graphique* à tous ceux à qui cet art est indispensable, les mettre à même de reproduire et de composer avec la plus rigoureuse exactitude tout dessin quelconque, et par-dessus tout, de se pénétrer intimement de la connaissance de l'objet représenté, ou du mode de représentation de celui à exprimer ; en un mot, LIRE et ÉCRIRE fidèlement un dessin, tel est le but que s'est proposé l'auteur dans ce Traité, et qu'il a, nous le pensons, complètement atteint.

Essentiellement élémentaire, cet ouvrage, destiné primitivement aux élèves des écoles de l'Artillerie, c'est-à-dire, composé particulièrement en vue des personnes dont le temps et la somme de connaissances sont nécessairement limités, présentait un problème assez peu facile à résoudre : renfermer toutes les prescriptions, tous les principes sur lesquels repose le dessin graphique, tout en sauvant la difficulté des données scientifiques qui lui servent de base. Ce problème cependant, a été résolu avec succès, et par des moyens d'une extrême simplicité, consistant : en une série graduée de modèles dans lesquels est venu peu à peu se fondre chacun des préceptes, et en une exposition, la plus simple possible, du mode de représentation employé dans cette sorte de dessin, appuyée de figures complémentaires et d'applications successives.

La division de ce travail doit être comptée au nombre des éléments de ce résultat. Cette division, indépendamment de la description des divers instruments et des objets usuels les plus indispensables pour l'exercice de ce genre d'étude, du mode le plus avantageux de s'en servir, et de l'indication de leurs qualités ou de leurs défauts, que nous ne relatons ici que pour mémoire, et qui servent, pour ainsi dire, d'introduction à ce Cours, comprend : d'abord, un certain nombre de planches de tracés de géométrie, prélude inséparable de tout dessin graphique. Car, comment procéder à la représentation des corps, si l'on ne possède parfaitement auparavant la connaissance de toutes les parties qui les composent, si l'on ne peut en analyser les surfaces, reproduire l'agencement de leurs lignes et les combinaisons que celles-ci peuvent former entr'elles ? notions entièrement du ressort de la géométrie. Ces tracés ont donc été variés suffisamment pour mettre les élèves à même de résoudre tous les cas possibles.

A la suite de ces premiers exercices viennent : l'indication des traits, des signes et des teintes conventionnels en usage dans cette sorte de dessin ; le modèle des différentes espèces d'écritures le plus appropriées à cette étude ; la détermination et la construction des échelles ; puis, une série de planches de sujets variés, dont la reproduction doit être opérée d'après les divers modes usités dans le dessin graphique : copie au compas, à l'échelle, aux carreaux, au calque, etc. ; réduite, grandie, etc. ; la représentation du terrain, ou *dessin topographique* ; les principes sur lesquels s'appuie cette représentation, les conventions qui la régissent suivant qu'elle doit être opérée au trait ou à l'aide de teintes, etc.; l'emploi et le mélange des couleurs, etc.

Ces dernières planches, en raison de la destination primitive de cet ouvrage, ont été particulièrement puisées dans les objets relatifs à l'artillerie; mais, malgré la spécialité de leurs sujets, aujourd'hui que la nouvelle organisation des études universitaires rend obligatoires l'enseignement du DESSIN LINÉAIRE dans les *Lycées*, ce Traité cependant peut trouver encore une application fort bien appropriée à cet enseignement; les principes, les règles, les préceptes, observations, etc., qu'il renferme, et qui en forment le fond principal, étant généraux, et ne comportant par conséquent aucune distinction civile ou militaire. Aussi, avons-nous la conviction intime qu'il peut rendre de signalés services à l'enseignement du Dessin graphique dans les *Lycées*, et l'offrons-nous aux élèves de ces établissements avec la même confiance qu'à ceux des écoles de l'Artillerie. Notre opinion, à cet égard, se trouve entièremen confirmée par l'empressement des élèves du Lycée de Metz e d'autres villes à se procurer cet ouvrage.

APPLICATIONS DE LA MÉTALLURGIE DU FER AU SERVICE DE L'ARTILLERIE; par *C.-J. Émy*, Lieutenan-Colonel, Directeur de la Fonderie de canons de Strasbourg.
Un volume in-8.º avec 15 planches in-folio............... 6 fr.
DESCRIPTION ABRÉGÉE DE LA FABRICATION DES BOUCHES A FEU, par *C.-J. Émy*, Lieutenant-Colonel, Directeur de la Fonderie de canons de Strasbourg.
Un volume de 500 pages avec 12 planches in-folio....... 10 fr.
TABLEAU DU CUBAGE POUR LES BOIS EN GRUME, à l'usage des Arsenaux; suivi du calcul des fers plats et carrés, en poids d'un mètre linéaire, épaisseur, largeur, en kilogrammes et grammes, les fers ronds et leur diamètre; les Tuyaux en fonte; la Table des pesanteurs spécifiques des solides, extrait de l'Annuaire du Bureau des longitudes. Un vol. in-18 de 180 pag., broché, 2 fr.
Relié, avec peau d'âne, papier blanc, poche et fermé avec un crayon, pour mettre dans la poche .... 3 fr.
COURS SUR LES BOIS ET LES FERS, à l'usage des Compagnies d'Ouvriers d'Artillerie. Ce travail est destiné aux Ouvriers d'Artillerie etautres; il doit servir à leur faire connaître les matières qu'ils mettent journellement en œuvre, et, à ce titre, il ne saurait

manquer de les intéresser. *Par un Capitaine-Command*. Broch. in-8.º de 96 pages, avec des figures lithographiées..... 1 fr. 25 c.

Cartonné................................... 1 fr. 50 c.

COURS SUR LE TRACÉ ET LA CONSTRUCTION DES BATTERIES DE TOUTE ESPÈCE, extrait de l'ouvrage publié par le Comité d'Artillerie; un vol. in-32, et 12 planches lithographiées avec soin, mis en ordre par *Touzard*, capitaine, professeur d'artillerie à l'École d'État-Major de Paris.............. 2 fr. 75 c.

Le même, format, in-12 avec 12 planches lithogr .. 3 fr. 50 c.

COURS D'INSTRUCTION SPÉCIALE à l'usage des Sous-Officiers des Régiments d'Artillerie, par *L. de Crépy*, Major d'Artillerie; un vol. in-12 de 323 pages avec 12 planches; 4.e édition augmentée et corrigée........................... 2 fr. 25 c.

TABLEAUX DES COMMANDEMENTS des Chefs de Peloton, Capitaines-Commandants, Chefs d'escadron et Colonels, dans l'école d'escadron et les évolutions de Régiment à pied; extrait du Règlement provisoire du 15 juillet 1835, par *A.-E. Morel*, Capitaine d'Artillerie; prix.............................. 2 fr.

COURS DE MACHINES à l'usage des Officiers d'Artillerie, des Ingénieurs et des Praticiens, par *J.-C. Migout*, Colonel d'Artillerie, et *Bergery*, Professeur de sciences appliquées à l'École d'Artillerie de Metz; un vol. in-8.º de 568 pages, avec 6 planches lithographiées, prix...................... 7 fr.

NOTIONS SUR LES CHEVAUX, LEUR ENTRETIEN ET LEUR FERRAGE, à l'usage des Sous-Officiers d'Artillerie et du Train des Équipages, approuvées par le Ministre Secrétaire d'État de la guerre, nouvelle édition, corrigée, in-32 .... 30 c.

TRAITÉ SUR LA CONNAISSANCE ET LA CONSERVATION DU CHEVAL, ou Cours d'Hippiatrique à l'usage des Écoles d'Artillerie, par *A. Houdaille*, ancien élève de l'École polytechnique, ancien Capitaine-Instructeur d'équitation au corps de l'Artillerie, Colonel; un vol. in-8.º de 500 pages, imprimé sur papier fin des Vosges, orné de quatre grandes planches lithographiées, représentant 40 figures: 1.º la nomenclature du squelette du cheval; 2.º la nomenclature des parties extérieures du cheval; 3.º les mâchoires et les dents, pour apprendre à connaître l'âge des chevaux; 4.º les modèles des fers, etc.

Broché, 5 fr. 50 c.; *franco* par la poste .... 7 fr. 50 c.

On trouve à la Librairie militaire de *Verronnais*, à Metz, tous les Ouvrages en usage dans les Corps de l'armée, ainsi que les États et Registres de comptabilité.

COURS DE SCIENCES PHYSIQUES ET CHIMIQUES AP-PLIQUÉES AUX ARTS MILITAIRES, par *C.-J. Émy*, lieut.-colonel d'artillerie, ancien professeur à l'école d'applic. de l'Ar-tillerie et du Génie. — Application de la Métallurgie du fer au service de l'Artillerie; 1 vol. in-8.° avec 15 planches, broché, 6 fr.

COURS DE MACHINES à l'usage des Officiers d'artillerie, des Ingénieurs et des Praticiens, par *J.-C. Migout*, Colonel d'artil-lerie, et *Bergery*, ancien capitaine d'artillerie, professeur de sciences appliquées à l'Ecole d'artillerie de Metz, membre cor-respondant de l'Institut de France, etc.; un vol. in-8.° de 568 p. avec six planches lithographiées, 7 fr.

COURS ÉLÉMENTAIRE DE DESSIN GRAPHIQUE OU LINÉAIRE, à l'usage des Sous-Officiers de l'Artillerie, pouvant servir également à toutes les personnes qui se livrent à l'étude des arts Industriels et du Dessin, et particulièrement aux élèves des Lycées; ouvrage honoré d'une mention favorable du Ministre de la Guerre, avec atlas in-folio de 12 planches, et quelque figures dans l'intérieur du texte, par *Édouard Simon*, Professeur de Fortifi-cation, de Construction et de Dessin Graphique, à l'École d'Artillerie de Metz et chef des travaux graphiques, au Lycée. Un vol. in-8.°, avec l'atlas, 7 fr.

Le même ouvrage, avec 2 planches lavées, 9 fr.

DESCRIPTION ABRÉGÉE DE LA FABRICATION DES BOUCHES A FEU, par *C.-J. Émy*, Lieutenant-Colonel d'Artillerie, maintenant Directeur de la Fonderie de canons de Strasbourg.

Un volume de 500 pages avec 12 planches in-folio ..   10 fr.

TABLEAU DU CUBAGE POUR LES BOIS EN GRUME, à l'usage des Arsenaux; suivi du calcul des fers plats et carrés, en poids de un mètre linéaire, épaisseur, largeur, en kilogrammes et grammes, les fers ronds et leur diamètre; les Tuyaux en fonte; la Table des pesanteurs spécifiques des solides, extrait de l'Annuaire du Bureau des longitudes. Un vol. in-48 de 180 pages, broché, 2 fr. — Relié, avec peau d'âne, papier blanc, poche et fermé avec un crayon, pour mettre dans la poche .... 3 fr.

COURS SUR LES BOIS ET LES FERS, à l'usage des Compa-gnies d'Ouvriers d'Artillerie. Ce travail est destiné aux Ouvriers d'Artillerie, du Génie et d'Administration; il doit servir à leur faire connaître les matières qu'ils mettent journellement en œuvre, et, à ce titre, il ne saurait manquer de les intéresser. *Par un Capi-taine Commandant*. Brochure in-8.° de 96 pages, avec des figures lithographiées, 1 fr. 25 c.; cartonné, 1 fr. 50 c.

NOUVEAU GUIDE DE L'OFFICIER D'INFANTERIE EN CAMPAGNE, divisé en deux parties, contenant la Fortification passagère; accompagné d'une Table très-détaillée, avec 15 planches renfermant 33 figures; par *Paban*, chef de bataillon; 2.ᵉ édition; 2 fr. 50

www.ingramcontent.com/pod-product-compliance
Lightning Source LLC
Chambersburg PA
CBHW070846030726
47504CB00005B/1239